fv *Fehnland-Verlag*

Röder, Britta: Zwischen den Atemzügen. Fehnland Verlag 2022

1. überarbeitete Neuauflage
ISBN:978-3-96971-077-7

Dieses Buch ist auch als eBook erhältlich und kann über den Handel oder den Verlag bezogen werden.
ePub-eBook: ISBN 978-3-86282-300-0

Lektorat: Elisabeth Hofmann, acabus Verlag
Umschlaggestaltung: © Jieshan Kong und Marta Czerwinsk, acabus Verlag
Umschlagmotiv: http://pixabay.com/

Bibliografische Information der Deutschen Nationalbibliothek: Die Deutsche Nationalbibliothek verzeichnet diese Publikation in der Deutschen Nationalbibliografie; detaillierte bibliografische Daten sind im Internet über https://dnb.d-nb.de abrufbar.

Der Fehnland Verlag ist ein Imprint der Bedey & Thoms Media GmbH, Hermannstal 119k, 22119 Hamburg.

Britta Röder

Zwischen den Atemzügen

Roman

fv Fehnland-Verlag

Alles ist das Werk des Zufalls.
Omnia casu fiunt.
Lateinisches Sprichwort

Genieße den Tag, und vertraue möglichst wenig
auf den Folgenden.
Carpe diem, quam minimum credula postero.
Horaz

Für Svetlana

1

Olli nahm Anlauf. Entschlossen legte er die Hand auf den Türgriff, atmete tief durch und trat schließlich mit so viel Verachtung durch die Wohnungstür, als würde er draußen seinem Todfeind entgegentreten.

Bereits der morgendliche Weg zur Arbeit erfüllte ihn systematisch mit Ekel. Ihn nervte der stinkende Lärm der Autos, das metallische Quietschen der Straßenbahn vor seinem Haus, das bedrohliche Aufheulen der Motorräder. Das Gedränge in der S-Bahn widerte ihn an. Das tumbe Gestampfe, das seinen Mitreisenden aus den Kopfhörern quoll, belästigte ihn, ebenso wie das dumme Handy-Geschwätz der Leute, das desto dümmer es war, desto lauter klang.

Er hasste die regelmäßigen Verspätungen durch die er sich genötigt fühlte zu rennen, wollte er seinen Anschluss nicht verpassen. Er hasste es, wenn ihm dabei langsamere Passanten vor die Füße liefen und er gezwungen war, ihnen auszuweichen, wollte er vorwärtskommen. Aber am meisten hasste er, dass ihn am Ende dieses mühsamen Weges nichts anderes erwartete als ein weiterer langweiliger Tag völlig sinnlosen Tuns.

Abgekämpft erreichte er das große Bürohaus, in dem sich die Versicherung befand, bei der er arbeitete. Routiniert zog er am Eingang seine Plastikkarte durch den Scanner. Mit einem satten Summen sprang die schwere Glastür auf und er trat ein. Acht qualvoll lange Stunden lagen ab diesem Moment noch vor ihm. Bis in den sechsten Stock hinauf stieg er zu Fuß. Auf die anfeuernden Morgengrüße der Kollegen, die man im Fahrstuhl traf, konnte er gerne verzichten. Zum Glück war er der Erste auf seiner Etage und erleichtert darüber, noch nicht den prüfenden Blicken der anderen ausgesetzt zu sein, warf er zuerst seinen PC und dann die Kaffeemaschine an. Zwar hatte er keinen

Grund zu der Annahme, dass man ihn ausspionierte, aber sein täglich mühsam vorgeschütztes Interesse an allen Themen, die mit seiner Arbeit zu tun hatten, gaben ihm das verzweifelte Gefühl, ein Hochstapler zu sein.

Diszipliniert kompensierte er sein mangelndes Interesse durch stumpfen Fleiß. Doch da er dort, wo seine Kollegen ehrlichen Spaß an ihrem Tun aufbrachten, nur eine absolute Leere empfand, fühlte er sich wie ein vom Glauben abgefallener Sünder umgeben von Gläubigen; und jeder Tag, an dem er sein Versteckspiel fortsetze, mehrte sein schlechtes Gewissen.

Als seine Kollegen eintrafen saß er bereits tief über seine Tastatur gebeugt und schützte großen Eifer vor.

„Morgen Olli, alter Streber", begrüßte ihn sein Kollege Jo Gabor. „Bist ja schon fleißig. Konntest es wohl kaum abwarten!" Der spöttische Unterton gehörte zu ihrem allmorgendlichen Ritual.

„Nur der frühe Vogel fängt den Wurm", konterte Olli wohlwissend, dass Jo Gabor um keine Antwort verlegen sein würde.

„Der frühe Vogel kann mich mal", lachte sein Gegenüber und ließ sich schwungvoll auf seinen Schreibtischstuhl plumpsen. Olli mochte den immer gut gelaunten und schier unermüdlichen Gabor, der sogar dann noch einen humorvollen Spruch auf den Lippen hatte, wenn er schimpfte. Mit seinen gut vierzig Jahren befand sich Gabor noch immer im hierarchischen Mittelfeld. Er hatte bereits dutzende jüngere Kollegen eingearbeitet und auf der Karriereleiter an sich vorbeiziehen sehen, aber da er seinen mangelnden Ehrgeiz ganz offen zur Schau stellte und sich dadurch noch nie jemandem in den Weg oder irgendeine Autorität in Frage gestellt hatte, war er bei Kollegen und Chefs gleichermaßen beliebt. Aufgrund seines Alters war er mit vielen Vorgesetzten per Du, die sich mit ihm auf Augenhöhe unterhielten. Dass er nicht der fleißigste in der Truppe war, galt als offenes Geheimnis, störte allerdings keinen. Niemand stellte Jo Gabor in Frage. Am allerwenigsten Gabor selbst. Olli beneidete ihn.

„Mensch Olli, du siehst heute Morgen aber blass aus um die Nase. Wohl zu lange gefeiert?" Besorgt lehnte sich Gabor über den Tisch.

Olli kroch fast in seinen Monitor hinein. „Geht schon", nuschelte er. Das Klackern seiner Tastatur füllte die Stille. Gabors Anteilnahme schwebte wie eine Wolke im Raum. Olli duckte sich noch tiefer. Verbissen drosch er auf die Tasten, um den fragenden Blick abzuschütteln, der sich mit jeder Sekunde tiefer in ihn hineinbohrte.

„Du arbeitest zu viel, mein Lieber", hörte er Gabors väterliche Stimme. „Ehrgeiz ist gut, aber du darfst es nicht übertreiben. Sonst machst du dich kaputt."

„Ist schon okay, Gabor", unterbrach Olli sein angestrengtes Fingerspiel und sackte dabei leicht in sich zusammen. „Ich fühle mich nur heute nicht so wohl. Vermutlich habe ich gestern etwas Falsches gegessen."

Kopfschüttelnd erhob sich Gabor. „Dann für dich lieber einen Kräutertee?", fragte er fürsorglich.

„Ja, Mama", gab Olli zurück.

„Gerne, mein Sohn", fing Gabor den Spaß sofort auf und tänzelte aus ihrem gemeinsamen Büro, um sich einen Kaffee aus der Abteilungsküche zu holen.

Tatenlos sah ihm Olli nach. So schlapp wie heute Morgen hatte er sich in der Tat noch nie gefühlt. Normalerweise verdrängte die Routine die Übelkeit, die er auf dem Weg hierher ansammelte und sie kam ihm erst wieder hoch, wenn er sich mit einer besonders sinnlosen Aufgabe konfrontiert sah. Doch eigentlich hatte er selbst solche Krisen ganz gut im Griff.

Das Telefon riss ihn aus seinen Gedanken. Auf dem Display erkannte er die Nummer des Chefs. Hastig griff er nach dem Hörer; sein schlechtes Gewissen verursachte eine weitere Übelkeitswelle.

„Guten Morgen, Herr Maurer?", meldete er sich.

„Morgen, Herr Korff. Haben Sie mal einen Moment Zeit?"

Maurers Stimme barst förmlich vor Eifer. Olli wappnete sich. So viel Elan am frühen Morgen bedeutete selten etwas Gutes.

„Natürlich, gerne", log er schwach und erhob sich mit wackligen Beinen.

„Bin kurz beim Chef", kam er Gabors fragendem Blick zuvor, der soeben mit einem Kaffee in der Linken und einem Tee in der Rechten ins Büro zurückkehrte.

Das Chefzimmer lag am Ende des Flures. Überall durch die offenen Türen rechts und links drang sportliche Aufbruchsstimmung. Das Lachen und das unbekümmerte Geplauder begleiteten Olli bis zu seinem Ziel. Herrn Maurers Bürotür stand halb offen, der Chef telefonierte und er gab ihm winkend zu verstehen, er solle eintreten. Schüchtern schob Olli die Tür auf und erschrak. Herr Maurer war nicht alleine. Frau Morten, die Personalchefin und Herr Dr. Barth, der Senior-Geschäftsführer, nickten ihm begrüßend zu, als er eintrat. Eine neue Übelkeitswelle erfasste ihn so stark wie noch nie zuvor. Maurer deutete auf einen freien Stuhl.

„Setzen Sie sich", befahl er.

Schweißgebadet und mit zittrigen Beinen ließ Olli sich einfach fallen.

„Danke", stöhnte er.

„Geht es Ihnen nicht gut?" Frau Morten musterte ihn irritiert. Olli zwang sich zu einem Lächeln.

„Geht schon", murmelte er.

„Also", hob Herr Mauerer feierlich an und nahm ihn streng ins Visier. „Sie ahnen sicher bereits, warum wir Sie heute Morgen sprechen wollen?"

Entlarvt, dachte Olli entsetzt. *Nun haben Sie mich entlarvt.* Eine weitere Übelkeitswoge stürmte heran. Doch zugleich machte sich eine völlig neue Erkenntnis in ihm breit. *Wenn sie mich jetzt entlassen*, dachte er, *dann hat das sicher auch sein Gutes.* Gelassen betrachtete er seine Gegner.

„Wenn ich ehrlich bin, Herr Maurer, nein, das weiß ich nicht", entgegnete er fast zuversichtlich und das feste Gefühl in seinem Magen lockerte sich leicht. Zu seiner Überraschung lehnte sich Dr. Barth zu ihm hinüber. Über das Gesicht dieser grauen Eminenz hatte sich ein feierliches Leuchten gelegt.

„Junge Mitarbeiter wie Sie, die sich durch ihr Engagement auszeichnen, gehören in führende Positionen. Mein lieber Herr Korff, wir freuen uns, Ihnen die Position eines Gruppenleiters anzubieten.“

„Es versteht sich von selbst, dass mit diesem Plus an Verantwortung auch ein beachtliches finanzielles Plus verbunden ist ...“, säuselte Frau Morten.

„Nun sagen Sie doch etwas, Korff“, fiel Herr Maurer seiner Vorrednerin ungeduldig ins Wort. „Wie Sie sehen, habe ich mich bereits für Sie eingesetzt, aber wenn Sie Bedenkzeit brauchen ...“

„Nein“, würgte Olli hervor. „Ich bin erfreut.“ Sein Gesicht war eine einzige verzerrte Grimasse. Schlimmer hätte es gar nicht kommen können. Er musste hier raus. Schnell. Der einzige Weg war die Flucht nach vorn.

„Sie dürfen auf mich zählen“, murmelte er und erhob sich. Eine pelzige Schlange bahnte sich ihren Weg durch seinen Hals. Eine Schlange, die immer schneller wurde. Die sich verflüssigte zu einem dicken zähen Brei und aus ihm herausbrach wie eine Fontäne.

Vier sprachlose Augenpaare starrten auf Herrn Maurers soeben noch blank polierten Schreibtisch, von dem Ollis Erbrochenes langsam auf den Teppichboden tropfte.

Ollis sehnlichster Wunsch in diesem Moment war eine Naturkatastrophe, die das ganze Gebäude in Schutt und Asche hätte legen können, wenn nur er dabei der Aufmerksamkeit dieser drei Personen entzogen worden wäre. Doch der sprichwörtliche Boden unter seinen Füssen tat sich nicht auf. Langsam wanderten die drei Augenpaare von Schreibtisch und Teppichboden zu ihm.

Immerhin fühlte er sich nun irgendwie erleichtert. So leicht, dass ihn seine Füße ganz wie von selbst aus Maurers Büro trugen. Auch seine Beine waren so leicht, dass sein schwereloser

Körper ihnen folgte, als sie den Flur entlang flogen, vorbei an seinem Büro, durchs Treppenhaus hinunter bis auf die Straße.

Erst hier spürte er wieder den festen Boden unter seinen Füssen. Wie ein dem Ertrinken gerade noch Entronnener schnappte er nach Luft.

Weg, dachte er. *Ich muss hier weg. Sofort, bevor mir jemand folgt.* Und mit der Entschlossenheit des Verzweifelten rannte er los.

Leokadia nahm Anlauf. Entschlossen betrat sie den Fahrstuhl, atmete tief durch und drückte den Knopf für die dritte Etage. Fast geräuschlos schlossen sich die Türen und der verspiegelte Kasten glitt nach oben. Mit einem gläsernen Bing schoben sich die Fahrstuhltüren wieder auseinander, sie gab sich einen Ruck und trat über die Schwelle.

Es roch nach Desinfektionsmitteln, rotem Tee und Urin. Der klassische Krankenhausduft. Vertraut und dennoch jedes Mal unangenehm überraschend. Nur wenige Patienten schlichen über den Flur, schubsten erschöpft ihre Infusionsständer vor sich her.

Schnell rein und schnell wieder raus, dachte sie. Sich bloß in kein Gespräch verwickeln lassen. Zum Glück war niemand zu sehen, den sie kannte. Nicht einmal die chronisch übellaunige Oberschwester Brigitta, die sonst immer in den unpassendsten Momenten auftauchte, schien in der Nähe zu sein. Schwester Mephista nannten sie die anderen hinter vorgehaltener Hand, Schwestern wie Patienten gleichermaßen. Eine offenere Form der Empörung wagte allerdings keiner. Sogar Doktor Heim widersprach der Oberschwester nie in der Öffentlichkeit.

Doch Leokadia wusste, dass die allgemeine Abneigung gegen Schwester Brigitta nicht wirklich gegen diese persönlich gerichtet war. Die Pflegekraft erfüllte ihre Pflicht, wenn sie Patienten mit spitzen Nadeln quälte, Blut zapfte, Katheter in

Körperöffnungen schob und mürrisch Stützstrümpfe über kalkweiße Beine zerrte. Der eigentliche Feind lauerte woanders und im Grunde war auch die unbeliebte Oberschwester eine Verbündete. Nur war es leichter jemanden zu hassen, den man sehen konnte.

Betont unbeteiligt schlich Leokadia an den offenen Türen der Patientenzimmer vorbei. Dort, wo die morgendliche Körperpflege und das Frühstück bereits passiert waren, vertrieb man sich die Langeweile mit einem Gespräch im Nachbarzimmer oder einem Spaziergang auf dem Flur. Vor dem Schwesternzimmer stapelte eine junge Lernschwester abgeräumte Frühstückstabletts auf einen Wagen. Hilfsbereit sah sie auf, als sie Leokadia wahrnahm.

„Suchen Sie jemanden?“

Leokadia schüttelte den Kopf. „Ich habe nur einen kurzen Termin bei Dr. Heim.“

„Sein Büro ist am Ende des Flurs“, erwiderte die junge Schwester freundlich und fuhr gebückt fort, das benutzte Geschirr zusammenzuschieben.

Leokadia nickte. Das wusste sie bereits. Erst nach einigen Schritten fiel ihr auf, dass sie sich nicht bedankt hatte und wandte sich noch einmal um. Doch die freundliche Schwester karrte mit dem Rücken zu ihr den Geschirrwagen bereits in Richtung Fahrstuhl.

Im Vorzimmer des Arztes bat man sie noch um etwas Geduld, da Dr. Heim gerade in einer anderen Konsultation sei. Auf einem Stuhl im Flur neben dem Behandlungsraum nahm sie Platz und begann zu warten. Der übliche Alltag auf der Station floss an ihr vorüber. Klinikalltag, das hieß Arbeit für das Pflegepersonal und Langeweile für die Patienten. Seit ihrem ersten Aufenthalt in einer Klinik war Leokadia zu der Einsicht gelangt, dass krank sein vor allem bedeutete, tatenlos zu sein. Man wartete. Die Arbeit taten andere. Man wartete darauf, dass etwas passieren würde, worauf man keinen Einfluss hatte. Den hatten andere. Und wenn nicht, dann hatte man Pech.

„Können Sie mir bitte helfen?" Eine Frau mittleren Alters stand Hilfe suchend vor ihr. Leokadia sah sich um. Zwei Männer in ausgebeulten Trainingshosen und Pantoffeln schlurften vorüber. Vom Pflegepersonal war niemand in Sicht.

„Bitte, haben Sie einen Moment?" Der flehende Blick der Fremden ließ ihr keine Wahl. Mit gemischten Gefühlen folgte sie ihr in eines der gegenüberliegenden Patientenzimmer.

„Meiner Mutter geht es gerade ganz schlecht. Ich will einen Arzt holen, sie in der Zwischenzeit aber nicht alleine lassen."

„Ich warte hier", versprach Leokadia und nickte der Frau hinterher, die bereits eilig den Raum verließ.

Verlegen musterte sie die sparsame Einrichtung. Ein einziges Bett, ein Nachttischchen auf Rollen, ein schmaler Spint, eine abgenutzte Zahnbürste auf dem Waschbeckenrand. Der einzige Stuhl dicht am Bett. Darin die Kranke, die sich kaum vom graugewaschenen Weiß der Bettwäsche abhob. Sichtbar nur das fahle Gesicht – die Augen geschlossen, mit spitzen Wangenknochen und lippenlosem Mund – und die welken Hände – kraftlos, knochig, blau durchädert. Widerstrebend nahm Leokadia Platz, bemüht darum, keinen Laut zu machen, um die Kranke nicht zu wecken. Schwach hob und senkte sich das Laken über der Brust. Das einzige Zeichen, an dem Leokadia erkannte, nicht die einzig Lebende im Raum zu sein.

Nach Ablenkung suchend tasteten ihre Augen über das kahle Weiß der Wände. Ein schlichtes Holzkreuz gegenüber dem Bett war der einzige Schmuck. Doch die Leere beherrschte alles. Sie verschlang die spärlichen Spuren eines verlöschenden Lebens, sie bedrohte die Bedeutung aller Gegenstände, die sich mit ihr im Raum befanden. Hilflos suchte Leokadia nach einem Ausweg. Immer unruhiger strich ihr Blick über die leeren Wände, streifte erneut das kleine Kreuz und fand keinen Halt.

Ein Wartezimmer für den Tod, durchfuhr es sie plötzlich. Die kraftlose Frau im Bett vor ihr würde der um sich greifenden Leere nicht mehr entkommen können. Dies war ihr Sterbezimmer. Mitleidvoll sah Leokadia auf sie hinab und zuckte zusammen. Die Sterbende hatte ihre Augen geöffnet und starrte sie an. Vorwurfsvoll. Ängstlich. Fragend.

„Ich bin Leokadia", antwortete Leokadia. Die Augen der anderen fixierten sie. „Ich bin eine Bekannte Ihrer Tochter. Sie bat mich, hier bei Ihnen zu warten. Sie holt … Hilfe."

Das letzte Wort kam ihr nur zögernd über die Lippen. Welche Hilfe konnte die Sterbende denn noch erwarten? Kein Arzt dieser Welt, von diesem Krankenhaus ganz zu schweigen, konnte das Offensichtliche, das sich hier anbahnte, noch abwenden.

Fest hielt die Sterbende sie mit ihrem Blick gepackt. Klammerte sich an Leokadia, die sich mit jeder Sekunde, die verstrich, unbehaglicher wand und unruhig einen Vorwand herbeisehnte, aufstehen und gehen zu können. Doch die Frage in den Augen der Sterbenden hatte sich bereits in die flehende Bitte verwandelt, nicht allein gelassen zu werden.

Immer mehr griff die Leere um sich, ließ alle Geräusche jenseits dieser weißen vier Wände in Bedeutungslosigkeit versinken. Nur noch das gequälte Ein- und Ausatmen der Frau im Bett gab Leokadia einen Grund für ihren Aufenthalt in diesem Zimmer. Der letzte Grund, der sich mit jedem Atemzug, mit jedem Herzschlag weiter verlor.

Angst stand in den Augen der Sterbenden und Leokadia erschrak, wie sehr diese Angst bereits ihre eigene war.

Wo blieb nur die Tochter dieser Frau? Wieso kam niemand, der sie ablöste? Wieso ließ man sie so lange allein? Panik kroch in ihr hoch. Sie wollte hier nicht länger sitzen und warten. Auf den Tod warten. Ratlos. Tatenlos. Während vor ihren Augen ein Leben erlosch. Während die Leere wie eine riesige Flutwelle auf sie zuraste, unaufhaltsam zuraste und alles mit sich zu reißen drohte, auch sie mit sich reißen würde wie ein Nichts, wie das Nichts, zu dem sie unweigerlich werden würde, mit jedem Atemzug mehr, unvermeidlich und unaufhaltsam.

„Da bin ich wieder, Mama." Einen Arzt im Schlepptau stürmte die Tochter heran, schob Leokadia von ihrem Platz und griff nach der zur Faust geballten Hand ihrer Mutter. Unbeachtet stahl sich Leokadia durch die offen stehende Tür davon, schloss sie behutsam von außen und entfernte sich schnell.

Nichts wie weg, war ihr einziger Gedanke. Sie musste etwas tun, um der Gefahr zu entrinnen. Sie durfte nicht tatenlos warten. Sie musste dem drohenden Nichts etwas entgegensetzen, wollte sie darin nicht untergehen. Immer schneller trugen ihre Füße sie in Richtung Ausgang und doch noch nicht schnell genug, denn ihre Gedanken stürmten ihnen uneinholbar voran. Weg. Nichts wie weg.

„Wohin wollen Sie denn? Dr. Heim erwartet Sie jetzt", verfolgte sie der Ruf der Sprechstundenhilfe durchs Treppenhaus. Die Stimme griff nach ihr, konnte sie aber nicht mehr fassen. Leokadia rannte schon die Treppe hinunter, übersprang am Ende jeder Etage die letzten Stufen, eilte durch die große Eingangshalle und hastete durch die gläserne Tür ins Freie.

Ein leichter Windhauch streifte sie und trug Vogelgezwitscher mit sich. Unbeschwert schwatzend teilten zwei Putzfrauen aus der Klinik ihre Frühstückspause auf der Bank neben dem Eingang. Gleichmäßig floss der Autoverkehr über die breite Straße vor dem Gebäude dahin. Überrascht und erleichtert zugleich erkannte Leokadia, wie unbeteiligt sich das Leben hier draußen zeigte. Alles war wie immer.

Nur sie war nicht mehr wie immer. War sie denn die Einzige, die es wusste? Die Einzige, die in ihrem Herzen die Gewissheit mit sich trug, dass der Tod überall auf sie lauerte? Auf jeden von ihnen lauerte? Nein, sie wusste zu viel, um noch unbeteiligt sein zu können. Zu viel, um einfach nur abwarten zu können. Weg. Sie musste weg von hier. Schnell weg.

Zielstrebig, aber ohne festes Ziel, lief sie immer weiter. Suchend blickte sie sich um, ohne zu wissen, wonach sie suchte. Neben einem Kiosk parkten Autos, durch deren Blech sie sich wand. Durch das Seitenfenster eines roten Golfs fiel ihr Blick auf einen vergessenen Zündschlüssel. Vergessen oder nur kurz sich selbst überlassen, solange sein Besitzer am benachbarten

Kiosk eine Zeitschrift kaufen war? Diesmal waren ihre Finger schneller als ihr Kopf. Die Warnung erreichte sie erst, als sie bereits den Schlüssel umgedreht und zum Ausparken den Rückwärtsgang eingelegt hatte. Trotzig trat sie das Gaspedal nach unten, so dass der aufheulende Wagen mit einem Satz nach hinten sprang.

„Verdammt!", schlug ihr ein Fluch begleitet von einem dumpfen Schlag gegen die Heckscheibe entgegen. Leokadia trat mit ganzer Kraft auf die Bremse.

Ausgebremst. Verdammt! Olli holte tief Luft. Einerseits, weil ihm diese beim Aufprall mit dem roten Kleinwagen zunächst weggeblieben war. Andererseits, weil er Luft brauchte, um seinem Ärger Platz zu machen. Mit einem Satz stürmte er vom Heck zur Beifahrertür und riss diese auf.

„Dumme Kuh, kannst du nicht zurückschauen, bevor du ein-fach losbretterst", herrschte er die junge Frau hinter dem Steuer an. In ihrem Gesicht mischte sich ein schlechtes Gewissen mit ungläubigem Staunen.

„Ich schaue nicht zurück. Nur noch vorwärts", schnauzte sie zurück. Ungelenk rührte sie mit dem Schaltknüppel herum. Das Getriebe antwortete mit einem gefährlichen Krachen.

„Mann, bei deinem Fahrstil riskierst du Tote!", motze er be-leidigt und rieb sich den schmerzenden Oberschenkel.

Betroffen sah sie ihn an. „'Tschuldigung", flüsterte sie kleinlaut. „Bist du verletzt?"

„Wird schon gehen", gab sich Olli versöhnlich, denn ihre zerknirschte Miene weckte sein Mitgefühl. Ängstlich sah sie sich um. Einige Passanten waren stehen geblieben und reckten neugierig die Hälse.

Ungeduldig wandte sie sich an Olli. „Steig ein! Ich fahr dich", schlug sie ihm vor. Er dachte nach. Wenn sie ihn heim-fuhr, dann könnte er seiner merkwürdigen Flucht vielleicht noch eine vernünftige Wendung geben. Und er hätte genug

Zeit, um in Ruhe zu überlegen, wie er seinem Chef den Vorfall erklären könnte. Er zögerte.

„Jetzt mach schon!", fuhr sie ihn gereizt an und trat das Gaspedal durch, kaum dass er sein linkes Bein in die Bodenwanne gestellt hatte. Brüsk wurde sein Körper durch den Schwung der Vorwärtsbewegung auf den Beifahrersitz gedrückt.

„Hey, willst du uns umbringen?", schrie er entgeistert.

„Mach lieber die Tür zu und schnall dich an!", befahl sie und lenkte den Wagen, ohne die Geschwindigkeit zu drosseln, um eine scharfe Kurve. Olli beeilte sich ihrer Empfehlung zu folgen, so gerne er auch protestiert hätte. Verdammt! War er einer Verrückten in die Fänge geraten? Misstrauisch betrachtete er ihr Profil von der Seite. Mit ruhigen Bewegungen reihte sie sich in den fließenden Verkehr ein, ihre Aufmerksamkeit ganz dem Geschehen auf der Straße gewidmet. Allmählich wich die Anspannung aus ihrem Gesicht. Obwohl ihr die kurzen braunen Haare recht wirr vom Kopf standen, wirkte die junge Frau nicht verrückt auf ihn. Vielleicht ein wenig nervös, verängstigt, aber ganz sicher nicht verrückt.

„Okay", brach er schließlich das Schweigen. „Da vorne kannst du mich rauslassen."

„Ich dachte, ich soll dich fahren?" Ein kurzer Blick aus braunen Augen streifte ihn. „Hab's versprochen und bin es dir ja wohl auch schuldig. Also, wohin?"

Olli grinste. Wieso sollte er eigentlich nach Hause fahren? Er konnte seinen Chef doch von überall aus anrufen.

„Ich höre?" Sie gab sich wirklich Mühe, freundlich zu klingen. Doch die Ungeduld in ihrer Stimme war unüberhörbar. „Ich hab nicht ewig Zeit", fügte sie beschwichtigend hinzu. „Also? Wohin wolltest du denn gerade, als ich dich fast umgefahren habe?", insistierte sie.

„Nur fast?" Olli musterte sie genauer. Eigentlich sah sie ganz süß aus. Schlank, sportlicher Typ, lange Wimpern, höchstens Mitte zwanzig. Wenn sie nicht so zickig gewesen wäre, hätte sie ihm sogar gefallen können.

„Hey, was ist?", beschwerte sie sich. Sein forschender Blick war ihr nicht entgangen.

„Eigentlich wollte ich nur weg", sagte er.

„Dann haben wir ja das gleiche Ziel", erwiderte sie und lenkte ungerührt den Golf in Richtung Autobahn. Schweigend beobachtete er ihre Entschlossenheit. Ohne ein weiteres Wort zu verlieren, nahm sie die erstbeste Auffahrt und ließ den Wagen bei gut hundertzwanzig Stundenkilometern immer weiter davonrollen.

Olli rührte sich nicht. Gelassen verfolgte er das Geschehen. Dabei steckte er doch mittendrin. Sollte er nicht wenigstens überrascht sein? Kam ihm seine Reisegefährtin nur deshalb nicht verrückt vor, weil er am Ende selbst verrückt geworden war?

Mit gleichbleibender Geschwindigkeit dirigierte sie den Golf an einigen LKW vorbei, die wie eine behäbige Elefantenkolonne auf der rechten Spur vorwärtszogen. Es herrschte wenig Verkehr.

Olli strich über sein linkes Bein. Unter dem steingrauen Stoff seiner Anzughose wummerte ein gigantischer blauer Fleck. Vielleicht sollte er nachsehen, wie schlimm es um sein Bein bestellt war, dachte er und begann unbeholfen damit, in der Enge der Bodenwanne an seinem Hosenbein herumzufingern. Neugierige Blicke von der Seite verfolgten seine Bewegungen.

„Nicht gerade die richtige Kleidung für einen Ausflug ins Ungewisse, was?", sagte sie. Olli strich über seine Krawatte.

„Kommt drauf an, wie das Ungewisse aussieht, oder?"

„Touché", sagte sie und warf ihm ein verschmitztes Lächeln zu.

„Also, wohin geht es?", fragte er und lehnte sich entspannt zurück.

„Keine Ahnung. Weg." Lässig zuckte sie mit den Schultern und überholte einen Caravan. Plötzlich wurde sie wieder ernst. „Also, du musst nicht mit. Wenn du willst, setze ich dich am nächsten Rastplatz ab."

„Rastplatz? Klingt ziemlich langweilig. Vielleicht könnten wir ein interessanteres Ziel festlegen?“

„Okay“, erwiderte sie. „Mein Ziel heißt: Da entlang!“ Mit ihrer Rechten deutete sie unbestimmt durch die Windschutzscheibe nach vorne, wo sich soeben der Himmel blau glänzend durch die weiße Wolkendecke schob.

„Da ist Süden“, kommentierte Olli fachmännisch.

„Süden? Also gut, Cowboy“, nickte sie. „Let's go south.“ Ihr Mund verzog sich zu einem breiten Grinsen. Doch ihre Augen blieben ernst. Irgendetwas an ihr stimmte nicht, dachte Olli. War sie vielleicht doch verrückt? Seine Fahrt mit ihr im Auto war es jedenfalls.

„Also gut, dann nach Süden“, sagte er und spürte im selben Moment ein völlig neues Kribbeln in seinem Bauch. Egal wie abwegig die Situation auch schien, das Ganze war um Welten besser als alles, was ihn an diesem Morgen sonst erwartet hätte. Mit Schadenfreude dachte er an seinen verwaisten Arbeitsplatz und die dummen Gesichter der Kollegen. Es fühlte sich so viel lebendiger an etwas Verrücktes zu tun als das, was jeder den er kannte, als sinnvoll bezeichnet hätte. Vielleicht war er wirklich verrückt geworden. Plötzlich fiel ihm auf, dass er von seiner Reisegefährtin noch nicht einmal den Namen wusste.

„Ich bin Olli“, sagte er.

„Leokadia“, erwiderte sie knapp.

Olli konnte sich des seltsamen Gedankens nicht erwehren, dass sie mit dem Tausch ihrer Namen soeben einen Pakt geschlossen hatten.

„Schön, Olli, dann sieh doch bitte mal nach, ob hier im Wagen irgendwelche Straßenkarten rumliegen.“

Gewissenhaft durchwühlte er das Handschuhfach. Eine angebrochene Zigarettenschachtel, eine Dose mit Pfefferminzpastillen, eine Packung Butterkekse, alte Parkscheine, Tankquittungen, ein gebrauchtes Taschentuch. Keine Straßenkarte. Ein wenig ratlos zuckte er mit den Achseln.

„Umso besser“, entschied sie. „Dann verlassen wir uns einfach auf unsere Intuition.“ Sich duckend, als suche sie den Stand der Sonne, warf sie einen prüfenden Blick durch die Frontscheibe. „Du behältst doch die Himmelsrichtung im Blick, nicht wahr? Du bist nicht zufällig bei den Pfadfindern gewesen, oder?“, witzelte sie.

„Bin ich“, erwiderte er erstaunt, weil sie das ansprach. Eine Flut vergessen geglaubter Empfindungen bestürmte ihn. Er war gerne ein Pfadfinder gewesen. Jeden Tag unter dem freien Himmel, viel Natur, niemals Langeweile und das Gefühl, gemeinsam mit Gleichgesinnten einem höheren Ideal zu folgen. Polizist hatte er damals werden wollen oder Forscher. Neues entdecken. Sinnvolles bewirken. Peinlich berührt wehrte er seine Erinnerungen ab. Dabei sollte er sich vielmehr schämen für das, was er bisher wirklich aus seinem Leben gemacht hatte.

Nichts an seiner Arbeit erfüllte ihn mit Stolz. Sachbearbeiter schimpfte er sich. Als ob die Menschen, deren Schicksale auf seinem Schreibtisch landeten, Sachgegenstände wären. Mit seiner Arbeit degradierte er sie zu nummerierten Vorgängen. Krank war das. Beschämend und ekelhaft. Und desto mehr er sich vor dieser Sicht der Dinge ekelte, desto verbissener versuchte er jeden Tag aufs Neue, das Ganze möglichst rasch hinter sich zu bringen. Als gelte es bereits am frühen Morgen ausreichend Fahrt aufzunehmen, um unbeschadet über die Runden zu kommen.

So raste er nun schon seit Jahren durch den immer gleichen langen, trostlosen Tunnel, ohne irgendwo am Ende ein Licht zu erkennen. Zu einem wahren Meister der Effizienz hatte er sich entwickelt, der sich so wenig wie möglich mit seinen Kunden identifizierte, nur um sich nicht vor sich selbst schämen zu müssen. Und das, was er am verabscheuungswürdigsten fand, war, wie sehr man ihn gerade wegen dieser Arbeitsweise schätzte. Es war verrückt, so sein Leben zu verbringen.

Nein, an seinen früheren Träumen war rein gar nichts auszusetzen. Er hätte nichts dagegen gehabt, die Uhr nochmal zurückdrehen zu können, um etwas von ihrer Leichtigkeit und Unbeschwertheit zu fühlen.

„Ich war sogar ein guter Pfadfinder", erinnerte er sich. „Jeden Tag eine gute Tat. Das war unser Motto."

„Schön zu wissen. Ich komme bei Gelegenheit darauf zurück", spottete sie gutmütig.

Ungestört glitt der Golf über den Asphalt. Geradezu idyllisch die Landschaft, die an ihnen vorüberflog. Ein wundervoller Tag für eine Wanderung samt Picknick, durchfuhr es ihn. Urlaubsstimmung kam bei Olli auf. Dieses kribbelige Gefühl von unermesslicher Zeit und Freiheit. Dieses Gefühl, allem davonzufahren, was ihn beengte und störte. Das erste Hinweisschild auf die nahe deutsch-französische Grenze tauchte auf. Zweifelsfreies Indiz dafür, dass diese Fahrt absolut real war und er sich mit jeder Sekunde weiter von seinem Alltag entfernte. Prüfend befühlte er auf Brusthöhe sein Jackett, griff kurz in die Gesäßtasche seiner Hose. Immerhin hatte er seine Brieftasche inklusive Ausweis und Kreditkarte dabei. Und sein Handy. Allerdings hätte er nicht gewusst, wie er irgendjemandem, den er kannte, seine Situation hätte erklären können. Oder wollen. Also ließ er es ausgeschaltet.

Erneut tauchte ein Schild mit einem französischen Ortsnamen auf, der ersten Stadt hinter der Grenze. Leokadia setze den Blinker und lenkte den Golf die Ausfahrt hinunter, um auf die nahegelegene *route nationale* zu gelangen, die direkt auf der anderen Rheinseite begann. Die Flussbrücke war bereits zur Hälfte französisch. Unberührt von solchen nationalen Befindlichkeiten schlummerte Vater Rhein in seinem trägen Bett. Ein glatter Spiegel, der das makellose Sommerblau des Himmels auf den Betrachter zurückwarf. Ein Bild der Sorglosigkeit.

Verblüfft lehnte sich Olli zurück. Sein Blick fiel auf seine Reisegefährtin. Leokadia. Was war das überhaupt für ein seltsamer Name? Da saß er mit einer wildfremden Frau in deren

Auto, einer Frau, von der er nichts als diesen seltsamen Namen wusste, einer Frau, die er nur deshalb getroffen hatte, weil sie ihn fast überfahren hatte.

So einfach also konnte das Leben sein. Man beschloss davonzufahren und fuhr davon. Man wählte eine Himmelsrichtung aus, so einfach, wie man eine Pizzabestellung aufgab. Man steuerte ein fremdes Land an ohne nennenswerte Fremdsprachenkenntnisse, ohne Gepäck, ohne Rasierapparat oder Zahnbürste. Einfach so. Na und?

Plötzlich begann der Golf zu ruckeln.

„Scheiße", sagte Leokadia, lenkte den Wagen zum Straßenrand und ließ ihn ausrollen. „Der Sprit ist alle."

„Hast du ihn nicht getankt, bevor du losgefahren bist?", fragte er verwundert.

„Hab' nicht drauf geachtet, als ich ihn geklaut habe", erklärte sie trocken.

„Geklaut?"

Dies war der eindeutige Beweis dafür, dass eine klitzekleine, aber wesentliche Information zu einem grundlegenden Erkenntniswandel führen konnte. Er saß also mit einer wildfremden Frau in deren Auto, nein, in einem von ihr gestohlenen Auto, und befand sich gewissermaßen auf der Flucht. Aber noch überraschender als die neue Perspektive, die sich ihm soeben eröffnete, war ein ganz anderer Gedanke, der ihn ebenfalls traf. Nichts von alledem störte ihn. Das Leben war immer noch einfach. Wenn man den Entschluss fasste eben mal wegzufahren, dann konnte man das genauso gut in einem gestohlenen Wagen tun. Es fühlte sich im Grunde genauso an. Ja, vielleicht sogar noch etwas besser. Noch spontaner. Noch leichter. Keine Sekunde dachte er daran, umzukehren. Schlimmstenfalls war er bereit, den Stand ihrer Reise als unterbrochen zu betrachten. Auf keinen Fall als beendet. Im Gegenteil. Er fühlte sich so sehr am Anfang einer Sache wie schon seit langem nicht mehr.

Stotternd tat der Golf seinen letzten Atemzug und kam mit einem leisen Seufzen auf einem Grünstreifen neben der Nationalstraße zum Stillstand. Draußen zwitscherten Vögel. In der Ferne klopfte sogar ein Specht.

Trotzig hielt Leokadia das Lenkrad umklammert, starrte auf einen unsichtbaren Punkt in seiner Mitte, als suche sie darin nach den passenden Worten, die ihrem Missgeschick etwas von seiner unbequemen Schwere nehmen konnten.

Gelassen öffnete Olli die Beifahrertür und ließ einen Schwall frischer Luft herein. Der Geruch von Wald und Sommer breitete sich im Wageninnern aus. Aufatmend kletterte er von seinem Sitz ins Freie.

„Schön hier", warf er Leokadia zu, die noch immer in ihrer Pose verharrte. Nur langsam hob sie ihren Blick, öffnete schwerfällig ihre Wagentür und stieg aus. Verlegen blinzelte sie über das Wagendach hinweg zu ihm hinüber.

„Wurde auch Zeit für eine kleine Pause", fuhr Olli gut gelaunt fort, griff in das Handschuhfach und zog die Kekspackung hervor. Prüfend biss er ein Stück von einem der Butterkekse ab, nickte wohlwollend und reichte ihr die Packung über das Wagendach.

Zögernd nahm sie an.

„Und nun?" Ihre Stimme war ein vorsichtiges Tasten.

„Da lang. Zu Fuß, bis sich eine andere Mitfahrgelegenheit auftut." Kauend wies er die Straße hinunter. „Aber vielleicht sollten wir den Wagen vorher aus dem Sichtfeld der Straße schieben", ergänzte er so beiläufig, als habe er bereits Hunderte von gestohlenen Autos auf diese Weise entsorgt.

„Sollten wir", stimmte sie erleichtert zu und biss krachend in ihren Keks, den sie nun in aller Ruhe zu verzehren begann.

In aller Ruhe genoss Gabor seinen frischen Kaffee. Checkte seine morgendlichen E-Mails, sortierte Anfragen nach Dringlichkeit, löschte SPAMs und surfte kurz durch einige gängige Nachrichtenportale. Spöttisch pflegte er diese ersten zehn Minuten seines Arbeitstages als die sprichwörtliche Ruhe vor dem

Sturm zu bezeichnen. Doch selbst der Sturm, der für gewöhnlich auf diese ruhigen Minuten folgte, konnte ihn niemals ernsthaft erschüttern. Denn Jo Gabor ließ sich so schnell durch nichts erschüttern. Der tägliche Stress, in den seine Kollegen für gewöhnlich ausbrachen, rief bei ihm nur ein verständnisloses Kopfschütteln hervor. Manchmal liefen die Dinge eben schief, passierten Fehler, musste es schnell gehen oder eine Sache war kompliziert zu begreifen. Na und? Er zuckte die Schultern und arbeitete genauso gelassen weiter wie zuvor. Half es, einem Problem mit Hektik oder Panik zu begegnen? Wohl kaum. Also, wozu sich aufzuregen?

Wenn ihn mal wieder einer der jungen Chefs anbrüllte, weil er meinte, nur so seinem Unmut Luft machen zu können, dann reagierte Gabor stets mit einem vielsagenden Lächeln und fügte in aufreizend langsamem Tonfall die folgende Frage hinzu: „Ist jemand gestorben?"

Entweder wurde sein Gesprächspartner dann sofort still, weil er begriff, dass Gabor das Leben offensichtlich nicht nach den gleichen Maßstäben maß, oder aber er flippte völlig aus, um dann einige Minuten später ebenfalls still zu werden. Denn ob man die Maßstäbe Gabors begriff oder nicht, eines begriff jeder recht schnell: An diesem unerschütterlichen Fels der Gelassenheit kam man so oder so nicht vorbei und sich aufzuregen bedeutete, am Ende nur die eigene Energie zu verschleißen. Gabors Stoizismus gewann in solchen Fällen immer.

So berührte ihn zunächst auch die plötzliche Hektik wenig, die auf einmal auf der Etage losbrach. Neugierig verließen seine Kollegen einer nach dem anderen ihre Schreibtische, um nach der Ursache für den plötzlichen Tumult zu sehen, und Gabor hörte, wie sich ihre Stimmen mit der immer lauter werdenden Unruhe vermischten. Die Tatsache, dass er in diesem Gewirr neben der Stimme von Maurer nun auch noch Dr. Barths imposanten Altherrenbass ausmachen konnte, veranlasste ihn zu der Annahme, dass doch irgendeine größere Sache im

Gange war. Eine Sache, die in ihrer Tragweite über die sonst üblichen Vorkommnisse hinausging.

Seine Neugier war geweckt. Gabor erhob sich. Auf dem Flur stieß er fast mit der Putzfrau zusammen, die ihn, behindert durch ihr schweres Equipment, fast umgerannt hätte, als sie aus dem Fahrstuhl stieg. Höflich trat er zur Seite und wunderte sich kaum noch, dass sie ebenfalls in Richtung Maurers Büro eilte. Von dort kam der meiste Lärm. Vor Maurers Bürotür drängelten sich bereits Kollegen und Kolleginnen aus der benachbarten Buchhaltung und versuchten ungeniert, einen Blick durch die weitgeöffnete Tür ins Chefzimmer zu erhaschen. Ohne jede Vorstellung davon, welche Umstände so viel Aufregung und sogar ein eilig herbeigerufenes Putzkommando rechtfertigen konnten, erreichte er das Zimmer seines Chefs.

„Hat einfach auf den Schreibtisch gekotzt", raunte ihm Anerkennung heischend der dicke Kunz zu und stob davon, um auch in anderen Abteilungen von der Exklusivität dieser Nachricht zu profitieren, solange sie noch halbwegs exklusiv war. Fragend sah Gabor sich um. Um wen ging es eigentlich? Seine Augen suchten den Chef, der etwas blasser als sonst von seinem Schreibtisch aus einige Anweisungen ins Telefon diktierte. Gabor erkannte, wie sehr ihm der allgemeine Aufruhr lästig war und dass er bereits daran arbeitete, die Dinge in ihre gewohnte Laufbahn zurück zu dirigieren. Das Getuschel ignorierend trat Gabor direkt auf ihn zu.

„Herr Maurer?"

„Gabor, Sie. Ein Glück. Endlich eine ruhige Stimme der Vernunft." Erleichtert sah sein Vorgesetzter zu ihm auf. Mit einem Nicken signalisierte ihm Gabor, dass man ihn mit der Klärung der Angelegenheit, welcher Art sie auch immer sein mochte, beauftragen durfte.

„Dem Korff ist plötzlich schlecht geworden", erläuterte Maurer noch immer ein wenig aufgeregt. „Er hat, na ja, sich übergeben. Ist davongelaufen. Ist ihm sicher peinlich und so.

Dabei sind wir doch alle nur Menschen." Mit einem Räuspern setzte Maurer zu seiner eigentlichen Bitte an. „Sie kennen ihn doch am besten von uns. Können Sie ihm hinterhergehen und nachsehen, was los ist? Ob er sicher nach Hause gekommen ist und so? Soll sich keine Sorgen machen wegen der Krankmeldung. Wir sind doch alle Menschen und so."

„Selbstverständlich." Besorgt eilte Jo Gabor davon. Wieso hatte er nicht gleich an Olli gedacht? Verärgert über sich selbst, fiel ihm nun ein, wie blass und verstört sein junger Kollege ihm heute Morgen erschienen war.

Nur eine Minute später stand er vor dem grauen Bürohaus und hielt Ausschau. Keine Spur von Olli. Wenn Olli schnell nach Hause gewollt hatte, dann war er nach links in Richtung S-Bahn abgebogen, überlegte Gabor. Wenn Olli allerdings gelaufen war, um sich in der frischen Luft seine Übelkeit zu vertreiben, dann hatte er eher den Weg nach rechts gewählt, weil dieser nach wenigen Schritten durch eine Grünanlage führte. Nach kurzem Zögern entschied sich Gabor für den längeren Fußweg. Zügig folgte er der vermeintlichen Spur. Zum Glück wusste er, wo sein jüngerer Kollege wohnte, und würde in einer halben Stunde bei ihm vor der Haustür stehen.

Obwohl es erst Vormittag war, heizte die Sonne ihm bereits ordentlich ein. Noch im Gehen zog er sein dunkles Sakko aus. Vor dem Krankenhaus überquerte er die belebte Hauptstraße und bog in eine ruhigere Seitenstraße ein. An der nächsten Kreuzung neben einem Kiosk standen auffallend viele Leute. Ihre Aufregung verhieß nichts Gutes. Inständig hoffte er, dass Olli nicht die Ursache dafür war. Die kleine Menge war so erregt, dass niemand darauf reagierte, als er sich einfach dazustellte. Wirre Wortfetzen flogen umher, aus denen Gabor nicht klug wurde. Von einem Toten war die Rede.

Entsetzt ergriff er das Wort: „Ist jemand gestorben?" Seine Stimme flatterte.

„Der Kruppke", erwiderte der Kioskbesitzer mit todernster Miene. Die Gesichter um ihn herum nickten betreten. „Einfach umgefallen ist er. Hatte sich gerade seine Zeitung geholt und ein Bier. So wie jeden Morgen."

„Das Herz", fiel ein älterer Mann ein, dessen gesamte Erscheinung samt Bart einem Sokrates zur Ehre gereicht hätte. Gabor schämte sich ein wenig, aber er war erleichtert. Daher zwang er sich, der kleinen Trauergesellschaft noch ein wenig Anteilnahme zu zeigen.

„War wohl ein guter Mann, dieser Kruppke", wandte er sich an den Bartträger, dessen alkoholgetränkter Atem ihm entgegenschlug.

„Ein Sauhund war das", mischte sich ein schwitzender Glatzkopf ein, dessen komplette Garderobe ein eindrucksvolles Zeugnis der Siebzigerjahre war. „Hat seinen stinkenden Golf immer direkt unter meinem Fenster geparkt. Und im Winter hat er den Motor laufen lassen. Wegen der Heizung. So eine Umweltsau, der."

„Mensch, Heise, der Mann ist tot", rügte ihn der Bärtige mit grimmiger Miene und unterdrückte gerade noch ein Rülpsen.

„Ach ja und mit solchen Umweltverpestern wie dem Kruppke sind wir es auch bald alle.

„Na, du stirbst bestimmt nicht an Abgasen. Du holst dir vorher 'nen schicken Krebs durch deine Polyesterkittel", warf ihm der deutlich um eine klare Aussprache bemühte Kioskbesitzer entgegen. Als guter Gastgeber der anwesenden Trauerrunde hatte er ganz offensichtlich bei einigen der bisher auf Kruppke ausgebrachten Toasts mitgehalten.

„Und du stirbst gleich durch meine Faust in deinem Gesicht!" Drohend hob der glatzköpfige Polyesterliebhaber seinen Arm, wobei er selbst gefährlich aus dem Gleichgewicht geriet. Gabor konnte ihn gerade noch stützen. Die Trauerfeier am Kiosk drohte eine unschöne Wendung zu nehmen.

„Ist doch egal, woran man krepiert. Irgendwann trifft es uns alle", sinnierte der vollbärtige Sokrates plötzlich kleinlaut, und entsprechend dem Grundsatz, dass die größten Wahrheiten mit den schlichtesten Worten einhergehen, gab auch Heise klein bei.

„Scheiße, Mann, aber tot ist tot, da kommt keiner gegen an“, beendete er die Diskussion. Gegen so viel philosophischen Tiefsinn vermochte sich nun niemand in der Runde mehr hervorzutun. Der Gedanke an den Tod vereinte sie alle. Ihre nickenden Köpfe starrten ins Leere.

„Dann wollen wir lieber schnell noch einen trinken“, brach der Kioskbesitzer die nachdenkliche Stille und begann, hastig Bierdosen über seine Theke hinweg zu verteilen. Ehe Gabor sich versah, hielt auch er eine gut gekühlte Dose in den Händen. Mochte der Tod sie alle vereinen, das Leben zu teilen, solange dies möglich war, klang auch ohne Philosophie wie die deutlich bessere Alternative. Einmütig erklang das Klickklack der Dosenverschlüsse. Die Trauerfeier kam wieder in Schwung.

„Auf Kruppke!“, rief Polyester-Heise und erhob mit aufrichtiger Inbrunst sein Getränk.

„Auf Kruppke!“ Geschlossen tranken alle bis auf Gabor, der sein Bier noch immer ungeöffnet in den Händen hielt.

„Und auf seine Dreckschleuder von Auto“, ergänzte Heise, wenn nun auch deutlich bescheidener als bei seinem ersten Einwurf.

Gabor wusste auch nicht warum, aber eine Frage drängte sich ihm plötzlich auf.

„Und wo steht es jetzt, das Auto von Kruppke?“

„Ist ’ne junge Frau mit weggefahren“, wusste ein Hundebesitzer zu berichten, der Gabor bis zu diesem Moment noch gar nicht aufgefallen war. „Hat meinen Tobi und mich fast umgefahren.“ Mitleid heischend tätschelte er seinem Rottweiler den bulligen Nacken.

„Was für ’ne junge Frau?“ Heise witterte bereits die nächste Sensation, auf die er seine gewohnheitsmäßig schlechte Laune richten konnte.

Tobis Besitzer zuckte mit den Schultern. „Keine Ahnung. Hab sie noch nie hier gesehen. Hat sich den Wagen vielleicht nur geliehen?“

„Von 'nem Toten? Nee, das klingt für mich eher nach Diebstahl." Heise war sofort in seinem Element.

„Und ein junger Mann ist auch eingestiegen", ergänzte der Hundebesitzer sichtlich stolz darüber, noch mehr zur Unterhaltung beitragen zu können. Endlich nahm man von ihm Notiz.

„Ein junger Mann?" Gabor wurde hellhörig. „Wie sah der denn aus?"

„So 'n Krawattenträger eben", ergänzte der Hundemann schulterzuckend. „Groß, blond, schmal." Die Beschreibung passte auf Korff.

„So, so", gab Polyester-Heise angriffslustig von sich. „So einer wie Sie." Seine mürrische Miene konzentrierte sich nun auf Gabor.

Dieser hatte genug. Energisch stellte er seine Bierdose auf der Kioskdurchreiche ab. Das alles hier ging ihn doch gar nichts an. Sicher lag Olli bereits zu Hause in seinem Bett und kurierte seine Magenverstimmung aus. Abschiedslos verließ er die Gruppe am Kiosk und eilte weiter.

Nach wenigen Minuten stand er vor Ollis Wohnhaus und klingelte. Niemand öffnete. Ob er wirklich zu Hause war? Ob er schlief? Gabor zog sein Handy aus der Innentasche und wählte Ollis Nummer. Doch außer der Mobilbox antwortete ihm niemand. Gabors zweiter Versuch auf dem Festnetzanschluss versandete ebenfalls.

Vielleicht war Olli direkt zu einem Arzt gegangen? Vielleicht lief er noch etwas herum?

Jo Gabor versuchte, sich in den Kollegen hineinzuversetzen. Er mochte den jungen Mann, mit dem er nun seit einigen Jahren Tag für Tag ein Büro teilte und über den er jedoch, wie er sich eingestehen musste, erschreckend wenig wusste. Olli gehörte zu den stillen Typen, die sich niemals in den Vordergrund spielten. Weder fischte er nach Komplimenten für seine Arbeit, die er gewissenhaft und unauffällig erfüllte, noch versuchte er, sich durch privates Getratsche hervorzutun.

In der Firma gab es viele von der Sorte, die mehr damit beschäftigt waren „Politik zu machen", als wirklich zu arbeiten und die erstaunlicherweise gerade dadurch besonders schnell vorankamen. Olli gehörte nicht dazu. Gabor hatte immer angenommen, diese Zurückhaltung sei ein sicheres Indiz dafür, dass Olli den ganzen Zirkus gar nicht nötig habe, ja, dass er sogar darüber stehe, wofür er ihm seine größte Hochachtung zollte. Doch angesichts des seltsamen Ereignisses vom Morgen fragte sich Gabor erstmals, ob er sich darin nicht getäuscht hatte. Anscheinend war der junge Mann gar nicht so selbstsicher.

Was wusste er denn über dessen Privatleben? Hier in Frankfurt lebte er alleine. Von einer Freundin war, soweit er sich erinnerte, nie die Rede gewesen. Ollis Eltern lebten irgendwo auf dem Land. Ja, es musste ein Kaff in der Nähe von Kassel sein, denn Olli hatte sich nach seinem letzten Wochenendbesuch über die schlechte Verkehrsanbindung beklagt. Ein Auto besaß Olli nicht. Von Freunden in Frankfurt oder irgendwelchen Hobbys, denen er hier nachging, redete er nie.

Über den üblichen Smalltalk hinaus, der sich um Fußball, Autos und den einen oder anderen Kinofilm drehte, sprachen sie kaum über Privates. Manchmal erzählte Gabor von seinem Bruder, der in Spanien ein Café besaß, und davon, dass er sich irgendwann ebenfalls in den Süden zurückziehen würde, wenn ihm der Alltag in Deutschland zu viel würde. Doch auch davon ließ Olli sich nicht aus der Reserve locken.

So drehten sich ihre Plaudereien meistens nur um das Büro, die Kollegen, den Chef und die Arbeit, um Kunden und das Essen in der Kantine, so als existiere ein Leben außerhalb ihrer Arbeitszeit gar nicht. Als sei auch die Freizeit nur dazu da, sich zu regenerieren und auf den nächsten Arbeitstag vorzubereiten.

Wieso hatte er nie nachgehakt, wenn Olli sich zurückhaltend gezeigt hatte? Er mochte ihn doch und hätte es ihm dadurch zeigen können. In Gabor wuchs der Eindruck heran, sich in Bezug auf Olli eines Versäumnisses schuldig gemacht zu haben. Menschen, die man mochte, sollte man dies auch zeigen. Wie schnell konnte es zu spät sein. Ach, gerade er hätte es doch wissen müssen.

Ratlos entschloss sich Gabor, zurück ins Büro zu gehen. Er wollte später von dort noch einmal versuchen, Olli anzurufen. Vermutlich waren alle Sorgen völlig unbegründet und Oliver Korff würde sich im Laufe der nächsten Stunden sowieso von ganz alleine melden. Doch ein ungutes Gefühl blieb.

Ein ungutes Gefühl beschlich Leokadia als sie den roten Golf über das kniehohe Gras ins dichte Gebüsch schoben, um ihn vor den Blicken vorbeifahrender Autos zu verbergen. Die Vorstellung, jemand könnte sie beobachten, machte sie nervös und der Gedanke, dass der Besitzer des Wagens sein Eigentum inzwischen vermisste und bereits als gestohlen gemeldet haben könnte, bereitete ihr ernsthaft Sorgen. Die Leichtfertigkeit mit der dieser Olli an die Sache heranging, erstaunte sie immer mehr. Nicht nur, dass der junge Mann nahezu ohne zu zögern zu ihr in den Wagen gestiegen war und sich ohne mit der Wimper zu zucken auf ein völlig unbekanntes Reiseziel eingelassen hatte, dass er ohne sie und ihre Motive zu kennen nun sogar selbst Hand anlegte, um an dieser Flucht mitzuwirken, war mehr als erstaunlich. So spontan war keiner. Es sei denn, er war ebenso verzweifelt wie sie. Oder völlig verrückt.

Das erste Mal seit ihrer Hals-über-Kopf-Aktion dachte sie nach. Wog das Für und Wider ab. Der Gedanke umzukehren baute sich vor ihr auf. Mit all seinen Konsequenzen wuchs er zu einem Hindernis heran, gegen das sich alles in ihr sträubte. Nein, sie wollte kein Zurück und um alles in der Welt bloß keinen Stillstand. Bot sich ihr in der Person ihres merkwürdigen Reisebegleiters nicht sogar eine unerwartete Hilfestellung? Sie war nicht so dumm, diese Chance zu ignorieren.

Inzwischen stand die Sonne direkt über ihnen und Leokadia betrachtete verstohlen den Reisegefährten, den sie einer Laune ihres Schicksals zu verdanken hatte.

Zufrieden krempelte er die Ärmel seines weißen Hemdes nach oben, bückte sich nach seinem steingrauen Sakko, das er ins

Gras geworfen hatte, bevor sie den Golf ins Gebüsch bugsiert hatten, und vergaß auch seine blassblaue Krawatte nicht, die er wie eine kleine leblose Schlange auffischte, in seiner Hand zusammenrollte und in der Sakkotasche verschwinden ließ.

Offensichtlich hatte auch Olli seine Gründe und vielleicht würde sie im Laufe ihrer Reise noch dahinterkommen. Aber eigentlich waren ihr seine Motive völlig egal. Solange sie ein gemeinsames Ziel anstrebten, würde sie seine Gegenwart nicht in Frage stellen. Und zur Not auch ihr schlechtes Gewissen im Zaum halten, wenn er seine Kreditkarte einsetzte, um gemeinsame Reisespesen zu decken.

Grinsend strich er sich die Hosenbeine glatt, auf der einige Grasflecken zu sehen waren, die sich vermutlich nie mehr würden entfernen lassen. Lässig warf er sich sein Sakko über die Schulter und sah Leokadia auffordernd an. „Bereit?", fragte er.

Gemeinsam liefen sie los, folgten der einsamen *route nationale* in Richtung der nächsten Ortschaft. Ab und an rauschte ein Auto an ihnen vorbei und sie hoben sporadisch ihre Daumen in die Höhe. Doch als das ungleiche Gespann, das sie abgaben, konnten sie offenbar keinen der wenigen Fahrer überzeugen. Vielleicht sind die Leute auch nur zu sehr mit sich selbst beschäftigt, dachte Leokadia. Ihrer guten Laune tat das keinen Abbruch. Im Gegenteil. Der Fußmarsch störte sie nicht. Nach der langen Fahrt war es sogar angenehm, sich die Beine zu vertreten. Das Wetter war herrlich, die warme Luft roch nach Wald und nahen Sommerfeldern. Alles um sie herum entsprach dem sorgenfreien Bild eines gut geplanten Ausflugs.

Die kindliche Unbekümmertheit ihres Weggefährten unterstützte diesen Eindruck. Mal trabte er voran, mal blieb er einige Schritte zurück, riss Blätter von den Bäumen und roch an ihnen, pflückte Grashalme vom Wegrand und kaute darauf herum, bückte sich mehrmals nach einem Stock oder einem Stein, den er zunächst spielerisch in seinen Fingern tanzen ließ, um ihn dann mit einem kunstvollen Bogen weit wegzuwerfen. Themenlos plauderte er, ohne etwas Ernsthaftes zu erzählen. Davon wie herrlich die Landschaft sei, wie gut ihnen die nächste Mahlzeit schmecken würde und erst der Wein, denn man sei ja jetzt in Frankreich. Wie idyllisch die kleinen Dörfer in dieser Gegend lägen. Dass er schon immer mal in dieser Region habe Urlaub machen wollen und er sich überhaupt von nun an nie mehr davon abhalten lassen würde, das zu tun, wonach ihm der Sinn stehe, und wie weit, wie unendlich weit doch der Himmel sei.

Leokadia hörte kaum zu. Seine Stimme rauschte wohlklingend an ihr vorüber. Sie genoss das unbeschwerte Echo, das seine Worte in ihr hinterließen und spürte, wie sie sich von Ollis Lässigkeit immer mehr anstecken ließ. Wortlos brachte sie ihre Zustimmung zum Ausdruck und gewährte so seiner Freude genug Raum, um sich immer höher aufzuschwingen und voranzufliegen.

Ihre Bedenken schwanden. Ihr anfangs noch ungutes Gefühl verlor mit jedem Schritt an Ollis Seite weiter an Substanz. Mit ihm teilte sie das Hier und Jetzt. Ein magisches Hier und Jetzt, das sich nur auf die Dinge konzentrierte, die direkt vor ihnen lagen. Wie befreiend es war mit jemandem zu reisen, den man nicht kannte und dem man keine Erklärungen schuldig war. Erklärungen waren Rückblicke und sie wollte nichts erklären und nicht zurückblicken, sondern immer weiter vorwärtsgehen. Immer weiter. Und bloß nicht stehen bleiben.

„Vielleicht könnten wir einen Abstecher über Paris machen“, bemerkte sie beiläufig. „Ich würde gerne mal hoch auf den Eiffelturm.“

„Lässt sich sicher einrichten“, erwiderte Olli.

„Ich will ganz nach oben. Bis zum Horizont will ich sehen. So weit es geht.“

Olli warf einen kritischen Blick auf seine Armbanduhr. „Also heute schaffen wir das wohl nicht mehr. Selbst wenn wir ab der nächsten Ortschaft einen Zug nehmen, wird’s knapp.“

„Macht nichts“, erwiderte sie „solange wir nur vorankommen, sind wir auf dem richtigen Weg.“

„Ist es okay, wenn wir bei Gelegenheit eine Pause einplanen, um etwas zu essen? Mein Magen knurrt nämlich."

„Unbedingt!", freute sich Leokadia. „Ich habe einen Appetit wie schon seit langem nicht mehr!" Schwungvoll marschierte sie weiter.

Schwungvoll marschierte er weiter. Dabei war es gar nicht so leicht, mit Leokadia mitzuhalten. Obwohl die junge Frau einen guten Kopf kleiner war als er, legte sie ein bemerkenswertes Tempo an den Tag. Konditionell war sie ihm eindeutig überlegen. Auch waren die bequemen Sportschuhe, die sie trug, sicher von Vorteil. Seine schwarzledernen Slipper waren leider lange nicht so bequem, wie sie aussahen. Gut genug für einen lässigen Bummel durch die Stadt, aber völlig ungeeignet für eine kilometerlange Wanderung auf einer französischen Landstraße.

Das erste Mal seit er sich auf dieser plötzlich eingeschlagenen Route befand, begann er seine Situation praktisch zu überdenken. In jedem Fall war es ratsam, sich bei der nächstbietenden Gelegenheit mit anderen Schuhen, ja am besten gleich mit anderer Kleidung, einzudecken. Einen Rucksack würde er brauchen, um weitere Utensilien des täglichen Bedarfs zu transportieren. Eine Zahnbürste, Rasierzeug und etwas frische Wäsche.

Obwohl die Lage, in der er sich befand, ihm reichlich bizarr erschien, fehlte ihm noch immer jegliches Erstaunen. Hatte er nicht soeben noch geholfen, einen gestohlenen Wagen verschwinden zu lassen? Das Ganze glich einem von diesen Träumen, in denen man sich selbst beobachten kann, obwohl man zugleich mittendrin steckt.

Rätselhaft war ihm ohne Frage auch seine junge Begleiterin. Welche Umstände konnten sie veranlasst haben, in einem gestohlenen Wagen die Stadt zu verlassen? Ihre Gründe hatten ganz offensichtlich noch nichts von ihrer Brisanz eingebüßt, denn hartnäckig behielt sie die eingeschlagene Richtung bei.

Irgendjemand musste hinter ihr her sein, folgerte er. Ob der Wagendiebstahl nicht das einzige kriminelle Delikt war, das sie begangen hatte? Befand er sich etwa mit einer routinierten Kriminellen auf der Flucht vor der Polizei?

Prüfend betrachtete er sie von der Seite. Die mädchenhafte Person, die so unermüdlich neben ihm herlief, hatte jedoch nichts vom Selbstbewusstsein einer Gewohnheitsverbrecherin an sich. Viel zu natürlich wirkte sie auf ihn. Weder in ihrem schüchternen Lächeln, das zeitweise über ihr Gesicht huschte, noch in ihren ernsten Zügen, mit denen sie die Umgebung musterte, konnte er irgendwelche Spuren von Berechnung oder Verstellung ausmachen.

Die *route nationale* zog sich in sanften Kurven immer weiter vor ihnen in die Länge. Fast im Gleichschritt mit Leokadia hielt er ihr ehrgeiziges Tempo mit. Allerdings begann ihn allmählich sein linker Schuh zu quälen. Eine schmerzhafte Blase wuchs an seiner Ferse heran. Heimlich begann er, sich nach einer Mitfahrgelegenheit zu sehnen, und auch Leokadia schien einem solchen Gedanken zugeneigt zu sein, denn ohne sich abgesprochen zu haben, begannen sie nun beide intensiver den vorbeifahrenden Autos nachzuschauen. Jeder Wagen, der sie passierte, wurde nun zielgerichtet anvisiert, der rechte Daumen nach oben, der Blick zunächst erwartungsvoll und bittend, dann mit jedem gescheiterten Versuch enttäuschter. Ihr Unmut wuchs. Und zum Hunger gesellte sich nun ein weiterer Plagegeist: Durst. Die Nachmittagssonne setzte ihnen inzwischen heftig zu.

„Das nächste Mal klaue ich einen Getränkelaster", spöttelte sie bissig.

„Oje, da hätte ich allerdings keine Chance gehabt", gab Olli in gespieltem Entsetzen zurück. Beide lachten. „Immerhin hat der Begriff ‚zusammentreffen' noch nie eine so konkrete Bedeutung für mich gehabt", grinste er sie an.

„Tut mir echt leid", erwiderte sie zerknirscht.

„Mir nicht", gab er zurück. „Sonst wäre ich nicht hier."

„Wo wärst du denn jetzt?“

Gleichgültig zuckte Olli mit den Schultern. „In meinem langweiligen Leben. In meinem langweiligen Job. Umgeben von langweiligen Kollegen.“

„Niemand der dich jetzt vermisst?“

Olli dachte kurz an Jo Gabor, dem sein spektakulärer Abgang sicher zu Ohren gekommen war. Aber wer war schon Gabor? Auch nur ein Kollege, mit dem ihn nichts verband. Außer der Arbeit. Ob er sich Sorgen um ihn machte? Ob er ihn vermisste?

„Eher nicht“, antwortete er leichtfertig. „Und wenn schon, ich vermisse jedenfalls nichts von alledem.“ Unwillkürlich musste er an seine Eltern denken. Es wäre nicht gut, wenn sie durch Fremde von dieser Geschichte hier erführen. Sein Vater hatte ein schwaches Herz, seine Mutter war hypernervös.

Je älter die beiden wurden, desto mehr drückte ihn die Last, der einzige Sohn zu sein. In ihren Augen verkörperte er die Zukunft für sie. Ihre Zukunft. Alles hatten sie dafür getan, um ihn genau dorthin zu bringen, wo er jetzt stand. Hatten ihn großgezogen, ihn durch die Schuljahre begleitet, mit angehaltenem Atem seine Teenagerzeit verfolgt, seine Ausbildung finanziert, geduldig seine vermeintlich verrückten Ideen ausgesessen, die zunächst nur in ihren Augen, später auch in den Seinen nicht in das ideale Zukunftsbild gepasst hatten, seine beruflichen Entscheidungen mit gutgemeinten Ratschlägen gefördert und sein Studium finanziell unterstützt. Olli wusste, dass sie auch weiterhin alles tun würden, um ihn auf genau diesem Weg zu fördern. Nie hatten sie je daran gezweifelt, für ihn nur das Allerbeste zu tun. Und nie hatte er sich selbst den geringsten Zweifel gestattet, dass mit diesem Lebensentwurf etwas nicht stimmen könnte. Diesem Entwurf, der in sich so schlüssig war und dem nur ein einziger Makel anhaftete. Nämlich der, dass er nicht dem Bild seiner Zukunft entsprach. Sondern der Zukunft eines anderen, jenes Fremden, dessen Leben er während der letzten dreißig Jahre geführt hatte.

Olli beschloss, seine Eltern möglichst bald anzurufen, um ihnen eine Version der Geschehnisse zu liefern, mit der sie umgehen konnten. Ihnen erklären zu wollen, was wirklich vorgefallen war, würde aussichtslos sein. Nicht zuletzt, weil er sich selbst noch nicht darüber im Klaren war, was eigentlich gerade mit ihm passierte.

Hungrig und vor allem durstig stapften sie weiter voran. Ihr Verlangen danach, diese elementaren Bedürfnisse zu stillen wurde immer drängender. Immer verbissener gerieten ihre Bewegungen. Ein Supermarkt wäre ihnen bereits wie die Pforte zum Paradies erschienen. So war ihr ganzes Denken nur noch darauf gerichtet, möglichst schnell voranzukommen.

Sein ganzes Denken war darauf gerichtet, möglichst schnell voranzukommen. Desto schneller, desto besser. Geschwindigkeit sparte Zeit. Zeit war kostbar. Zeit war knapp. Zeit war Geld. Zeit war eine Ware. Seine Ware, die er zu Höchstpreisen verkaufte. Darin war er gut. Er war gut, weil er schnell war. Das Geheimnis seines Erfolges. Streng rationierte er seine Zeit. Er verschenkte nichts. Nicht einmal sich selbst. Wer erfolgreich sein wollte, musste schnell sein, sagte er immer. Gnadenlos trat er das Gaspedal durch. Sein Audi flog über die *route nationale*. Routiniert nahm er jede Kurve. Er genoss die Fliehkraft, die ihn dabei sanft in den schwarzledernen Fahrersitz drückte. Er liebte es, die eigene Geschwindigkeit so unmittelbar zu spüren. Liebte es, Herr über seine Zeit zu sein. In diesen Sekunden fühlte er sich unverwundbar. Was konnte ihm schon passieren? Solange er seine Zeit kontrollierte, kontrollierte er seine Gegenwart. Seine Konzentration bereits auf den übernächsten Termin gerichtet, war er sogar der absolute Herrscher über seine Zukunft.

Die Straße vor ihm war völlig frei. Um diese frühe Nachmittagsstunde war noch nichts von dem Verkehr zu spüren, der bereits in wenigen Stunden einsetzen würde, wenn sich die ersten Pendler auf den Weg nach Hause machten.

Wie dumm die Leute waren, die dachten, es ginge ihm bei seinem Job nur ums Geld. Niemand mit etwas Hirn glaubte doch noch wirklich daran, dass Geld alleine glücklich machte. Geld war nur ein Mittel. Ein Mittel zum Zweck. Zu Macht. Zu Unabhängigkeit. Mit Geld konnte man sich sein Leben angenehmer gestalten. Komfortabler. Wertvoller. Intensiver. Lebenswerter. Und für ihn war Geld der Schlüssel, um sich Zeit zu kaufen. Zeit für später. Er hatte das alles gründlich durchgerechnet. Nur noch ein paar Jahre so wie bisher und dann würde er sich zur Ruhe setzen. Würde anfangen, sein Leben zu genießen. Aus dem Vollen würde er schöpfen. Bald schon. Nur nicht jetzt. Noch nicht. Aber bald. Und er alleine würde bestimmen, wann es so weit war.

Eine unerwartet scharfe Kurve zwang ihn dazu, seinen Audi abzubremsen. Ungeduldig schaltete er erst um einen, dann um einen weiteren Gang zurück. Das Hinweisschild auf die nächste Ortschaft versöhnte ihn. Nur noch wenige Minuten bis zum Ziel. Er hatte sogar noch mehr Zeit rausgeholt als ursprünglich kalkuliert. Zufrieden lenkte er seinen Wagen auf die gerade Spur zurück, um zu beschleunigen.

Stand dort nicht jemand? Ein Anhalter? Eine junge Frau. Kurz zögerte sein Fuß zwischen Gaspedal und Bremse. Die Idee, einen zufälligen Fahrgast in seinem nagelneuen Wagen mitzunehmen und sich dafür ein wenig bewundern zu lassen, kitzelte sein Ego. Schließlich war er bisher so zügig vorangekommen, dass er sich diesen Ministopp ohne Schaden leisten konnte. Also schaltete er einen weiteren Gang zurück und näherte sich langsam der Anhalterin, die ihn bereits mit einem freudigen Winken begrüßte. Lautlos ließ er die Fensterscheibe an der Beifahrertür hinuntergleiten.

Doch plötzlich tauchte eine zweite Person auf. Ein Mann, der sich mit ungelenken Sprüngen der jungen Frau und damit auch seiner Beifahrertür näherte. Dieser Typ musste sich im Gebüsch versteckt gehalten haben. Erschrocken trat er das Gaspedal durch. Wie ein Flugzeug, das eben noch zum Landeanflug angesetzt hatte, startete der Audi durch und brauste mit durchdrehenden Reifen davon.

Mehr verärgert über seine eigene Leichtsinnigkeit als über das fremde Anhalterpaar, dem er angesichts seines Verhaltens keine lauteren Absichten unterstellen mochte, ließ er den Motor aufheulen. Die Welt war eben keine Kinderstube. Gutmütigkeit zahlte sich nicht aus. Wer vorankommen wollte, durfte sich keine Schwächen leisten. Und – an dieser Stelle lachte er selbstzufrieden in sich hinein – wer schneller war als andere, der hatte nichts zu fürchten. Entspannt lehnte er sich zurück in das schwarze Leder seines Recaro-Sitzes und genoss das Schnurren des über 200 PS starken Motors.

Scheinbar schwerelos kam sein Wagen auf der langen Geraden voran. Nur noch wenige Kilometer trennten ihn jetzt noch von seinem Ziel. Die kleine Episode von eben hatte keine Konsequenzen für seinen Zeitplan. Ein unerheblicher Schnitzer, an den zu denken sich bereits Sekunden später nicht mehr lohnte.

Diesen groben Schnitzer würde Leokadia Olli nur widerwillig nachsehen. Enttäuscht folgten ihre Augen der davonbrausenden, schwarzen Luxuskarosse. Der beißende Geruch von verbranntem Reifengummi lag noch in der Luft, als der Wagen bereits nicht mehr in Sicht war.

Zerknirscht stand Olli neben ihr. Dieser Fehlschlag ging auf seine Kappe. Einem allzu menschlichen Bedürfnis folgend war er kurz hinter einigen Sträuchern verschwunden. Doch sein für den fremden Fahrer völlig überraschendes Auftauchen, sein überhastetes Aus-dem-Gebüsch-Springen, geduckt, linkisch, humpelnd, hatte den anderen verständlicherweise verschreckt. Mochte sein, dass ihm wegen der schmerzenden Blase an seinem Fuß ein normales Laufen inzwischen nur noch schwer möglich war. Aber sein unverhältnismäßig heftiges Auftreten hatte sie beide um ihre bisher einzige Mitfahrgelegenheit gebracht. Leokadia war sauer.

„Scheiße!", kommentierte Olli sein eigenes Missgeschick.

„Idiot", rutsche es Leokadia heraus, und in ihrer Wut verfluchte sie beide, Olli und den übertrieben schreckhaften Fahrer.

Verlegen schielte Olli in ihre Richtung.

„Also dann weiter zu Fuß", fasste sie ihre Lage nüchtern zusammen. Den besorgten Blick in Richtung ihres Mitreisenden konnte sie sich dennoch nicht verkneifen. Sein Humpeln war nicht zu übersehen.

„Geht's noch?", fragte sie besänftigt.

„Muss", biss er die Zähne zusammen und zwang sich zu einem lässigen Grinsen. Wenigstens konnte es jetzt nicht mehr weit sein, dachte sie.

Nun war es nicht mehr weit. Die Tankstelle neben dem Supermarkt kam ihm gerade recht. Bis hierhin hatte er genügend Zeit gutgemacht, um in aller Ruhe zu tanken und sich auf dem Parkplatz daneben die Beine zu vertreten. Nichts wirkte unprofessioneller, als zu früh bei einem Termin aufzutauchen.

Hinter dem Steuer seines geparkten Audis ging er in Gedanken noch einmal seine einstudierte Kundenansprache durch. Das war Effizienz. Sogar während einer Pause vermied er unnötigen Leerlauf. Mit Geschick würde er das anstehende Gespräch in Rekordzeit zum erfolgreichen Abschluss bringen. Er fühlte, er war in genau der richtigen Form dazu. In Topform. Mit scharfen Argumenten parierte er jeden Einwand und lenkte die Verhandlung wie immer in die gewünschte Richtung. Genauso sicher wie seinen Wagen, genauso sicher wie seine Zukunft. Alles eine Frage der Planung. Wenn man es geschickt anstellte, dann ließ sich im Grunde alles nach Wunsch regeln.

Selbstsicher startete er den Motor und dirigierte seinen Wagen zurück auf die Straße. Rasant ging er in die Kurve, bremste kaum ab und beschleunigte erneut, um sich voller Genuss aus ihr heraustragen zu lassen. Diesen Genuss konnte auch das Hindernis kaum trüben, welches plötzlich unerwartet in seinem Blickfeld auftauchte. Denn dazu fehlte es ihm schlicht an der erforderlichen Zeit. Die Reaktionszeit, die ihm bis zum Aufprall blieb, reichte noch nicht einmal aus, um seine in eine optimistisch vorausberechnete Zukunft vorauseilenden Gedanken in die nüchterne Wahrnehmung der Gegenwart abzubremsen. So grinste er noch immer, als sein funkelnagelneuer Audi mit guten hundert Sachen in den liegengebliebenen Tanklaster raste und augenblicklich explodierte. Das Flammeninferno, in das sich die beiden ineinander verkeilten Fahrzeuge verwandelten, war sogar bei allerhellstem Tageslicht noch beeindruckend genug, um es in die überregionalen Abendnachrichten zu schaffen.

Die Abendnachrichten waren die erste Ablenkung, die sich Jo Gabor an diesem Tag gönnte. Seit dem Vormittag hatte ihn seine Sorge um Olli nicht mehr losgelassen. Ohne eine Spur von ihm ermittelt zu haben, war er nach seinem Ausflug am Kiosk nachdenklich ins Büro zurückgekehrt. Natürlich hatte der Fall Oliver Korff im Büro bereits Furore gemacht und es wimmelte nur so von heißen Spekulationen und halbgaren Gerüchten. Die Sensationslust seiner Kollegen kannte keine Grenzen und die wüstesten Unglücksszenarien geisterten durch die Büroräume: Olli bewusstlos und ausgeraubt in irgendeiner Parkanlage, Olli verletzt und ohne Gedächtnis im Krankenhaus, Olli kalt und starr in einem Leichenschauhaus.

Gabor neigte zwar im Allgemeinen zu Besonnenheit, aber dass an Ollis Verschwinden etwas nicht stimmte, konnte selbst er nicht völlig von der Hand weisen. Um die Mittagszeit reifte daher in ihm der Entschluss, etwas zu unternehmen. Jede Minute weiterer Tatenlosigkeit erschien ihm fahrlässig und er ging zu Maurer, um sich mit seinem Vorgesetzten zu beraten.

Die Polizei einzuschalten erschien beiden zwar als erschreckend drastisch, aber mittelfristig als unumgänglich. Mit dem Wissen, dass die Polizei sich sowieso erst nach Ablauf von vierundzwanzig Stunden um das Verschwinden einer erwachsenen Person kümmern würde, entschieden beide bis zum nächsten Tag zu warten. Vielleicht meldete sich Olli ja doch noch.

Unkonzentriert verhedderte Gabor sich in seiner Arbeitsroutine. Doch mit jeder Stunde, in der der gewünschte Anruf ausblieb, krochen die Zeiger seiner Armbanduhr stockender voran. Nichts von dem, was er begann, brachte er zum Abschluss.

Nach einem quälend langen Nachmittag trat er den Heimweg an. Obwohl seine Wohnung in einem gänzlich anderen Teil der Stadt lag, nahm er zu Fuß den Umweg in Kauf und lief nochmals seine morgendliche Suchstrecke bis zu Ollis Wohnhaus ab. Der Kiosk war inzwischen geschlossen, der Platz davor verwaist. Er strich noch eine Weile ergebnislos durch einige Eckkneipen in der Hoffnung, aus den Thekengesprächen einen Hinweis aufzuschnappen. Doch weder der Trauerfall Kruppke noch das Verschwinden seines Wagens oder sonst irgendein Detail, welches Gabors Fantasie in die Geschichte um Olli hätte verweben können, kam dabei zur Sprache.

Abgekämpft kehrte Gabor heim. Inzwischen war es Abend geworden. Hungrig schob er sich eine Tiefkühlpizza in den Ofen und knipste den Fernseher an. Ein Bier in der Hand wartete er stehend in der Tür, die Wohnzimmer und Küche miteinander verband, sein Abendessen und das Weltgeschehen des Tages gleichzeitig im Blick.

Die Bilder von einem spektakulären Unfall nahe der deutsch-französischen Grenze ließen ihn instinktiv aufmerken. Ein PKW war mit überhöhter Geschwindigkeit in einen liegengebliebenen und mit 35.000 Litern Normalbenzin befüllten Tanklastwagen gerast. Beide Fahrzeuge waren sofort in Flammen aufgegangen. Wie durch ein Wunder war außer dem PKW-Fahrer, der dabei gestorben war, niemand zu Schaden gekommen. Durch das auslaufende Benzin hatte sich eine 140 Meter lange Feuerwand gebildet. Die Löscharbeiten, so der Kommentator, hatten mehrere Stunden in Anspruch genommen.

Fasziniert beobachtete Gabor die Feuerwehrleute, die sich als schwarze Silhouetten vor dem rotglühenden Hintergrund abhoben. Schwerfällig wie altertümliche Ritter, die in ihrer schweren Schutzkleidung einem gigantischen feuerspeienden Drachen zu Leibe rückten. Fast beiläufig streifte der Kamerablick auch einige Schaulustige. Gabor fiel fast das Bier aus der Hand, als er für den Bruchteil einer Sekunde lang vermeinte, Ollis Gesicht in der fremden Menge zu erkennen.

Olli?

Das war doch nicht möglich. War er jetzt zum Opfer seiner überreizten Sinne geworden, dass er den jungen Kollegen sah, wo er doch eigentlich nicht sein konnte? Gabor hielt die Luft an. Noch einmal streifte die Kamera die Neugierigen. Kein Zweifel. Er hatte soeben Olli Korff entdeckt.

Gabor musste sich setzen. Was hatte das zu bedeuten? Wo war dieser Unfall noch einmal geschehen? Während seine Pizza im Backofen einem ganz anderen Feuer zum Opfer fiel, warf er seinen PC an. Fieberhaft durchforstete er das Netz nach den soeben gesehenen Ereignissen. Was zum Teufel hatte seinen jungen Kollegen dazu bewogen sich auf den Weg nach Frankreich zu machen? Wie war er dorthin gekommen?

Wenigstens wusste er nun, dass er am Leben war und offensichtlich auch gesund. Aber warf diese Information nicht viel mehr Fragen auf als Antworten? Alles an dieser Geschichte war völlig ungereimt. In nichts stimmte das eben mit eigenen Augen Gesehene mit dem Bild überein, welches er von Olli hatte. Und ein weiterer Gedanke traf ihn so unvermittelt, dass er sich fast ohne es zu bemerken von seinem Stuhl erhob und nervös auf und ab zu gehen begann. Ein junger Mann, auf den Korffs Beschreibung passte, war mit einer jungen Frau in einem gestohlenen Wagen davongefahren. Hatte er am Vormittag wirklich geglaubt, es handle sich um einen Zufall, dass die Beschreibung auf Korff passte? Zufall, dass sich das Ganze nur wenige Fußminuten von Korffs Wohnung abgespielt hatte zu einem Zeitpunkt, als Korff in etwa dort gewesen sein dürfte?

Die Bilder aus den Abendnachrichten sprachen für sich. Und zu allem Übel mischte sich in diese ominöse Geschichte nun auch noch ein toter Wagenbesitzer ein. Kruppkes Tod, auch nur ein Zufall?

Doch obwohl er an diese Häufung von Zufällen nicht glauben konnte und seine Vorstellungskraft schlicht überfordert war einen plausiblen Zusammenhang herzustellen, sprach für ihn alles dafür, dass sich Oliver Korff in Schwierigkeiten befand. Es gab nur einen Weg, der Sache auf den Grund zu gehen. Sein Entschluss stand bereits fest, bevor er diesen Gedanken zu Ende gedacht hatte.

Mit einem einzigen tiefen Zug trank er sein Bier aus und trug die leere Flasche zurück in die Küche. Nachdem er die inzwischen völlig ungenießbare Pizza aus dem Ofen geholt hatte, begann er in seinem Schlafzimmer zu packen. Kleider und Rasierzeug, ein paar Straßenkarten, alles was er für einen Kurztrip nach Frankreich würde brauchen können. Mit einem knappen Blick auf die Uhr entschied er, dass es inzwischen zu spät sei, um seinen Chef jetzt noch anzurufen. Er würde ihn morgen von unterwegs darüber informieren, dass er sich ein paar freie Tage genommen habe. Und dass es keinen Grund mehr gebe, wegen Korff die Polizei einzuschalten, da dieser wohlauf und in einigen Tagen auch wieder einsatzbereit sei.

//

Ein neuer Tag war angebrochen. Wie eine leise Melodie drängten Sonnenstrahlen durch einen schmalen Spalt zwischen den Vorhängen zu ihr ins Zimmer und berührten sie. Leokadia erwachte. Benommen erhob sie sich, durchquerte das Zimmer, schob die Vorhänge zur Seite und öffnete das Fenster. Lebhaftes Vogelgezwitscher durchwob die morgenkühle Luft, die ihr entgegenströmte.

Draußen stand ein Tag so schön wie der erste Tag. Tief atmete sie ein. Die noch unberührte Luft schmeckte nach frischem Grün und Flieder. Eine dicke Hummel suchte sich in den schmalen Blütenkelchen unter ihrem Fenster ein Frühstück zusammen.

Tränen sammelten sich in ihren Augen. Wieso war diese Welt nur so unverschämt schön? Bis ins kleinste Detail so erfüllt von Farben und Formen, von Licht und Tönen, von Düften und Aromen. Alles um sie herum war so lebendig. Wie unvorstellbar, dass sie jemals auf all das würde verzichten müssen. Wie völlig absurd. Das hier war *ihr* Leben. *Ihre* Welt. Beides war *eins*. Unvorstellbar, dass es etwas geben konnte, das sie von ihrer Welt, ihrem eigenen Ich würde trennen können. Ausgeschlossen. Unmöglich.

Noch einmal atmete sie tief durch und lauschte intensiv in sich hinein. Keine Schmerzen, kein einziges Unbehagen, rein gar nichts. Im Gegenteil. Ihr Körper strotzte vor Energie und schien wie eine gespannte Feder nur darauf zu warten, dass sie Bäume ausriss oder einen Marathon lief. Sie fühlte sich fantastisch!

Hatte sie mit ihrer überstürzten Flucht einfach nur überreagiert? Sich grundlos in etwas hineingesteigert, dass in Wahrheit jeder Grundlage entbehrte? Wie unendlich fern erschien ihr auf einmal der Grund ihrer Angst. Als eine im Tageslicht verblassende Erinnerung an einen Albtraum, der mit ihrer Realität nichts gemeinsam hatte. War nicht das Leben selbst, so wie sie es gerade empfand, die beste Antwort auf alle Fragen? Leokadia schloss die Augen und vergegenwärtigte sich die Geschehnisse des vergangenen Tages.

Sie musste verrückt geworden sein. Anders konnte sie sich ihr Handeln nicht erklären. Alleine ihr spontaner Autodiebstahl war ein beeindruckendes Indiz. Einen Anhalter mitzunehmen gehörte auch nicht gerade zu den Dingen, die sie vernünftig nennen würde. Doch halt, Olli war ja gar kein Anhalter. Es war ja noch schlimmer. Sie hatte ihn geradezu entführt. Dass sie mit seiner Hilfe den gestohlenen Wagen hatte verschwinden lassen, war dabei schon fast wieder vernünftig zu nennen. Aber sich im Supermarkt neu einzukleiden und sich ohne ausreichendes Bargeld und ohne entsprechende Vorbereitung und gänzlich ohne festes Ziel auf eine Reise zu begeben, das war überhaupt nicht anders zu bezeichnen als, na ja, eben ganz und gar verrückt.

Seltsam daran war nur, dass obwohl ihr Verstand jede einzelne dieser Begebenheiten eindeutig als verrückt bezeichnete, sich nichts davon verrückt anfühlte.

Abrupt wandte sie dem Fenster den Rücken zu und ließ ihren Blick prüfend durchs Zimmer wandern. Die vergangene Nacht hatte sie in einer Fremdenpension verbracht. In Frankreich. Unwirklich fühlte sich das an. Aber nicht verrückt.

Ruhig betrachtete sie die herumliegenden Gegenstände, die ihre Geschichte bezeugten. Ordentlich gefaltet hing ihre Jeans über der Lehne des einzigen Stuhls. Darunter standen ihre Turnschuhe. Auf dem schmalen Tisch neben dem Fenster lag eine originalverpackte Zahnbürste inklusive Zahnpasta. Einkäufe aus dem Supermarkt, dem *supermarché* nahe der *route nationale*, ebenso wie der graugrüne Wanderrucksack, das gleiche Modell, das auch Olli erstanden hatte. Das Preisschild baumelte noch am Reißverschluss. Neu waren auch die Slips, fünf in einer Packung, des Weiteren zwei T-Shirts, eine Shorts, zwei Paar Socken, ein Deo und Duschzeug. Das alles hatte sie samt Plastiktüte direkt in den neuen Rucksack gestopft.

Die einzigen vertrauten Begleiter waren ihr abgegriffenes Portemonnaie auf dem Nachttisch und daneben ihr Handy. Zögernd wog sie das kalte Kunststoffgehäuse in ihrer Hand, betrachtete die Akkuanzeige auf dem Display. War es nicht klüger das Mobiltelefon auszuschalten, um später bei Bedarf darauf zurückgreifen zu können? Immerhin war dieses Gerät das einzige verfügbare Verbindungsstück zu ihrem bisherigen Leben. Ohne Ladegerät würde es ihr schon bald nichts mehr nutzen. Aber wollte sie überhaupt eine Verbindung zu ihrem bisherigen Leben?

Erneut schloss sie die Augen und wie ein Film ratterten die gestrigen Ereignisse im Zeitraffer durch ihren Kopf. Kaum waren sie nach ihrer kurzen Einkaufstour wieder zurück auf den Supermarktparkplatz getreten, hatte plötzlich das Geheul von Sirenen die Luft betäubt. Um sie herum nichts als Hektik. Vorbeirasende Polizei- und Feuerwehrwagen. Und über dem nahen Wald eine gewaltige Rauchsäule.

Verwirrt hatten sie sich dem Strom der Passanten angeschlossen, der in Richtung der Unfallstelle strebte. Denn von einem Unfall war auf einmal die Rede. Gerüchte hingen in der Luft, die sich ebenso verdichteten wie der Rauch am Himmel. Ein PKW, hieß es, wäre ungebremst in einen Tankwagen gerast und augenblicklich explodiert. Ein schwarzer Audi, dessen Fahrer sofort tot gewesen sein musste. Olli wurde blass. Ohne Frage dachte er das Gleiche wie sie.

Am Unfallort bot sich ihnen ein Inferno aus Flammen wie das Bild aus einer anderen Welt. Von der Absperrung aus verfolgten sie die Löscharbeiten, äußerlich gefasst wie gewöhnliche Schaulustige, im Innern jedoch völlig gelähmt vom Schock und der Erkenntnis, dass sie nur um Haaresbreite ihren Platz in diesem Todeswagen verpasst hatten.

Nach Stunden oder Minuten – jedes Gefühl für Zeit war ihr auf einmal abhandengekommen – hatte sie mit Olli den Unglücksort verlassen. Ohne auf die Richtung zu achten, erreichten sie im nächsten Ort eine kleine Pension. Wortlos einigten sie sich darauf, dass ihre Etappe für diesen Tag beendet war, und betraten das Gästehaus.

Plötzlich war Leokadia nur noch müde. Ein Verlangen nach Schlaf überfiel sie mit einer Heftigkeit, die sie so noch nie an sich erlebt hatte. Selbst der Gedanke, im Schlaf sterben zu können, der sie kurz streifte, änderte nichts daran, weil ihre Müdigkeit sie bereits gegen alles gleichgültig gemacht hatte. Noch nie im Leben hatte sie so sehr ein Bett begehrt, wie das, auf welches sie sich in ihrem Zimmer mit letzter Kraft schleppte, um nur Sekunden später in ein tiefes, erinnerungsloses Nichts zu sinken.

Und jetzt war sie hier. Das Gestern erschien ihr nur noch wie ein seltsamer Traum. Wie leicht es fiel, die Vergangenheit mit dieser Sachlichkeit zu betrachten, die das Reale mühelos von dem trennte, was sowieso unfassbar war. Im Licht des neuen Tages war die Versuchung groß, ihr gestriges Handeln als die Verrücktheit abzutun, als welche sie bei nüchterner Betrachtung erschien, ja erscheinen musste. Und doch erlag sie dieser Versuchung nicht. Nicht etwa, weil sie zu stark war. Nein, aber sie war einfach nicht verrückt genug, um als verrückt abzutun, was in Wahrheit völlig vernünftig war. Der Tod war ihr Verfolger. Und er scheute keinen Aufwand, um sie zu erwischen. So friedlich und idyllisch sich der neue Tag ihr auch anbot, sich in Sicherheit zu wähnen, war falsch. Ihre Flucht war völlig logisch.

Es klopfte. „Bonjour“, folgte Ollis gutgelaunte Stimme durch die geschlossene Tür. „Schon bereit für ein kleines Frühstück?“

Leokadia sammelte sich. „In zehn Minuten“, rief sie atemlos und sprang ins Bad.

Ein neuer Tag war angebrochen und in den ersten Sekunden seines Erwachens hatte Jo Gabor Mühe, sich an seinen Entschluss vom Vorabend zu erinnern. Doch mit dem ersten Schluck Kaffee, den er barfuß stehend in seiner Küche trank, kehrte sein Elan zurück. Zügig, aber nicht hastig machte er sich bereit. Noch auf dem Weg zu seinem zwei Straßen weiter parkenden Auto telefonierte er kurz mit Maurer. Olli Korff habe sich noch am späten Abend bei ihm gemeldet, log er mit der Festigkeit eines Mannes, der ein wichtiges Ziel verfolgte. Er sei plötzlich erkrankt, falle noch ein paar Tage aus, aber man brauche sich keine Sorgen machen. Maurer zögerte nicht, den Worten Gabors zu glauben. Auch der etwas unorthodox vorgetragenen Bitte um ein paar freie Tage, da einige dringende Privatangelegenheiten keinen Aufschub duldeten, entsprach Maurer ohne Misstrauen.

Gelassen lenkte Gabor seinen Wagen zur nächsten Tankstelle, überprüfte Reifendruck und Ölstand, säuberte Scheiben und Lampen von Staub und Fliegendreck. Einen echten Plan hatte er nicht. Die Spur, der er folgen würde, hatte bisher nur einen einzigen geographischen Fixpunkt. Er war überrascht über seine Zuversicht, die ihm sagte, dass sich alles andere daraus schon ergeben würde.

Die Fahrt durch den Berufsverkehr dauerte zunächst länger, als er erwartet hatte. Im Schneckentempo kroch sein Wagen quer durch die Innenstadt. Ein anderer Mann als Gabor wäre genervt gewesen, bis er endlich den Autobahnzubringer erreicht hätte, doch Gabor wusste, dass ihm noch eine lange Fahrt voller Unwägbarkeiten bevorstand und er seine Nervenkraft schonen musste. Endlich befreite sich sein Gefährt aus dem zähen Fluss der Tagespendler und schwamm sich auf der A5 frei. In gleichmäßigem Tempo rollte er nach Süden. In der Höhe von Baden-Baden verließ er die Autobahn und passierte die Grenze nach Frankreich. In sanften Kurven wand sich die stille Landstraße durch die von Waldabschnitten, kleinen Ortschaften und einem Gewerbegebiet durchbrochene ländliche Region.

Spielerisch leicht folgte sein Wagen der komfortablen Spur. Ein Umleitungshinweis tauchte auf, begleitet von einem „Durchfahrt verboten"-Schild. Die unmissverständliche Aufforderung auf die schmalere, deutlich schlechter asphaltierte Straße auszuweichen mutete fast widersinnig an. Nun wusste Gabor, er würde bald seinen ersten Zwischenstopp erreicht haben.

Das Verbotsschild ignorierend setzte er seine Fahrt fort bis ihn eine rotweiße Absperrung zum Anhalten zwang. Er fuhr rechts ran und stellte den Motor ab. Zu Fuß setzte er seinen Weg fort. Ohne zu wissen, welchen Erkenntnisgewinn er von seinen Nachforschungen zu erwarten hatte, erreichte er den Unfallort.

Explosion und Feuer hatten eine Schneise der Verheerung hinterlassen. Der Straßenbelag war regelrecht verkocht.

So, als ob sich der Teufel mit brennenden Schritten gerade hier seinen Weg in die Oberwelt gegraben hätte, dachte Gabor. Einige Baumskelette starrten schwarz in den blauen Himmel. Bewegungslose Riesen, die nicht hatten fliehen können, als das Inferno losgebrochen war. Doch bereits wenige Meter entfernt zeigte sich die Natur völlig unbeeindruckt von den tödlichen Geschehnissen des vergangenen Tages. Im unversehrten Grün der benachbarten Bäume zwitscherten Vögel. Alles, was gestern passiert war, lag außerhalb ihrer Realität. Das Leben orientierte sich nur am Hier und Jetzt.

Hartnäckig schwieg sich dieser Ort aus. Verbissen hielt er die Verletzungen der letzten Stunden fest, doch auch über diese Wunden würde schon bald das Vergessen wachsen. Nüchtern erkannte Gabor, dass ihn seine Besichtigung nicht weitergebracht hatte. Hatte er sich mehr erhofft?

Eine gewisse Enttäuschung konnte er nicht leugnen. Nachdenklich lief er zu seinem Wagen zurück und sah überrascht auf, als er bemerkte, dass er dort bereits erwartet wurde.

Ein französisches Polizeiauto parkte neben seinem Wagen und zwei Männer – der eine in Uniform, der andere ganz offensichtlich ein Beamter in Zivil – sahen ihm misstrauisch entgegen. Jo Gabor beschleunigte seinen Schritt. Natürlich wusste er, dass er erst gar nicht bis zur Absperrung hätte fahren dürfen, und wollte ihnen daher durch eine schnelle Entschuldigung den Wind aus den Segeln nehmen.

„Bonjour. Guten Tag", eröffnete er das Gespräch.

„Sie wissen, dass Sie mit Ihrem PKW hier nichts verloren haben?", entgegnete ihm der zivil gekleidete Beamte in tadellosem Deutsch.

Gabor nickte ernst. „Ich war neugierig", gestand er. „Ich habe gestern in den Nachrichten von diesem Unfall gehört und als ich vorbeikam, wollte ich sehen, wie groß der Schaden auf der Fahrbahn wirklich ist."

„Neugier ist keine Entschuldigung." Der Blick des Franzosen blieb verdunkelt.

Plötzlich hatte Gabor eine Idee. Er holte seine Brieftasche aus der Gesäßtasche und zog eine seiner Visitenkarten heraus. Erklärend hielt er sie dem Mann entgegen.

„Es ist mehr aus beruflicher Neugier. Ich arbeite für eine große Versicherung. Wir versichern alles. Brücken, Tunnel, Windräder, Staudämme, Straßen. Alles. Aber einen solchen Brand gibt es nicht oft. Daher nutze ich gerne die Gelegenheit, um mein Know-how aufzufrischen. Sie verstehen?"

Prüfend betrachtete der Polizist Gabors Karte. Schließlich nickte er kurz und ließ das Stück Papier in seiner Jackeninnentasche verschwinden. Erleichtert registrierte Gabor, dass sich seine Miene entspannt hatte. Ein dienstliches Interesse erschien ihm also entschuldbar. Wortlos sprach er Gabor von jeglicher Sensationslust frei.

„Nun gut, dann fahren Sie aber jetzt umgehend aus der Absperrung heraus", mahnte er abschließend und wandte sich seinem Dienstwagen zu.

Erleichtert öffnete Gabor seine Fahrertür und stieg ein, behutsam darauf bedacht, eilig davonzukommen ohne eilig zu wirken. Den beiden Beamten freundlich zuwinkend startete er den Motor und legte den ersten Gang ein. Mit jeder weiteren Sekunde, mit der er seinen Aufenthalt verlängerte, wuchs die Gefahr weiterer Fragen, auf die er keine Antworten hatte. Zügig wendete er und entfernte sich. Im Rückspiegel konnte er noch beobachten, dass die beiden miteinander diskutierten. Doch worüber, konnte er nur spekulieren.

Über das, was sie antrieb, konnte er nur spekulieren. Denn obwohl sie nun seit fast vierundzwanzig Stunden gemeinsam unterwegs waren, hatte sie bisher rein gar nichts von sich oder dem Grund ihrer Reise erzählt. Neugierig musterte Olli sein Gegenüber am Frühstückstisch. Schweigend schlang Leokadia ihr Croissant in sich hinein. Schlürfte hastig ihren großen Milchkaffee.

Das Frühstück war französisch schlicht, aber durchaus lecker, wie er fand. Nur der allzu forschende Blick ihrer Pensionswirtin war ihm eine Spur zu aufdringlich. Natürlich war auch ihm bewusst, was für ein seltsames Paar sie beide abgaben. Zu Fuß, mit einer Handvoll Gepäck, er in verschmutztem Anzug, sie sportlich in Jeans und T-Shirt. Beide, erschöpft und gezeichnet von den Eindrücken, die ihre bisherige Reise bei ihnen hinterlassen hatte, waren sie am frühen Abend in der kleinen Pension gestrandet.

Hier, wo die meisten Gäste Paare waren, die sich für einige romantische Tage im Elsass einnisteten, um in der Abgeschiedenheit Zweisamkeit, französische Küche und die touristisch angenehm erschlossene Natur zu genießen, hatte Leokadia trotzig auf ein Einzelzimmer bestanden. Als ob er der Typ wäre, der die Situation ausgenutzt hätte. Diese spröde Kratzbürste war noch nicht einmal sein Typ. Mürrisch blätterte er in einem Prospekt, den er an der Rezeption von einem Stapel mit Tourismusinformationen mitgenommen hatte.

„Ich habe mit unserer Wirtin gesprochen. Mit dem Bus kommen wir bequem nach Straßburg zum Hauptbahnhof. Und von dort geht's in quasi jede beliebige Himmelsrichtung weiter", erklärte Leokadia und biss herzhaft in ihr drittes Croissant. „Der nächste Bus geht in fünfunddreißig Minuten." Ihrem Tonfall zufolge stand für sie dieser nächste Schritt bereits fest.

Die Selbstverständlichkeit, mit der sie ihn in Kenntnis setzte, verstimmte ihn. Olli gestand sich ein, dass er gerne vorher gefragt worden wäre. Aber egal, welches Geheimnis sie antrieb, es war ohne Zweifel stärker als ihre gerade mal vierundzwanzig Stunden währende Bekanntschaft. Während er ohne sie noch nicht einmal bis hierher gekommen wäre, ließ sie ihm gegenüber nicht den geringsten Zweifel aufkommen, dass sie auch ohne ihn noch sehr viel weiter zu kommen gedachte. Ganz offensichtlich spielte er in ihren Plänen nur eine Nebenrolle. Beleidigt säbelte er an seinem Croissant herum, um es bäuchlings aufzuschneiden. Nach den letzten Stunden hätte er sich ein wenig mehr Verbindlichkeit von ihrer Seite erhofft.

„In einer halben Stunde? Wieso die Eile?" Mürrisch kleisterte er Butter auf die Folgen seines Croissant-Massakers. „Wir könnten uns doch vorher noch etwas in der Umgebung umschauen." Er nahm in Kauf, dass er wie ein trotziges Kind klang. Sollte sie ruhig spüren, dass er ihre distanzierte Eigenmächtigkeit nicht guthieß.

„Ich für meinen Geschmack habe gestern genug von der Umgebung mitbekommen. Für mich geht die Reise in einer guten halben Stunde weiter." Völlig unbeeindruckt erhob sich Leokadia und trank im Stehen ihren Kaffee aus. Ohne seine Antwort abzuwarten, verließ sie den Raum.

Kopfschüttelnd sah er ihr nach. Er wusste, dass er ihr trotz seines verletzten Egos folgen würde und ärgerte sich darüber sogar noch mehr als über sie. Doch sich schmollend zurückzuziehen würde ihn hier nicht weiterbringen. Gab er sich beleidigt, so zog sie alleine weiter, und er bestrafte sich am Ende nur selbst. Denn ein weiterer Tag im Elsass versprach ihm annähernd nicht so viel Abenteuer wie diese rätselhafte Frau. Und Abenteuer, das war die Unterhaltung, die er sich von seinem Spontantrip versprach.

So viel Adrenalin wie in den letzten vierundzwanzig Stunden hatte er in seinem ganzen Leben noch nicht im Blut gehabt. Erst hatte sie ihn mit ihrem Wagen fast umgenietet, dann einfach mitgenommen bis nach Frankreich und zum Schluss waren sie Zeugen eines tödlichen Flammeninfernos geworden, in welches sie, wenn er darüber nachdachte, sogar selbst hätten geraten können. Nein, auf keinen Fall würde er in dieser nichtssagenden Pension hängen bleiben, um die in den Prospekten angepriesenen Käsefabriken oder örtlichen Töpfereien zu besichtigen. Zwar entsprach Leokadia absolut nicht dem klassischen Bild einer *femme fatale*, aber die weitere Reise mit ihr würde garantiert noch einige Überraschungen parat halten.

Okay, sie war etwas schräg. In einem Moment wirkte sie verletzlich, dann war sie wieder tough und grob, aber genau in diesem Widerspruch lag ein gewisser Reiz, dem er sich noch nicht entziehen wollte. Sein Blick fiel auf das Zifferblatt der antiken Standuhr, die mit ihrem massiven Korpus eine der Ecken des Frühstücksraums vereinnahmte. Nur noch eine halbe Stunde blieb ihm, um auszuchecken, wenn er mit ihr den Bus erreichen wollte. Verstohlen sah er sich um, schlang betont lässig seine Serviette um ein weiteres Croissant und ließ das Ganze wie zufällig zwischen die mitgebrachten Prospekte gleiten. Beschwingt verließ er den Frühstückstisch. Wer etwas erleben wollte, der musste eben auch mal was riskieren, dachte er selbstzufrieden. Aussteigen konnte er ja immer noch, falls sich die Dinge nicht so entwickelten, wie es ihm gefiel.

Nein, diese beiden hatten ihr nicht gefallen. Noch immer saß Madame Fabulier kopfschüttelnd an der kleinen Empfangstheke ihrer Rezeption und sortierte das Geld in ihre Kasse, welches der junge Mann ihr eben noch schnell in die Hand gedrückt hatte, bevor er und seine Begleiterin aus dem Haus gestürmt waren. Seit nunmehr zweiunddreißig Jahren führte sie ihre kleine, zehn Doppelzimmer zählende Pension, aber so etwas wie diese beiden hatte sie noch nie erlebt. Alleine wie die am Vorabend hier aufgetaucht waren. Zu Fuß, mit einer Plastiktüte aus dem Supermarkt als Gepäck, er im Anzug, sie in Jeans. Eine *amour fou* hätte ihren seltsamen Auftritt ja noch erklären können. Aber keine Spur von Leidenschaft. Genau genommen waren die beiden noch nicht einmal ein Paar, denn jeder hatte sofort ein Einzelzimmer verlangt.

Dabei waren ihr in den letzten Jahren so einige sonderbare Fälle begegnet und weiß Gott, Mon Dieu, Madame Fabulier wusste, wovon sie sprach, wenn sie „sonderbar" sagte. Zweiunddreißig Jahre, das waren rund fünfundzwanzigtausend Gäste, die sie bisher beherbergt hatte. Fünfundzwanzigtausend Gäste, das waren in ihrer Vielfalt unzählige kleine Dramen und Anekdoten, deren Variantenreichtum sogar einen Balzac vor Neid hätte erblassen lassen. Schon oft hatte sie daran gedacht, die vielen Geschichten aufzuschreiben. Aber natürlich fehlte es einer so viel beschäftigten Frau wie ihr an Zeit und Muße dafür. Also gab sie ihrem Publikum lieber mündlich zum Besten, was sie für erzählenswert hielt. Plauderte ihre Geschichten aus, solange sie noch warm waren, und würzte auch gerne mal mit intimen Details nach, um sich die Gunst ihrer Zuhörerschaft zu sichern.

Doch nach über drei Jahrzehnten musste sie leider zugeben, dass sich vieles von dem, was sie beobachtete, wiederholte und die wirklichen Sensationen immer seltener wurden. Die omnipräsente Allmacht der Medien tat ihr Übriges dazu, um ihren Pensionsgeschichten den Rang abzulaufen. Mit einem gewissen Bedauern erkannte sie, dass man ihr zwar immer noch gerne zuhörte, aber dass sie schon lange nichts wirklich Neues zu berichten hatte.

Allerdings war an diesen beiden wirklich etwas faul. Daran zweifelte sie keine Sekunde. Viel zu auffällig waren sie darum bemüht gewesen, sich unauffällig zu verhalten. Wie sonst ließe sich ihre unverschämt aufreizende Zurückhaltung erklären? Dabei hätten die beiden doch wirklich etwas zu erzählen gehabt. Immerhin waren sie Augenzeugen des spektakulären Feuers zwischen Ripershoffen und Dengwiller gewesen. Ihren Kleidern haftete noch der Geruch von Rauch und Benzin an, als sie sich bei ihr an der Rezeption angemeldet hatten.

Ach, wie gerne wäre sie selbst dort gewesen. Die Luft hatte förmlich gebrannt vor Gerüchten und Meldungen. Um die spärlichen Informationen, die das Radio im Minutentakt verbreitete, aufzubessern, hatte sie Gott und die Welt angerufen. Doch entweder waren alle, die sie erreichen konnte daheim, kamen nicht weg und waren wie sie auf die dürre Nachrichtenlage im Radio angewiesen oder sie waren an der Unglücksstelle und gingen nicht an ihr Handy. Also hatte sich Madame Fabulier mit den Bildern aus den Abendnachrichten bescheiden müssen. Und was für Bilder das waren! Hollywood war ein Dreck dagegen.

Nun hatten diese beiden jungen Leute also die einmalige Gelegenheit gehabt einem so grandiosen Ereignis beizuwohnen und zeigten nicht das geringste Interesse daran, auch nur eine einzige ihrer Fragen zu beantworten. Ihren ganzen Charme hatte sie vergeudet, um ihnen auch nur ein paar winzige Details zu entlocken. Nichts. Mundfaul als hätten sie etwas zu verbergen. Einen Besen wollte sie fressen, wenn an den beiden nicht wirklich etwas faul war.

Vielleicht sollte sie mal wieder mit ihrem Neffen Jean-Loup plaudern. Der war nämlich bei der Polizei und hatte immer ein offenes Ohr für seine Lieblingstante. Madame Fabulier warf einen raschen Blick hinter sich in den Frühstücksraum. Die Eheleute Steiner, ein Rentnerpaar aus Düsseldorf, saßen dort noch beim Kaffee und ließen sich Zeit. Alle übrigen Gäste waren bereits ausgeflogen. Die Gelegenheit war günstig. Wieso warten, dachte sie und griff nach dem Hörer. Ob ihr Neffe heute überhaupt im Dienst war?

Ein trockener Schrei fast zeitgleich mit dem Geräusch zerberstenden Porzellans unterbrach sie beim Wählen der Nummer. Dem Schrei folgte ein panisches Aufheulen. Madame Fabulier erkannte sofort, dass Geschrei und Geklirr aus ihrem Frühstücksraum kamen, und so erhob sie sich, um nach dem Rechten zu sehen.

Am Boden lag hingestreckt der leblose Körper ihres Gastes Herr Steiner. Schluchzend über ihn gebeugt kniete seine Gattin. Noch im Sturz hatte der alte Herr haltsuchend nach dem Tischtuch gegriffen und alles mit sich gerissen, was sich darauf befunden hatte. Ein wildes Durcheinander aus zerborstenem Geschirr, Eierschalen und Brotresten, durch das sich eine schmierige Spur aus Butter und Konfitüre zog, zierte den hellen Dielenboden. An einigen besonders spitz zulaufenden Scherben klebte signalrot frisches Blut. Eine schöne Sauerei, durchfuhr es Madame Fabulier unwillkürlich, da sie den Dielenboden erst am Vortag frisch gebohnert hatte. Doch kam sie nicht umhin den dramatischen Effekt, den gerade das frische Blut der Szene verlieh, mit einem gewissen Wohlwollen zu betrachten. Und noch während sie fast mechanisch die Nummer des Notrufes tippte, verfestigte sich in ihr dieser Eindruck zu der Erkenntnis, welchen sensationellen Nachrichtenwert ihr diese neuen Ereignisse bescherten.

Äußerlich gelassen, als ob in ihrem Frühstücksraum wöchentlich Gäste zusammenbrachen, erläuterte sie am Telefon die Sachlage, kehrte in den Frühstücksraum zurück, wo sie pietätvoll einen Brösel Eigelb von der Nase des Verblichenen entfernte, eine saubere Tischdecke über ihn warf, die Witwe tröstete und mit ihr gemeinsam auf den Notarzt wartete, der keine zehn Minuten später eintraf. Noch während dieser den Tod des armen Herrn Steiner durch plötzliches Herzversagen diagnostizierte, entwarf sie innerlich vor Aufregung glühend wie ein Vulkan eine Liste der wichtigsten Personen, die sie sobald wie möglich einen nach dem anderen genussvoll benachrichtigen wollte. Der Leichenwagen parkte noch neben ihrem blühenden Rosenbeet, als sie bereits die erste Nummer wählte.

Ein Leichenwagen am helllichten Tag, dazu noch vor dieser idyllischen von blühenden Rosen umgebenen Pension, das war ein Anblick, der Gabor aus seinen Grübeleien riss. Nachdem er die verwaiste Unfallstelle verlassen hatte, war er zunehmend ratloser in der Gegend umhergefahren. Hatte er wirklich erwartet, eine direkte Spur zu entdecken, die ihn zu Oliver Korff führen würde? Sein Kollege konnte sich inzwischen weiß Gott wo aufhalten. Hunderte Kilometer entfernt ebenso wie direkt im nächsten Haus. Die Aussicht, ihn zu finden, war verschwindend gering. Allmählich wurde es wohl Zeit sich der Frage zu stellen, was er wirklich mit seiner Suche bezweckte.

Der schwarze Kastenwagen mit der eindeutigen Mission kam ihm als Ablenkung gerade recht. Natürlich war es absurd, irgendwelche Zusammenhänge zu wittern. Aber da diese Spur ebenso fantastisch war wie jede andere, konnte er ihr genauso gut folgen, bevor er sich seinen Irrtum eingestand und um eine sehr seltsame Erfahrung reicher nach Frankfurt zurückfahren würde.

Er brachte seinen Wagen zum Stehen und ging zum Eingang. Durch die speerangelweit geöffnete Tür trugen soeben dunkelgekleidete Männer einen metallisch glänzenden Sarg nach draußen, gefolgt von einer deutlich um Fassung ringenden älteren Dame. Wie ein Pfeil traf ihn die Erkenntnis, dass es sich bei diesem Toten eher nicht um Olli handelte und die Erleichterung, die er darüber empfand, verriet ihm, dass er unbewusst sogar mit dem Schlimmsten rechnete. War denn tatsächlich davon auszugehen, dass sein Kollege in Gefahr schwebte?

Aufgewühlt betrat er den Eingangsbereich. Eine kräftige Dame Ende fünfzig, perfekt frisiert und geschminkt, in einem einen Tick zu eng anliegenden Kostüm à la Coco Chanel, thronte hinter der als Rezeption ausgewiesenen Theke und telefonierte lebhaft. Ohne Zweifel war sie die Hausherrin und gerade dabei, ihrem Gesprächspartner am anderen Ende der Leitung die Geschichte zum vor dem Haus parkenden Leichenwagen zu liefern. Im ersten Augenblick kapitulierten Gabors Französischkenntnisse vor dem ungewohnt klingenden deutsch-französischen Sprachcocktail. Doch nach und nach gewöhnte sich sein Ohr an ihren melodischen Singsang und er verstand, dass die Pensionsbesitzerin mit einem Jean-Loup sprach, der ihrer zärtlichen Anrede zufolge, ihr Neffe war. Ohne ihren Redefluss zu unterbrechen gab sie Gabor durch ein kurzes gönnerhaftes Nicken zu verstehen, dass sie von seiner Anwesenheit Notiz genommen hatte und setzte ihr Telefonat unbeirrt fort.

Ihrem unermüdlichen Redefluss folgend entnahm Gabor, dass sie so etwas in den langen zweiunddreißig Jahren ihrer

Arbeit noch nie erlebt habe, dass dieser Todesfall doch tatsächlich ihr gutes Porzellan gekostet habe, welches sie der Witwe aus Gründen der Pietät natürlich nicht in Rechnung stellen würde, und wie erleichtert sie sei, dass außer dem Verstorbenen und seiner Frau alle anderen Gäste bereits das Haus verlassen hatten, denn ein solcher Todesfall verderbe den meisten Menschen die gute Laune.

Wie seltsam doch die Dinge immer aufeinandertrafen, philosophierte sie weiter und Gabor horchte auf. Erst dieser schreckliche Unfall am Vortag, dann dieses merkwürdige junge Paar in ihrem Haus, zwei Deutsche, zu Fuß, fast ohne Gepäck, er sogar im Anzug, in keinem Fall wie man sich einen Rucksacktouristen vorstelle. Wie zwei Flüchtlinge seien sie in ihrem Haus eingetroffen und ebenso überstürzt auch wieder abgereist. Alles in allem sehr seltsam, wenn nicht sogar irgendwie verdächtig. Nach dem Weg zum nächsten großen Bahnhof hatten sie gefragt, so als mussten sie schnell von hier fort und sie habe ihnen empfohlen den Bus bis nach Straßburg zu nehmen, der direkt bis zum Hauptbahnhof fahre.

Ob Jean-Loup nicht Lust habe heute Abend zum Essen zu ihr zu kommen, wechselte sie das Thema, sie habe eine Quiche vorbereitet und bei dieser Gelegenheit könne ihr der Neffe doch Näheres über den großen Brand auf der *route nationale* berichten. Ob es wirklich ein Deutscher gewesen sei, der dort ums Leben gekommen war und ob es stimmte, dass der Fahrer des Tankwagens der kleine Philipe Bekker gewesen sei, mit dem Jean-Loup die gleiche Schulbank gedrückt habe, und ob Philipe nun Ärger zu erwarten habe, weil er den Tankwagen so einfach habe stehen lassen.

Allein aus den Repliken der Pensionsdame erfuhr er, dass Philipe den Tankwagen tatsächlich in einer Kurve gepackt hatte und das, man mochte es kaum glauben, weil ihm der Sprit ausgegangen war. Welche Ironie des Schicksals, erheiterte sich Madame und hätte das Gespräch vermutlich noch endlos weiter fortgesetzt, wenn sie sich in diesem Moment nicht Gabors interessierten Gesichtsausdruck gewahr geworden wäre, der jedes Detail ihrer Rede aufmerksam verfolgte.

„Ich muss Schluss machen. Kundschaft", zwitscherte sie ihrem Neffen zu und legte auf.

„Ja, bitte?" Kühl lächelte sie ihm entgegen.

Gabor wusste nun genau, wie er vorzugehen hatte. Dass Madame gerne plauderte, war offensichtlich. Also musste er nur ihr Vertrauen gewinnen und sie würde sich garantiert nicht lange zurückhalten können.

Er sei auf Geschäftsreise, begann er, aber ihre schmucke Pension sei ihm sofort ins Auge gefallen und da sei ihm der Gedanke gekommen, seiner Frau eine besondere Überraschung zum bevorstehenden Hochzeitstag zu bereiten.

„Welch charmante Idee", beglückwünschte sie ihn sofort und erklärte ihm, für solche Anlässe sogar besondere Arrangements anzubieten. „Wir haben da ein wunderbares Doppelzimmer", zwinkerte sie ihm zu.

Ob er das mal sehen dürfe. Seine Gesprächspartnerin zögerte. „Oh, es ist noch nicht aufgeräumt. Die letzten Gäste sind sozusagen etwas unvorbereitet abgereist." Gabor vermutete, dass es sich bei einem der Gäste, um jenen handelte, den man mit den Füßen zuerst aus dem Haus getragen hatte. Verständnisvoll schwieg er.

„Aber ich zeige Ihnen gerne das Nachbarzimmer. Etwas kleiner. Der gleiche wundervolle Ausblick in den Garten. Sehr ruhig gelegen. Wann würden Sie denn anreisen wollen?" Geschäftstüchtig schritt sie voran.

Gabor nannte ein Wochenende im August. Allmählich taute sie auf. Nun durfte er langsam wagen, neugieriger zu werden. Welche Ausflugsziele sie empfehlen könne. Er habe vorhin zufällig mitbekommen, dass man mit dem Bus bequem nach Straßburg komme.

„Oh ja, keine vierzig Minuten und schon ist man im Zentrum", schwärmte sie, ohne seinen lauernden Unterton zu bemerken. Vorsichtig tastete er sich weiter voran.

„Sie haben sicher viele Stammgäste?", kitzelte er ihre Geschwätzigkeit.

„Oh ja", arglos begann sie, eine ganze Flut von Namen und Städten herunterzubeten, mit denen sie ihre wiederkehrenden Besucher in Verbindung brachte. Geduldig ließ Gabor ihre Mitteilsamkeit auf sich niederprasseln.

„Ich kann mir gut vorstellen, dass man sich in dieses hübsche Fleckchen Erde verlieben kann", schmeichelte er. „Besonders für uns Gäste aus Deutschland ist es ein Traum. So schön und so nah zugleich." Nun war er sich sicher, sie endgültig für sich eingenommen zu haben. „Obwohl es manche Leute dann doch überraschend eilig haben von hier wegzukommen", lachte er wie über einen harmlosen Scherz.

„Ach, das", winkte sie herablassend ab. „Sie meinen die kleine Geschichte von vorhin mit den beiden jungen Leuten? Sie müssen wissen, mein Neffe Jean-Loup ist Polizist, und da erzähle ich ihm natürlich, wenn mir etwas merkwürdig vorkommt. Also nicht, dass Sie meinen, ich würde meinen Gästen übel nachreden. Aber diese beiden waren ganz und gar seltsam."

„Wirklich?" Gabor tat überrascht.

Verschwörerisch beugte sie sich ihm entgegen und hob dabei bedeutungsvoll die akkurat nachgezogenen Augenbrauen. „Alors, ein junger Mann und eine junge Frau reisen gemeinsam an und sind doch kein Liebespaar. Man hat den Eindruck, sie sind noch nicht einmal gut miteinander bekannt. Kommen zu Fuß, tragen ihr weniges Gepäck in einer Supermarkttüte mit sich, bleiben nur eine Nacht und reisen völlig überstürzt wieder ab. Würden Sie das nicht auch ein wenig seltsam finden?"

Gabor nickte eifrig, um sie so wenig wie möglich zu unterbrechen. „Woher kamen die beiden denn?"

„Nicht, dass Sie denken, ich würde meinen Gästen nachspionieren …"

Gabor schüttelte eifrig den Kopf und baute fest darauf, dass sie genau das tat. „Niemals!"

„Beide aus Frankfurt. Soll ja eine große Stadt sein. Und desto größer die Stadt …“

„Ja?“ Nun rückte auch er näher an sie heran.

„… desto mehr Verrückte laufen dort herum.“ Wieder nickte er. Mehr brauchte er gar nicht zu wissen. Nun galt es, klug den Rückzug einzuleiten.

„Also, ich nehme mir dann mal Ihren Hausprospekt mit. Und Ende August haben Sie noch ein Doppelzimmer frei?“

Sie seufzte und die Geschäftsfrau in ihr wurde wieder wach. „Aber gerne, Monsieur. Mögen Sie mir Ihre Karte dalassen?“

Ein wenig widerstrebte es ihm, ihr seine Visitenkarte zu überreichen. Aber was sollte es? Nichts von dem, was er bisher getan hatte, war verboten. Vielleicht seltsam. Doch wen ging das etwas an? Lächelnd reichte er ihr seine Karte. Das bunte Logo der Versicherung, für die er arbeitete, fiel ihr sofort auf. Ihr wiedererkennendes Lächeln verriet es ihm und kam ihm zupass. Ihr Vertrauen in die bekannte Marke übertrug sich auf ihn.

Freundlich verabschiedete er sich und ging zu seinem Wagen. In seinem Kopf puzzelte er die bisher gesammelten Informationen zu einer möglichen Geschichte zusammen. Olli war nicht alleine. Eine junge Frau begleitete ihn. War sie tatsächlich die Frau, die man dabei gesehen hatte, als sie mit Kruppkes Wagen davonfuhr? War Olli der Anzug tragende Mann, der zu ihr in den Wagen gestiegen war? In den Wagen eines Toten?

Überhaupt gab es auffallend viele Todesfälle im Umfeld dieser seltsamen Geschichte. Kruppke am Kiosk, der Autofahrer, dessen Wagen in den Tanklaster gerast war und nun auch noch der Gast in der kleinen Pension.

Grübelnd startete er den Motor und fuhr los. Immerhin hatte er jetzt eine Spur. Eine Spur, die ihn zum Straßburger Hauptbahnhof führte. Eine Spur, die sich allerdings sehr schnell in Luft auflösen konnte, falls Olli mit seiner Begleiterin vor ihm dort eintraf und sich für eine schnelle Weiterreise entschied. Gabor wusste, dass er sich beeilen musste und fuhr los. Wieso nur, fragte er sich, hatten die beiden das Auto nicht mehr? Mit dem PKW wären sie doch viel schneller vorangekommen als mit dem Bus.

In letzter Sekunde waren sie in den gerade anfahrenden Bus gesprungen. Der Fahrer hatte ihr Fahrgeld kassiert, noch während er sein schweres Gefährt wieder zurück in den fließenden Verkehr manövrierte. Schwankend hatten sie sich durch den Wagen gehangelt und zwei Plätze im hinteren Drittel eingenommen. Zwei Sitze nebeneinander am Gang, da die Fensterplätze bereits belegt waren. Sichtlich erschöpft durch den morgendlichen Spurt war Leokadia sofort in ihren Sitz gesunken.

Da saßen sie nun und ließen sich durch die malerische elsässische Natur kutschieren, die nur durch noch malerischere elsässische Dörfer unterbrochen wurde. Bestens gelaunt genoss Olli den Ausblick. So fußlahm er am Vorabend auch in sein Bett gesunken war, so lebendig und voller Tatendrang fühlte er sich jetzt.

„Die alte Schnepfe hätte doch zu gerne herausgefunden, was es mit uns beiden auf sich hat", lachte er plötzlich wie über einen gelungenen Streich. „Ich bin sicher, dass sie vor Neugier fast geplatzt ist." Auch Leokadia grinste.

„Nie hätte ich mir träumen lassen, dass ich dazu in der Lage wäre", fuhr er strahlend fort. „Dass ich einfach so alles hinter mir lassen kann. Ich fühle mich so wohl wie noch nie in meinem Leben."

„Wirklich noch nie?" Ungläubig sah sie ihn an. „Dann muss dein Leben bisher aber eine ziemliche Pleite gewesen sein." Unwillkürlich errötete sie, als sie sein verblüfftes Gesicht sah. „Sorry, das ist mir jetzt nur so rausgerutscht. Natürlich habe ich nicht gemeint, dass dein Leben …"

„Danke", erwiderte er ohne eine Spur von Verärgerung. „Aber auch wenn du es nicht so gemeint hast, ist es dennoch wahr. Bisher war mein Leben eine ziemliche Pleite. Doch ab jetzt wird das anders. Völlig anders. Das schwöre ich dir." Feierlich glänzten seine Augen. Er lächelte. Alles an ihm strahlte Energie und Zuversicht aus.

„Und weißt du was?", fuhr er fort. „So seltsam es dir vielleicht erscheinen mag. Aber der Unfall von gestern, dieser Mann in dem schwarzen Auto, der von einem Moment auf den anderen tot war, dieses Erlebnis hat mir gezeigt, dass ich auf dem richtigen Weg bin. Dieser Kerl hat sich bestimmt nicht vorstellen können, dass sein Leben so schnell enden würde. Dabei kann es für jeden von uns von jetzt auf sofort vorbei sein. Für dich. Für mich. Für jeden."

„Ich weiß, was du meinst", murmelte Leokadia zurückhaltend, ohne dass Olli darauf einging. Munter plauderte er immer weiter.

„Ich meine, dass das Leben kurz sein kann. Und wenn man sich das erst einmal bewusst gemacht hat, dann sollte man auch danach leben."

„Das Leben kann kurz sein", wiederholte sie tonlos und schwieg eine Weile, um die richtigen Worte für ihren nächsten Gedanken zu finden. „Aber verrate mir eins. Warum das hier? Warum begleitest du mich? Wenn du dir vorstellst, dass es morgen schon vorbei sein kann, solltest du dir dann nicht etwas ganz Besonderes vornehmen? Etwas, das weniger dem Zufall überlassen ist?"

„Ach, Quatsch", erwiderte Olli unbeschwert. „Ich meine doch nur, dass jeder Tag der letzte sein *könnte*. Doch nicht, dass er es wirklich ist. Es geht nur darum, möglichst viel herauszuholen. Die Dinge voll auszukosten." Er lachte. „Ein Tag, das wäre mir sowieso zu wenig. In einen Tag passt der Rest meines Lebens gar nicht rein."

Erneut füllte Schweigen den Raum zwischen ihnen und erneut ging dieses Schweigen von ihr aus.

„Ich möchte noch so vieles", begann er von Neuem. „Du hast gestern Paris erwähnt. Paris ist sicher wundervoll. Soll ich dir etwas gestehen? Ich war noch nie dort. Lass uns nach Paris fahren. Lass uns den heutigen Tag einfach so genießen, *als ob* er der letzte wäre. Und mit dem morgigen Tag machen wir es genauso."

„Und wie lange soll das so gehen?", wandte sie ein.

„Bis ich herausgefunden habe, was ich aus meinem Leben machen möchte." Er lachte schon wieder. Da war nichts, was seiner Lebenslust etwas anhaben konnte. „Oder bis man mir meine Kreditkarte sperrt."

„Oder bis du stirbst", sagte sie.

„Oder bis ich sterbe", lachte er noch immer.

Das Lachen der jungen Leute neben ihr riss sie aus ihrem gewohnten Dämmerschlaf, in den sie sich immer fallen ließ, sobald sich der Bus ruckelnd und schaukelnd in Bewegung setzte. Touristen auf dem Weg nach Straßburg, dachte sie. Jung, verliebt und das Leben noch vor sich. Tja, man sollte wirklich die Zeit zum Reisen nutzen, solange man jung und unabhängig war. Bevor es immer schwieriger wurde, seine Träume umzusetzen. Bevor es schließlich ganz zu spät dafür war.

Nickend ließ sie sich zurückgleiten in ihren dumpfen Gedankennebel. Seit zwanzig Jahren gondelte sie einmal wöchentlich mit dem Bus nach Straßburg, um ihre Tochter zu besuchen. Jeden Mittwoch wartete sie um die gleiche Zeit an der Bushaltestelle, die nur wenige hundert Meter von ihrem Häuschen entfernt lag und sah dem Bus bereits entgegen, wenn er um die schmale Kurve gekrochen kam, die die enge Dorfstraße an dieser Stelle beschrieb.

Vor einigen Jahren hatte man die Busroute über die neugebaute Umgehungsstraße umleiten wollen, wozu es dank vielfältiger Bürgerproteste zum Glück nicht gekommen war. Man sollte den Alten den Zugang zum öffentlichen Verkehrsnetz nicht erschweren, hatten sich damals die Betroffenen zu Wort gemeldet. Nun hatte sie gestern erst im Regionalteil ihrer Zeitung gelesen, dass man im Stadtrat erneut über eine Verlegung der Buslinie verhandelte. Das neue Gewerbegebiet am Ortsrand solle besser erschlossen werden. Es ging darum, der wirtschaftlichen Entwicklung Rechnung zu tragen, wovon schließlich die gesamte Region profitierte.

Sie wusste, dass sich diesmal der unaufhaltsame Lauf der Zeit durchsetzen würde. Wer hätte auch dagegen stimmen sollen? Von den Alten, die beim letzten Mal noch ihre Stimme erhoben hatten, um das im Grunde Unvermeidliche aufzuhalten, war so gut wie niemand mehr übrig. Schon bald also würde sie sich darauf einstellen müssen, jeden Mittwoch bis an den Ortsrand zu pilgern. Vielleicht sollte sie sich zu diesem Zweck auch eine von diesen rollenden Einkaufstaschen zulegen, mit denen man seine Einkäufe hinter sich herziehen konnte. Sie seufzte. Da sollte man meinen, dass man sich im Laufe eines langen Lebens einen gewissen Respekt verdient hätte. Schließlich war es bereits beschwerlich genug, alt zu werden. Aber nein. Das Gegenteil war der Fall. Es wurde einem alles immer noch schwerer gemacht. Zum Glück war sie es gewohnt, Strapazen auf sich zu nehmen. Weder Arbeit noch Mühsal hatte sie je gescheut. Und Gott sei Dank war sie alles andere als wehleidig.

Wie steif sich ihre Beine auf einmal anfühlten. So taub, als ob sie gar nicht ganz zu ihr gehörten. Vergeblich versuchte sie, sich auszustrecken, um ihren Rücken in eine bequemere Position zu bringen. Es war schon ein Kreuz mit dem Kreuz, dachte sie. Langes Sitzen schmerzte. Langes Laufen und Stehen schmerzte. Es gab Tage, an denen sie morgens am liebsten einfach liegen bleiben wollte, um den Schmerz zu vermeiden. Liegend und ruhend fand sie ihren Körper erträglich. So erträglich, dass sie ihn bisweilen sogar vergaß und nur noch ihren Geist bewegte.

Früher hatte sie jede Trägheit verabscheut. Ein Laster, welches sie mit Faulheit und Müßiggang gleichgesetzt hatte. Zu verschlafen war ihr immer ein Graus gewesen. Etwas, wofür man sich schämte. Am allermeisten vor sich selbst. Doch seit einiger Zeit begann sie, den Schlaf schon morgens nach dem

Aufstehen herbeizusehnen. Sie erwischte sich dabei, dass sie sich auf den Mittagsschlaf freute, den sie von Tag zu Tag immer ausgiebiger ausdehnte. Und abends ging sie mit jedem Tag etwas früher zu Bett. So früh, dass man diese Zeit des Tages gerade mal Abend nennen durfte.

Dabei ging es ihr nicht nur um Erholung für ihren Körper. Kein Schlaf dieser Welt war ausreichend lang genug um ihr die Erholung zu spenden, die sie benötigt hätte, um das „Wachsein" des nächsten Tages zu ertragen. Es war vielmehr die Körperlosigkeit im Schlaf, nach der sie sich sehnte. Sie war süchtig nach der dämmrigen Leichtigkeit, in die sie sank, sobald sie die Augen schloss. Nach dem vielschichtigen Nichts, in das sie sich sinken ließ, um sich darin treiben zu lassen.

Ihr Denken selbst zerbrach in diesem formlosen Strom zu immer weiteren Gedanken. Gedanken, die sich teilten und aufspalteten und so immer mehr Gedanken hervorbrachten. Gedanken, die sie bereits gedacht hatte und Gedanken, die völlig neu waren, aber an bereits Gedachtes erinnerten. Unwichtiges und Wichtiges, Vergangenes und Gegenwärtiges. Unwichtiges, welches sie auf einmal als Wichtiges erkannte. Wichtiges, welches ihr plötzlich unwichtig wurde. Vergangenes, welches sie bereits vergessen geglaubt hatte. Gegenwärtiges, welches ins Vergessen abrutschte. Und immer seltener mischte sich Zukünftiges in ihr Denken. Die Zukunft war eine Zeit, die für sie nichts besaß, was sie begehrte. Ihr Begehren lag in der Vergangenheit, in die sie jeder Atemzug, den sie tat, unaufhaltsam entgegentrug.

Ein Zittern ging durch den ganzen Bus, als dieser an der nächsten Haltestelle stoppte. Zischend öffneten sich die Türen und schwatzend erklommen weitere Fahrgäste die Stufen. Noch mehr Stimmen verteilten sich im Innern des Fahrraumes. Dösend hielt sie die Augen weiter geschlossen. Diese Fahrgäste boten ihrer Neugier keine Nahrung. Es waren die immer gleichen Gesichter wie jede Woche. Die immer gleichen Stimmen. Die immer gleichen Geschichten. Nur die beiden jungen Leute neben ihr brachten etwas Abwechslung. Es waren Deutsche, und mit geschlossenen Augen lauschte die alte Elsässerin der vertrauten Sprache aus dem nahen Nachbarland. Sie redeten von Paris. Schmiedeten Pläne. Nannten Sehenswürdigkeiten, die sie besichtigen wollten. Den Eiffelturm, Montmartre, die Champs-Elysées, das Quartier Latin, den Louvre.

Seufzend unternahm sie einen weiteren Versuch, um sich auszustrecken. Doch auch ihr Ansatz, dazu die Hände zu Hilfe zu nehmen, blieb ohne Erfolg. Die Hände gehorchten ihr nicht. Nur ein schwaches Kribbeln durchlief ihre Arme. Resigniert erkannte sie, dass sie ihre Position also beibehalten musste. Nun, vielleicht war das im Grunde auch besser so, dachte sie. Es hätte ja auch schlimmer kommen können. Auf diese Weise kam sie zum Ziel und musste sich noch nicht einmal anstrengen. Sie durfte sich einfach tragen lassen.

Erneut schweiften ihre Gedanken ab. Zu reisen, so wie diese beiden es taten, davon hatte sie immer geträumt. Eine Fremdsprache erlernen. Neue Länder entdecken. Fremde Kulturen erfahren. Und sich irgendwo am Ende einer solchen Reise eine neue Existenz aufbauen. Das war ihr Traum gewesen. Und geblieben. Denn es war nie dazu gekommen.

Seltsam, dass die Erinnerung an gerade diesen Traum sie seit einigen Tagen besonders intensiv verfolgte. Dass die Sehnsucht von damals noch immer in ihr ruhte und gerade jetzt wieder zum Vorschein kam. Wie frisch sich die Enttäuschung noch immer anfühlte. Als ob diese Gefühle niemals ihre Gültigkeit verloren und nur betäubt unter der Zeit gelegen hätten.

Doch etwas war anders. Jahrelang hatte sie sich mit dem Gedanken gerechtfertigt, das Schicksal selbst habe sie um ihre große Chance betrogen. Denn es hatte sie durchaus gegeben, die berühmte Gelegenheit, wie sie sich nur einmal im Leben bietet. Als einzige Absolventin ihres Jahrgangs hatte sie ein Stipendium in der Hauptstadt erhalten. Eine echte Sensation damals, als das Studieren nur wenigen und meist den Männern vorbehalten war. Wochenlang hatte sie damit in ihrem Heimatort für Gesprächsstoff gesorgt und ihre Eltern waren sogar bereit gewesen, sie gehen zu lassen. Ungern, aber einsichtig, weil eine solche Gelegenheit eben ergriffen werden musste, wenn sie sich bot. Doch die Vorfreude auf das große unbekannte Leben sollte ihr einziger Anteil daran bleiben. Noch im selben Sommer erkrankte plötzlich ihr Vater und ohne zu zögern verschob sie ihre Abreise um einige Tage. Als er ebenso plötzlich verstarb, verschob sie ihren Studienbeginn erneut, diesmal um einige Wochen. Die Sorge um ihre verwitwete Mutter ließ aus den Wochen Monate werden und als sie in dieser Zeit dann auch noch ihren zukünftigen Mann kennenlernte, blieb sie erneut und wurde schwanger. Ehe sie sich versah, hatte ihr das Schicksal mit einem abrupten Knall die Tür vor der Nase zugeworfen. Ihre Chance auf ein unabhängiges Leben in Paris war damit passé.

Doch nun, da sich ihr alle diese Erinnerungen so lebendig wie noch nie zuvor aufdrängten, erkannte sie, wie wenig gradlinig ihr Leben im Ganzen verlaufen war. Das Leben war kein Zug, dessen Richtung man einmal für immer festlegte. Mit jeder weiteren Erinnerung, die an ihr vorüberzog, entdeckte sie die vielen kleinen Abzweigungen, die sich ihr angeboten hatten.

Hatte sie wirklich geglaubt, eine einzige verpasste Chance sei für ihr gesamtes Leben verantwortlich?

Wenn sie aufrichtig zu sich selbst war, dann musste sie sich eingestehen, wie bequem sie es sich mit der Vorstellung von der verpassten Chance gemacht hatte. Es war viel angenehmer gewesen von einem anderen Leben zu träumen, als die Risiken und Anstrengungen, die damit einhergegangen wären, wirklich auf sich zu nehmen. Hatte sie sich also selbst betrogen? Sich selbst um das Leben gebracht, welches sie hätte führen sollen?

Immer mehr Bilder bestürmten sie. Längst vergessen geglaubte Gesichter zogen grüßend an ihr vorüber. Hätte sie in Wahrheit ein anderes Leben führen wollen als das, was sie gehabt hatte? Nein. Sie selbst hatte ihre Entscheidung getroffen. Sie selbst hatte sie immer und immer wieder bestätigt. Spürte sie darüber ein Bedauern? Ja. Auch. Aber nicht nur.

Seufzend öffnete sie die Augen und versuchte, ihren Kopf zu heben, um einen Blick hinaus in die Ferne zu werfen. Doch auch ihre Halsmuskeln gehorchten ihr nicht mehr. Zurückgestreckt im Sitz, blieb ihr nur der Blick nach oben. Nun gut, dachte sie zufrieden, als ihr Auge das makellose Blau des Himmels einfing und es sich zu Eigen machte. Ein Stück vom Himmel ist auch schon groß genug. Und während bei diesem letzten Gedanken ihr Herz stehen blieb, rollte der Bus unaufhaltsam weiter.

Der Bus rollte immer weiter. Die schöne Landschaft, das fantastische Wetter, das bunte Geplapper der Fahrgäste, allem voran Ollis aufgekratzte Vorfreude, all das versetzte Leokadia in eine unbeschwerte Schulausflugsstimmung. Gut gelaunt bewunderte sie den schnellen Wechsel der sich bietenden Ausblicke.

Immer wieder beugte sich Olli zu ihr herüber, um sie begeistert auf irgendetwas aufmerksam zu machen: ein mit Geranien geschmücktes Haus, eine ländliche Kirche, Pferde auf einer Koppel. Wiederholt streifte er dabei ihre Schulter.

Sie begann, seine Nähe zu genießen. Prüfend musterte sie ihn. Seit er zu ihr ins Auto gestiegen war, hatte er eine erstaunliche Wandlung vollzogen. Aus dem blassen Anzugträger war ein entspannter Rucksackreisender geworden. Das eilig ohne jede Eitelkeit im Supermarkt zusammengekaufte Outfit, bestehend aus beigefarbener Zipphose, blauem T-Shirt und Turnschuhen, verlieh ihm eine gewisse Lässigkeit. Seinen teuren Anzug hatte er wie ein abgelegtes Gewand aus einer anderen Epoche achtlos zusammengerollt und in seinen Rucksack gestopft. Erste Spuren eines Dreitagebartes zierten sein Kinn. Entweder hatte er in der Hektik ihres Aufbruchs vergessen, sich zu rasieren, oder es bewusst weggelassen. Das alles zusammen stand ihm ausgesprochen gut, fand sie. Überhaupt sah er recht passabel aus. Und er war so lebendig. Ohne Unterlass sprach er, zeigte auf etwas, lachte. Wie ein Kind hielt es ihn kaum auf seinem Sitz.

Er schien ihr genau der Typ zu sein, der unbeschwert aus jeder Situation das Beste für sich herauszuholen gewohnt war. Seine Aufmerksamkeit schmeichelte ihr. Versprach er sich etwa mehr von ihrer Bekanntschaft? Eine feste Beziehung schien es in seinem Leben nicht zu geben. Sonst hätte er ihre Frage danach, ob ihn jemand vermissen würde, sicher anders beantwortet. Also war er einer kleinen Affäre mit ihr vielleicht gar nicht abgeneigt? Im Grunde könnte sie sich darauf einlassen. Konsequenzen hatte sie keine zu befürchten. Sie war frei. Nur sich selbst und dem Moment verpflichtet. Und er war da, unterhaltsam, gut gelaunt, lebhaft, genau das, was sie gerade gebrauchen konnte. Außerdem: sie waren einander fremd. Nichts wusste sie über ihn. Und noch weniger er über sie. In seiner Gegenwart wog die Vergangenheit auf einmal leicht. Ebenso die Zukunft. Alles, was sie verband, war eine verrückte Idee und der gemeinsame Moment, den sie soeben teilten.

Lachend schüttelte sie ihren Kopf. Oh nein, dieser Olli war überhaupt nicht ihr Typ. Auch wenn sie seine gute Laune und den netten Anblick genoss, den er ihr bot, empfand sie nicht die geringste Anziehung. Ein netter unkomplizierter Typ, genau der passende Reisegefährte in ihrer Situation. Mehr nicht.

Auffordernd lachte sie zurück und blickte ihn offen an, wenn er mit ihr sprach. Da sie nur der Gang zwischen ihren Sitzen trennte, stellte sie ihre Beine so, dass sie ihm völlig zugewandt gegenübersaß. Und auch er rückte näher an sie heran, hockte bald auf der äußersten Kante seiner Sitzfläche, wodurch sich im schaukelnden Bus bei jeder Kurve auch ihre Knie berührten.

Die Fahrt verging wie im Flug und in einer weiten Kurve beschrieb ihr Bus die Zufahrt zum Straßburger Bahnhof. Fast wären sie mit den Köpfen aneinandergestoßen, hätte sich Leokadia nicht im letzten Moment an Ollis Oberschenkel abgestützt. Lachend richteten sie sich wieder auf. Nur Olli hatte etwas Mühe, denn seine Sitznachbarin hatte ebenfalls ihr Gleichgewicht verloren und drückte mit ihrem gesamten Körpergewicht gegen seinen Rücken. Behutsam legte er seine Hand auf die Schulter der alten Dame und schob sie zurück in ihre aufrechte Position. Fragend sah er seiner Sitznachbarin ins erstarrte Gesicht.

Leokadia begriff sofort. Ruhig erhob sie sich, beugte sich über Olli hinweg zu der Leblosen und strich ihr sanft über die offenen Augen. Schloss die regungslosen Lider über dem gebrochenen Blick. Sprachlos verfolgte Olli Leokadias zarte Geste. Noch immer weigerte er sich zu verstehen, was er sah.

Der Bus hatte inzwischen die Endhaltestelle erreicht. Lärmend drängten die Fahrgäste zu den offenen Türen. Nervös sah Leokadia sich um. Außer ihnen hatte noch niemand den Todesfall bemerkt.

„Beeil dich", raunte sie Olli zu, der noch immer um Verstehen ringend neben der Toten saß. „Los komm!"

Mechanisch erhob er sich, den Blick auf die Verstorbene geheftet.

„Nun mach schon!", fuhr sie ihn ungeduldig an.

„Aber was ist?", stammelte Olli irritiert. „Ist sie …?"

„Sie ist tot", sagte Leokadia und zog ihn am Ärmel mit sich. „Wir müssen hier schleunigst weg."

Weg. Ja, weg. Auch er wollte auf einmal nur noch weg. Während er mit Leokadia geflirtet hatte und das Leben um ihn herum gar nicht hätte schöner sein können, hatte der Tod seine Hand ausgestreckt und einen Menschen berührt, der direkt neben ihm saß. Wie war das möglich, dass neben ihm jemand starb und er nichts davon bemerkte?

Und Leokadia? Auch sie schien erschrocken. Aber war sie überrascht? Mit einer Geste in der Routine und Resignation kaum auseinanderzuhalten waren, hatte sie den Tod dieser Fremden zur Kenntnis genommen. Fast kaltblütig klang ihre

Aufforderung zu gehen. Sich davonzustehlen, als wäre man verantwortlich für diesen Todesfall. Als habe man etwas zu befürchten. Aber was ging sie das alles an? Wieso flohen sie von diesem Schauplatz wie Verbrecher? Machte sie ihre Flucht nicht verdächtig? Widerstrebend folgte er Leokadia, die ihn im Bus noch vor sich hergeschoben hatte, die Straße entlang. Seine Brust war zum Bersten gespannt. Sein Herz schlug fest bis zum Hals. Er rannte, um mit ihr Schritt zu halten.

„Was zum Teufel …?", fluchte er keuchend und riss sie am Arm zu sich herum. Etwas, das er noch nie im Gesicht eines Menschen gesehen hatte, flammte ihm entgegen. Verstört ließ er ihren Arm wieder los. „Was zum Teufel ist hier los?", wiederholte er flüsternd und ahnte bereits, dass ihm die Antwort nicht gefallen würde.

„Komm", sagte sie und schob ihre Hand in die seine. Ein kleines wildes Tier, dessen Herz aufgeregt zwischen seinen Fingern pochte. Sie zog ihn durch die Menge. Kämpfte sich mit ihm durch den Strom der Passanten voran. Nur mühsam kam er hinterher. Endlich, in der Abgeschiedenheit einer kleinen Gasse, hielt sie an und schnappte nach Luft.

„Was. Hast. Du?" Nur zögernd entließ er seine Frage, hielt sie im Flüstern so klein wie möglich, so als könne er damit einen Einfluss auf das unheilvolle Gewicht ihrer Antwort ausüben. „Was, Leokadia, passiert hier gerade?" Er sah, wie sie mit sich rang. Ihr Zögern dehnte sich immer mehr aus. Sekunde um Sekunde. Bis das Schweigen zwischen ihnen zu groß wurde und brach.

„Ich werde verfolgt", flüsterte sie und beobachtete ihn genau.

„Verfolgt?" Ungläubig sah er sich um. Sie waren alleine auf der Straße. Sie nickte stumm, als könne sie jemand belauschen. Unausgesprochen stand seine nächste Frage im Raum, wie eine Wand, die plötzlich zwischen ihnen aus dem Boden gewachsen war. Doch er schwieg lieber. Von ihm aus konnte sie sich ruhig Zeit mit ihrer Antwort lassen. Längst war ihm klar, dass ihre

Erklärung ihn nur noch weiter hinauskatapultieren würde aus seiner Normalität. Erstmals dachte Olli daran umzukehren.

Sollte er umkehren?

Gabor erreichte gerade den Straßburger Hauptbahnhof, als sich ihm erneut die Frage aufdrängte, was er hier eigentlich trieb. Ohne Zweifel hatte er inzwischen jene Grenze überschritten, die Erklärungen notwendig machte, wollte er nicht vor sich selbst und dem Rest der Welt als völlig verrückt dastehen. Da er aber keine plausiblen Erklärungen parat hatte, entschied er sich, alle aufkeimenden Selbstzweifel, solange es ging, zu ignorieren. Immerhin sagte ihm sein Instinkt, dass er in Bezug auf Olli auf der richtigen Spur war.

Um in aller Ruhe die Gegend zu erkunden, stellte er sein Auto in einem nahegelegenen Parkhaus ab. Eine ganze Weile lang drückte er sich ergebnislos an den Ticketschaltern herum, studierte die Fahrpläne nach Verbindungen in alle Himmelsrichtungen und beobachtete Reisende. Alles in der vagen Hoffnung, Olli könne dort mit seiner Begleitung auftauchen. Schließlich trat er etwas ratlos durch den Haupteingang auf den Bahnhofsvorplatz hinaus. Neben einem der Busse standen eine Polizeistreife und eine Ambulanz, umringt von zahlreichen Schaulustigen. Mit einem mulmigen Gefühl mischte er sich unter die Neugierigen.

Aus dem, was sich die Leute erzählten, reimte er sich Folgendes zusammen: Eine Frau war im Bus gestorben. Und der Bus war genau durch den Ort gefahren, in dem sich Madame Fabuliers Pension befand. Dass Olli ebenfalls in diesem Bus gewesen sein musste, lag für ihn sofort auf der Hand.

Sollte er jetzt noch glauben, dass es sich bei diesem neuen Todesfall um einen Zufall handelte? Einen weiteren Zufall?

Seine Sorge um Olli war also von Anfang an völlig berechtigt gewesen. Etwas Bedrohliches ging von den Umständen aus, in die sein Kollege geraten war. Ebenso überrascht wie erleichtert stellte Gabor fest, dass dadurch sein gesamtes Tun auf einen Schlag völlig legitimiert war. Einen perfekteren Vorwand, um seine Fahrt nach Straßburg zu rechtfertigen, konnte es überhaupt nicht geben. Fast beschwingt entfernte er sich vom Bahnhofsvorplatz und wandte sich in Richtung Innenstadt, um dort nach Olli zu suchen.

Allerdings war Straßburg an diesem sonnigen Sommermittwoch ein Ort voller Menschen. Noch einmal blitzte kurz die Aussichtslosigkeit seines Unterfangens in ihm auf. Hier, inmitten unzähliger fremder Gesichter, ein einzelnes vertrautes Antlitz zu entdecken, glich bei Vernunft betrachtet dem wahnwitzigen Versuch, in einem Ozean einen ganz bestimmten Wassertropfen wiederfinden zu wollen. Und doch zögerte er keine Sekunde seine seltsame Expedition fortzusetzen. War er nicht soeben erst auf einen frischen Hinweis gestoßen? Genauso gut konnte Olli an der nächsten Ecke auf ihn warten.

Wütend knurrend unterbrach sein Magen das Pro und Kontra seines inneren Monologs. Ein guter Moment, um sich eine Auszeit zu gönnen, entschied Gabor und steuerte in der Fußgängerzone ein kleines Bistro an. Wenn Olli sich noch in der Stadt aufhielt, dann würde auch er etwas essen müssen und in dieser Zeit, während jeder für sich seine Mahlzeit einnahm, würde sich die Distanz zwischen ihnen auch nicht vergrößern. Dennoch entschied er, nach dem Essen seine Suche am Bahnhof fortzusetzen. Die Chance, Olli dort aufzuspüren, erschien ihm größer. Das Bistro war voll. Mit Mühe ergatterte er einen freien Platz direkt am Tresen.

Wieso nur, überlegte er beim Überfliegen der Speisekarte, wieso nur waren Olli und seine Begleiterin nicht mehr mit dem Auto unterwegs? Und wieso zogen sie diese langsam anwachsende Kette von mysteriösen Unglücksfällen hinter sich her? Nachdenklich tippte er auf das erstbeste Tagesmenü auf der Karte, als sich ihm der Kellner zuwandte.

Und welche Rolle spielt Ollis Begleitung?, sinnierte er, während er seinen Löffel in die eilig servierte Suppe eintauchte. Die

Klärung dieses Rätsels war ihm inzwischen nicht weniger wichtig als seine Absicht, Olli zu Hilfe zu kommen. Man stellte das Hauptgericht vor ihn, dessen Geschmack er gar nicht wahrnahm, während er es zerkaute. Grübelnd legte er einen Schein auf die Theke und ging, ohne das Wechselgeld abzuwarten. Das Ganze verdichtete sich immer mehr zu einer Geschichte, die ihn einfach nicht mehr losließ.

So eine Geschichte wie diese war ihm noch nie untergekommen. Seit zwanzig Jahren versah er gewissenhaft seinen Polizeidienst. Zwanzig Jahre, das waren zwei Jahrzehnte, in denen er täglich mit wachsendem Widerwillen die schlechten Angewohnheiten seiner Mitmenschen mehr verwaltete als bekämpfte. Zwei Jahrzehnte, die angefüllt waren mit nichtssagenden Bagatellen und unsäglichem Papierkram. Zwei Jahrzehnte, in denen er sich tagtäglich mehr um die Ideale betrogen sah, mit denen er vor Lichtjahren seinen Polizeidienst angetreten hatte. Und jetzt so eine Geschichte! Ohne Frage markierte sie den langersehnten Wendepunkt in seinem Leben.

Er rekapitulierte die Geschehnisse der letzten vierundzwanzig Stunden: Der spektakuläre Autounfall mit dem Tanklastwagen, bei dem ein deutscher Geschäftsmann aus Frankfurt ums Leben gekommen war. Der verdächtige Versicherungsmensch aus Frankfurt an der Unfallstelle. Das dubiose Pärchen in der Pension seiner Tante, das, wie er soeben ermittelt hatte, ebenfalls aus Frankfurt stammte. Der unerwartete Todesfall in der Pension unmittelbar nachdem das junge Paar abgereist war.

Zwar hatten diese Ereignisse auch unter seinen Kollegen eine gewisse Erregung ausgelöst, doch seltsamerweise schien niemand außer ihm einen Zusammenhang hinter alldem zu wittern. Nun, die eigentliche Initialzündung hatte ihm seine Tante verpasst. In den buntesten Farben hatte sie ihm das seltsame Pärchen beschrieben, welches bei ihr in der Pension in Dengwiller übernachtet hatte und fast zeitgleich mit dem jüngsten Todesfall abgereist war. Natürlich machte ihn das hellhörig. Als sie ihm dann aber auch noch von jenem Herrn berichtete, der sich in ihrer Pension umgesehen hatte unter dem Vorwand ein romantisches Arrangement zum Hochzeitstag buchen zu wollen, obwohl er noch nicht einmal einen Trauring trug, da war sein Jagdinstinkt endgültig geweckt.

Gierig wie ein hungriges Raubtier hatte er sich auf dieses Detail gestürzt. Und siehe da, die Beschreibung, die ihm seine Tante von jenem Herrn lieferte, passte zu einhundert Prozent zu dem dubiosen Versicherungsmenschen, den er an der Unfallstelle gesehen hatte und dessen Visitenkarte er noch immer bei sich trug.

Jean-Loup lächelte. Nur ein Dummkopf konnte annehmen, dass es sich bei diesen Fakten um Zufälle handelte. Und auch wenn die letzten zwanzig Jahre seine Fähigkeiten wenig beansprucht hatten und er ein wenig eingerostet war, ein Dummkopf war er ganz sicher nicht. Mochten diese Kretins, seine Kollegen, die sich Polizisten nannten, nur übersehen, was für ihn mehr als offensichtlich war. Er, Jean-Loup, war gewieft genug, um den Zusammenhang zu erkennen. Das hier war seine Chance. Er war sich sicher, dass sich ihm hier der Fall seines Lebens auftat, und eifersüchtig lauerte er darauf, dass ihm niemand dazwischenfunkte.

Von seiner Tante wusste er auch, dass das deutsche Pärchen mit dem Bus in Richtung Straßburg unterwegs war. Also lenkte er seinen Wagen dorthin.

Routiniert streifte sein Blick die Umgebung. Alles war ihm hier vertraut. Die Landschaft, die Straßen und Wege, die Ortschaften und darin jedes Haus. Hier war er aufgewachsen. Hier gab es für ihn schon lange keine Geheimnisse mehr. Zwar waren die Menschen in dieser Region nicht mehr oder weniger unehrlich und kriminell als woanders – auch hier gab es dunkle Abgründe in den Seelen –, doch übte das ländliche Milieu einen besänftigenden Einfluss auf die Mentalität ihrer Bewohner aus. Anders als in der Großstadt gab man sich hier eher gemächlich und träge. Und da man sich untereinander meist kannte, waren expressive Ausbrüche eher selten. Mit anderen Worten, es fehlte an Tempo und Abwechslung. Kriminalistische Herausforderungen waren ein Fremdwort. Das Leben in der Provinz war rundherum öde und todlangweilig.

Gelassen durchquerte er die Straßburger Innenstadt. Es war Mittagszeit und die Straßen waren leer. Was das verdächtige Pärchen wohl alles auf dem Kerbholz hatte? Mit welchen Verkehrsmitteln die beiden ihre Route ab dem Straßburger Hauptbahnhof fortsetzen würden? Und in welche Richtung?

Jean-Loup entschied, zuallererst den Bahnhof zu inspizieren. Einen festen Plan hatte er zwar noch nicht, aber er vertraute auf die Gunst des Schicksals und darauf, dass seiner Wachsamkeit die einmal aufgenommene Fährte nicht entgehen würde.

In rascher Fahrt erreichte er den Hauptbahnhof, in dessen gläserner Kuppel sich der leicht bewölkte Himmel spiegelte. Er parkte vor dem Haupteingang und lief zu den nahegelegenen Bushaltestellen. Auf dem breiten Vorplatz herrschte mäßiges Treiben. Die meisten Passanten waren Touristen, denn mehr als jede andere Jahreszeit lockte der Sommer Tausende von Fremden an, die von hier in die Innenstadt strömten und den Platz vor der großen Kathedrale Notre-Dame überschwemmten.

Ein Notarztwagen direkt an der Haltestelle, an der ein leerer Bus aus Dengwiller wartete, alarmierte ihn sofort. Mit energischen Schritten erreichte er den vermeintlichen Tatort und schob einige Schaulustige zur Seite, die sich um die geöffnete Fahrertür drängten und mit dem Busfahrer in ein lebhaftes Palaver verstrickt waren.

„Bonjour", platzte er dazwischen und hielt dem Fahrer, einem untersetzen Südländer mit schütterem Haar, seine Dienstmarke entgegen. Der Mann schwitzte wie ein Stier und tupfte sich mit einem großen Taschentuch nervös über Stirn und Nacken.

„Bonjour, Monsieur le Commissaire", schnaufte der Mann, den die Ereignisse sichtlich mitnahmen. „Ihre Kollegen waren schon da. Dahinten sind nur noch ein Arzt und sein Assistent zu

Gange. Allerdings können die auch nichts mehr tun. Der Leichenwagen ist schon bestellt." Wortlos nickend schob sich Jean-Loup an ihm vorbei und betrat den Bus. Im hinteren Wagenteil saß friedlich lächelnd die Tote auf ihrem Fensterplatz.

Der Arzt und sein Assistent sahen ihm fragend entgegen. Erneut zückte Jean-Loup seine Marke. „Todesursache?"

„Es war vermutlich ein Schlaganfall", erwiderte der Arzt. Nur mühsam konnte Jean-Loup seine Enttäuschung verbergen. „Sind Sie sich ganz sicher?", raunzte er ungehalten.

„Genau weiß man das natürlich erst nach einer Obduktion. Aber ja, ich bin mir ziemlich sicher", seufzte der junge Mediziner merklich genervt durch das brüske Auftreten des Polizisten. Kopfschüttelnd schob er sich an Jean-Loup vorbei. Diesen beeindruckte jedoch die offensichtliche Missbilligung des Arztes nicht im Geringsten. Sollte der junge Arzt ruhig eingeschnappt sein. Die Tote im Bus reichte ihm völlig. Nun fehlte ihm nur noch eine winzig kleine Information, um sich in seiner Theorie bestätigt zu finden.

Mit geschäftiger Miene trat er an den noch immer heftig schwitzenden Busfahrer heran, dem man deutlich ansah, wie unangenehm ihm das alles war.

„Seit dreißig Jahren fahre ich Bus. Immer die gleiche Route. Aber sowas, nein sowas …", schüttelte der Mann noch immer fassungslos den Kopf. „Madame Lamartine war jeden Mittwoch mein Gast. Wer hätte gedacht, dass sie ausgerechnet hier in meinem Bus …"

„Ist Ihnen irgendetwas Ungewöhnliches aufgefallen?", unterbrach Jean-Loup schroff das Gejammer des Fahrers.

Schniefend schüttelte dieser den Kopf und fuhr fort, sich mit seinem riesigen Taschentuch über den schweißglänzenden Kopf zu wischen.

„War in Ihrem Bus auch ein junges deutsches Pärchen?" Der Busfahrer hielt nachdenklich inne. Jean-Loup beschrieb die beiden nach den Angaben, die ihm seine Tante geliefert hatte. „Die Frau, klein, zierlich, sportlicher Typ, kurzes dunkles Haar.

Der Mann, schlank, groß, blond. Sie in Jeans und T-Shirt. Er in beigefarbener Hose. Beide mit Rucksack unterwegs."

„Aber ja", unterbrach der Fahrer Jean-Loups Aufzählung begeistert. „Sind in der Ortsmitte von Dengwiller eingestiegen. Aufgesprungen, möchte ich eher sagen. Auf den letzten Drücker. Habe sogar extra noch abgebremst für die beiden."

„Wissen Sie, wo die beiden ausgestiegen sind?" Jean-Loups Herz schlug vor Erregung schneller.

„Na hier in Straßburg, wie alle meine Fahrgäste. Bis auf die arme Madame Lamartine", besann sich der Mann wieder auf seine akute Trauer und tupfte zur Abwechslung über seine Augen.

Jean-Loup ließ ihn links liegen. Er hatte, was er wollte. Und er hatte recht gehabt. Sie waren hier gewesen. Im selben Bus, in dem jemand gestorben war. Schon wieder jemand gestorben war. Jean-Loup lächelte. Wie ein schwarzes Band zogen sie eine unheilvolle Spur von Toten hinter sich her. Noch konnte er sich weder einen Reim auf die Motive noch auf die Vorgehensweise der beiden machen. Aber im Grunde war ihm beides auch herzlich egal. Er hatte seinen Fall und es war ihm gar nicht eilig, diesen aufzuklären. Je länger die Verfolgung dauerte, desto länger würde er daran sein Vergnügen haben.

Beschwingt trottete er zu seinem Wagen zurück. Ob dieser neue Todesfall ausreichte, um eine offizielle Fallakte zu eröffnen? Er zögerte. War es das, was er wollte? Eigentlich stand ihm die Rolle des einsamen Ermittlers doch viel besser. Im Grunde hatten es sich die anderen überhaupt nicht verdient an diesem Fall teilzuhaben. An seinem Fall, um genau zu sein. Am Ende würde ihm noch irgendeiner dieser Sesselpupser den Erfolg streitig machen. Diese Idioten waren bis jetzt noch nicht einmal auf die Idee gekommen eine Verbindung zwischen den bisherigen Ereignissen herzustellen.

Endlich konnte er den anderen beweisen, was wirklich in ihm steckte. Konnte sich rächen für die vielen Male, bei denen sie seinen Ehrgeiz nur müde belächelt hatten. Konnte sich revanchieren für ihren Spott, mit dem sie ihm immer wieder zu verstehen gaben, dass er nur irgendwelchen Hirngespinsten hinterherjagte. Verächtlich schnaubte er. Von wegen Hirngespinste. Wer zuletzt lacht, lacht am besten. Die sollten ihn kennenlernen. Den Teufel würde er tun und irgendjemanden ins Vertrauen ziehen. Mit einem siegessicheren Lächeln auf den Lippen kehrte er zurück zu seinem Wagen. Endlich hatte er ein klares Ziel im Visier. Und niemand sollte es ihm stehlen. Dafür würde er alle nötige Vorsicht walten lassen.

Immer schön vorsichtig, so lautete Adèles oberste Maxime. Hartnäckig hatte sie sich daher den Überredungskünsten ihres Neffen widersetzt und sich gegen das angebotene Flugticket entschieden. Niemals in ihrem Leben würde sie je freiwillig in einen Flieger steigen. Dabei wollte ihr Neffe das Geld für das Flugticket sofort überweisen. Aber nein, um keinen Preis der Welt würde sie in die Luft steigen. Wenn Gott gewollt hätte, dass der Mensch flöge, so hätte er ihm Flügel gemacht. Sie blieb lieber am Boden und wählte den Zug. Der rollte wenigstens auf festen Schienen.

Voller Ekel stand sie in der großen Bahnhofshalle und beobachtete verständnislos das unüberschaubare Kommen und Gehen um sich herum. Konnte es sein, dass es Menschen gab, die sich diese Reiserei sogar gerne antaten? Die sich freiwillig diesem Hindernisparcours voll unabwägbarer Risiken aussetzten, um ihr sicheres Heim gegen einen entfernten Ort einzutauschen? Kopfschüttelnd reihte sich Adèle in die Schlange vor dem Fahrkartenschalter ein.

Reisen war widerlich. Es widersprach in allen Punkten ihrem ureigensten Grundbedürfnis nach Sicherheit. Aber war denn genau betrachtet das Leben nicht auch ohne diese Reiserei eine Hölle voller Risiken? Was konnte einem nicht alles passieren! Ein Unglück kam selten allein. Man konnte gar nicht genug aufpassen. Und verlassen konnte man sich auf nichts und niemanden. Daher gab Adèle in allem, was sie tat, Obacht. War immer vorsichtig. Unternahm nichts, wobei sie die Dinge nicht selbst unter Kontrolle hatte. Im Grunde war Zugfahren eigentlich schon eine Zumutung. Aber Fliegen? Unmöglich!

Die einzige Überlebenschance hatte man, wenn man aufpasste. Immer. Und überall. Seit respektablen siebzig Jahren gelang ihr nun schon dieses anstrengende Unterfangen. Anstrengend war überhaupt kein Ausdruck. Es war fast übermenschlich. Aber so hatte sie immerhin die Siebzig erreicht, ohne nennenswert Schaden zu nehmen. Wenn man mal vom Alter absah.

Anderen in ihrem Alter ging es da deutlich schlechter. Die hatten in ihrer Jugend unvorsichtig geheiratet und plagten sich nun im Alter mit einem griesgrämigen Gatten herum. Hatten Kinder in die Welt gesetzt, von denen sie im Alter ausgebeutet wurden. Waren diffusen Lebensträumen hinterhergejagt und hatten dabei ihre Ersparnisse verprasst. Alles Fehler, die sie durch ihren umsichtigen Lebenswandel niemals begangen hatte.

Nun, hoffentlich war es kein allzu großer Fehler gewesen, sich auf diese Reise zu begeben. Aber was sollte man tun, wenn der einzige Neffe heiratete.

Wenigstens hatte sie ihre Abwesenheit gründlich vorbereitet und war dabei wie immer vorsorglich vom Schlimmsten ausgegangen. Sie hatte ihren Keller gegen Wassereinbruch gesichert, falls es zu einem plötzlichen Sommergewitter kam. Hatte bei allen elektrischen Geräten die Netzstecker gezogen, um einen Kurzschluss zu vermeiden. Die Tageszeitung war abbestellt, die Post postlagernd aufgegeben und alle Fenster und Türen hatte sie mit zusätzlichen Sicherheitsschlössern versehen lassen. Alle verderblichen Lebensmittel waren entsorgt, um kein Ungeziefer anzulocken. Und ihre Zimmerpflanzen hatte sie zur Nachbarin gebracht, denn so weit reichte ihr Vertrauen nicht, dass sie irgendjemanden alleine in ihr Haus gelassen hätte. Hoffentlich ruinierte diese Person ihre Begonien nicht. Aber mit diesem kleinen Restrisiko musste sie jetzt eben vorlieb nehmen.

Nicht weniger pedantisch hatte sie auch ihr Reisegepäck zusammengestellt. Es konnte regnen oder auch nicht. Es konnte heiß werden oder kühl. Also packte sie lieber zu viel ein als zu wenig. Eine Jacke, um sich nicht zu verkühlen, eine dünne Bluse, falls es heiß wurde, eine zweite Hose, Ersatzstrümpfe sowieso, weil sie sich immer dann eine Laufmasche holte, wenn es am unpassendsten war. Ein zweites Paar Schuhe, falls sie sich eine Blase lief. Den Schirm, die Handcreme, die Hustenbonbons, das Desinfektionsmittel für die Toilettengänge auf fremden Toiletten, ein eigenes Besteck, die Regenhaube für ihr Haar, ausreichend Kleingeld, natürlich abgezählt und sortiert für alle möglichen Automaten, die Scheckkarte, ihren Ausweis und die Krankenkarte sowie Kopien von all diesen wichtigen Dokumenten falls die Originale verloren gingen oder gestohlen wurden. Auch bei der Wahl ihres Gepäckstückes hatte sie nichts dem Zufall überlassen. Ein Koffer alleine drohte zu schwer zu werden. Ein Rucksack kam erst gar nicht in Frage, denn so einer zerknitterte einem die Kleider. Der Gebrauch von mehreren Taschen barg das Risiko ein einzelnes Gepäckstück zu vergessen oder zu verlieren. Die Wahl von zwei in etwa gleich großen Gepäckstücken erschien ihr ein akzeptabler Kompromiss zu sein. Denn niemals sollte man mehr Taschen dabeihaben, als man über Hände verfügte, um diese zu tragen.

Nein, sie hatte sich in der Tat keine Nachlässigkeiten vorzuwerfen. Ihre Vorbereitungen waren feldstabsmäßig und sie wäre sogar fast zufrieden gewesen, wenn sie von der Tatsache hätte absehen können, dass egal wohin sie kam, sie sich letztendlich überall völlig fehl am Platze fühlte. Um es auf den Punkt zu bringen: Das Leben an sich war schon riskant. Aber das Reisen, als ein Konzentrat des Lebens, war das Risiko schlechthin.

Voller Selbstüberwindung war sie vor ihrem Häuschen in das bestellte Taxi geklettert, das sie und ihr Gepäck sicher und bequem zum Bahnhof kutschieren sollte. Doch kaum hatte sie die Wagentür hinter sich zugeworfen, da hatte sie ihren Leichtsinn auch schon bereut. Nicht nur der ohne Frage viel zu risikoverliebte Fahrstil des jungen Taxifahrers hatte sie besorgt erzittern lassen, auch sein stummer Blick im Rückspiegel, mit dem sie sich von der ersten bis zur letzten Sekunde aufs unangenehmste ausspioniert gefühlt hatte, verursachte ihr Magenschmerzen. Panisch war sie am Bahnhof aus dieser feindlichen Karosse gesprungen und zum Bahnhofsgebäude gestürzt. Mit wachsender Feindseligkeit war sie durch den fremdartig futuristischen Bau gestürmt, die Griffe ihrer schweren Reisetaschen in jeder Sekunde fest umklammert.

Und nun stand sie hier inmitten der riesigen Bahnhofshalle in einer der vielen Warteschlangen vor einem der vielen Serviceschalter. Der Gedanke an ihr Fahrtziel verursachte ihr eine weitere Übelkeitswelle. Ausgerechnet nach Marseille sollte sie. Mitten hinein in dieses mediterrane Chaos, diesen Inbegriff von pulsierendem Leben, in dieses Babel, in dessen Mittelpunkt alles zusammentraf, ohne Rücksicht darauf, ob es zusammenpasste oder nicht.

Adèle raffte sich zusammen. Konzentrierte sich auf das Wesentliche. Sie hatte alles getan, um ihre Reise in eine sichere Bahn zu lenken. Von nun an war der weitere Ablauf klar definiert: Ticket kaufen, in den Zug steigen, ankommen. Ihr Fahrgeld trug sie abgezählt in einem Umschlag in der Innenseite ihres Blazers. Ihr Neffe würde sie in Marseille am Bahnhof abholen und in seinem eigenen gepflegten Wagen zu sich nach Hause bringen, wo ein kleines, sauberes Zimmer für sie bereitstand.

Sie war immer schön vorsichtig gewesen. Hatte alles Menschenmögliche getan. Nun musste sie abwarten. Warten war nicht gefährlich. Und in dieser Warterei lag zu ihrer Überraschung sogar etwas Beruhigendes. So viel Einfachheit wie in dieser Situation erfuhr sie im Leben nur selten. Die quälende Anspannung, in deren ehernem Griff sie sich seit Wochen befand und die ihr am Morgen, als sie ihr sicheres Häuschen verlassen musste, fast den Hals zugeschnürt hatte, begann sich völlig unverhofft zu lockern.

Adèle tat einen befreiten Atemzug. Fast empfand sie ihre Situation in der Warteschlange sogar als entspannend.

Erleichtert betrachtete sie die Leute um sich herum. Der Verkauf am Serviceschalter ging zügig vonstatten. Schneller als erwartet rückte sie in der Schlange voran. Nun, das junge Pärchen vor ihr in der Schlange erschien ihr etwas seltsam. Bedrückt schwiegen die beiden und Adèle kam nicht umhin, ihr Verhalten verdächtig zu finden. Geradezu heimlichtuerisch rückten die beiden immer wieder zusammen. Fast flüsternd besprachen sie sich mit der jungen Schalterbeamtin. Adèle lauschte und schnappte auf, wie die zwei ein Ticket nach Paris lösten. Also brauchte sie sich auch um diese beiden Fremden keine weiteren Gedanken mehr zu machen.

Erleichtert trat Adèle einen Schritt zur Seite, um ihren steifen Beinen ein wenig Bewegung zu verschaffen. Nur ein winziger Schritt zur Seite. Eine einzige Sekunde der Unachtsamkeit. Dabei hätte gerade sie es wissen müssen. Sicherheit war eine Illusion. Im Leben gab es keine sicheren Momente. Sogar in der Warteschlange vor einem Fahrkartenschalter musste man wachsam bleiben.

Die Bananenschale, auf die sie trat, ließ ihren linken Fuß nach vorne schnellen. Ihr rechtes Bein rutschte hinterher. Ihr Körper folgte. Im Reflex umklammerten ihre Hände die trügerische Festigkeit der Reisetaschengriffe. Ihr osteoporöser Nackenwirbel brach wie ein trockener Zweig noch in der Luft. Schwer und ungelenk knallte sie wie ein Brett auf den marmornen Boden. Ihr Schädel barst wie eine reife Melone und hinterließ eine schnell wachsende rote Lache. Doch zum Glück brauchte sich Adèle über die Konsequenzen ihres Sturzes keine Sorgen mehr zu machen. Weder die erschrockenen Aufschreie noch die sensationslüsternen Blicke rundherum erreichten ihr Bewusstsein. Das erste Mal in ihrem Leben war Adèle wirklich in Sicherheit.

Er war sich seiner Sache absolut sicher. Lächelnd schalt sich Jean-Loup für seine leisen Zweifel, die ihn beim Warten gestreift hatten. Die hektischen Schreie, die urplötzlich aus der

Bahnhofsvorhalle zu ihm herüberdrangen, ermunterten ihn sofort. Endlich war etwas passiert und er konnte wieder eine Witterung aufnehmen. Mit wenigen Sprüngen war er am Tatort. Energisch schob er sich durch die Menschentraube. Die alte Dame, die dort am Boden lag, war eindeutig tot. Sein Kniefall neben der Leblosen und der Griff an ihren Hals waren daher mehr einstudierte Gesten, als ein echter Versuch, einen Puls zu finden.

Kopfschüttelnd und mit berufsmäßig ernstem Blick erhob er sich, winkte einen der fassungslos starrenden Schalterbeamten herbei und erkundigte sich, ob man bereits einen Krankenwagen gerufen habe. Wie aus dem Nichts tauchten uniformierte Polizisten auf, die den Bereich um die Tote abzusperren begannen. Ein Notarzt mit zwei Helfern, die eine Bahre trugen, rückte an. Routiniert wurden alle Spuren der Tragödie beseitigt.

Gierig wandte sich Jean-Loup an die gaffende Menge. Die Alte sei auf einer Bananenschale ausgerutscht, hieß es einhellig. Das Ganze sei ein bedauerlicher Unfall gewesen.

Angewidert verzog er das Gesicht. Es war immer dasselbe. Diese Kretins sahen nur, was sie zu sehen glaubten. Mit Verachtung verfolgte er die Eilfertigkeit seiner Polizeikollegen. Auch von ihnen sah keiner das Offensichtliche. Alles Dilettanten, denen völlig der Blick fürs Große und Ganze abging.

Eine junge Ticketverkäuferin gab ihm schließlich die Bestätigung, auf die er gelauert hatte. Unter heftigen Schluchzern berichtete sie, den Sturz der Alten genau gesehen zu haben. Ihre sentimentalen Details interessierten ihn nicht. Aber der beiläufig gestammelte Hinweis, dass sie genau in diesem Augenblick einem jungen deutschen Pärchen Tickets nach Paris verkauft habe, ließ ihn aufhorchen.

„Wie haben die beiden ausgesehen?", unterbrach er die junge Frau abrupt. Zunächst irritiert, dann aber erstaunlich sicher, lieferte sie ihm genau die Auskunft, die er sich erhofft hatte. „Ich fand die beiden ja schon etwas merkwürdig", begann sie ihre Beschreibung vertraulich.

Jean-Loup zog fragend die Augenbrauen hoch.

„Die Frau ganz verheult, der Typ total ernst. Hatten sich vielleicht gerade gestritten. In meinem Job bekommt man einen Blick für sowas."

Mit angehaltenem Atem folgte er jeder weiteren Silbe der jungen Frau, die sich, geschmeichelt durch die Aufmerksamkeit des ernsten Polizeibeamten, immer detailfreudiger ausließ.

Jean-Loup nickte. Keinen Funken gab er auf die selbsternannte Menschenkenntnis seiner Zeugin. Aber oft machten die dümmsten Zeugen die wichtigsten Beobachtungen und es galt ihnen zuzuhören.

Keine Frage, hier war sie, seine Spur. Und sie führte ihn in Richtung Paris. Die beiden hatten vor noch nicht einmal einer Viertelstunde ein entsprechendes Ticket gekauft. Sogar mit Platzreservierung. Von der jungen Ticketverkäuferin wusste er nun sogar, in welchen Zug sie steigen würden. Jean-Loup warf einen flüchtigen Blick auf seine Armbanduhr.

Zwar fehlte ihm noch immer der rote Faden, dem die beiden folgten. Auch konnte er sich keinen Reim darauf machen, wie die beiden bewerkstelligten, was sie so offensichtlich taten. Aber alles passte wunderbar zusammen.

Machten das fehlende Motiv und die rätselhafte Vorgehensweise seine Jagd nicht sogar noch interessanter?

Ohne jegliche Höflichkeitsfloskeln ließ er die junge Zeugin stehen und eilte zum Bahnsteig. Erst jetzt stellte er sich der Frage, was er tatsächlich unternehmen würde, sollte er den beiden in Kürze begegnen.

Zum Glück hatte er keine handfesten Beweise, die ihn zwangen eine Verhaftung vorzunehmen. Als heimlicher Verfolger konnte er also getrost seine Jagd fortsetzen, die ihn mit jedem weiteren Todesfall mehr faszinierte.

Genussvoll belauerte er jeden der zahlreichen Reisenden. Nur mit Mühe verbarg er seine wachsende Erregung. Schon in wenigen Minuten würde der TGV einfahren. Mühsam mimte er den Unbeteiligten. Gleich würde er die beiden das erste Mal von Angesicht zu Angesicht erblicken. Keine Sekunde zweifelte er daran, dass er sie sofort erkennen würde. Jean-Loup war glücklich. Noch nie während seiner bisherigen Polizistenjahre hatte er sich vergleichbar lebendig gefühlt.

Schon lange hatte Gabor sich nicht mehr so lebendig gefühlt. Die Suche nach Olli und seiner Begleiterin versetzte ihn in eine Stimmung, die sich anfühlte wie etwas lang Vergessenes. Sofort nachdem er in der Fußgängerzone sein Mittagessen heruntergeschlungen hatte, war er wieder zum Bahnhof zurückgeeilt. War geduldig alle Bahnsteige abgelaufen, hatte in jeden Winkel der Bahnhofshalle gespäht und sich schließlich in eine ruhige Ecke in der Haupthalle zurückgezogen, von wo aus er die vorbeiziehenden Reisenden gut beobachten konnte.

Zäh schlichen die Minuten des frühen Nachmittags vorüber. Gerade als er sich die Frage stellte, ob er für sich eine Übernachtung in Straßburg in Betracht ziehen sollte, rissen ihn hektische Schreie aus seiner aufkeimenden Langeweile. Irgendetwas war passiert. Im Bereich der Fahrkartenschalter bildete sich eine Menschentraube.

Er löste sich von seinem Posten, um nachzusehen. Vorsichtig schob er sich in die neugierige Menge, die einen engen Kreis um eine am Boden liegende alte Dame bildete. Mit weit aufgerissenen Augen, deren Blick ins Leere starrte, lag die Frau in einer Lache aus ihrem eigenen Blut, das ihr noch immer aus dem Schädel sickerte. Hier kam jede Hilfe zu spät. Der Tod hatte bereits über dieses Leben entschieden. In den Augen der Umstehenden wetteiferten Entsetzen und Faszination über das Schauspiel, welches sich ihnen so hautnah bot.

Für einen Moment schwankte ihm der Boden unter den Füßen und die eine Frage verdrängte alles weitere Denken in seinem Kopf: Wieso schon wieder eine Tote? Fassungslos zog er sich zurück. Er rekapitulierte. Fünf Todesfälle seit er sich auf die Suche nach Olli gemacht hatte. Zuerst Kruppke, dann der

Autofahrer, der beim Unfall mit dem Tanklaster ums Leben gekommen war, der Pensionsgast in Dengwiller, die Dame im Bus und nun diese fremde Reisende. Wieso starben dort, wohin ihn die Spur nach Olli führte, so viele Leute?

Gabor fröstelte. Etwas streifte ihn. Ein Blick, der durch ihn hindurchfuhr wie eine scharfe Klinge. Hatte dort inmitten der vielen fremden Gesichter nicht soeben ein ihm bekanntes Augenpaar aufgeblitzt? Gabor duckte sich und drehte sich weg. Wenn ihn nicht alles täuschte, dann hatte er soeben in die Augen des Polizisten gesehen, den er heute Morgen auf der Landstraße getroffen hatte. Doch zum Glück schien ihn dieser nicht bemerkt zu haben.

Voller Unbehagen floh er vom grausigen Schauplatz. Sich erneut umzublicken wagte er nicht. Ohne es in Worte fassen zu können, spürte Gabor, dass sein Abenteuer plötzlich eine neue Färbung angenommen hatte. Die Farbe einer realen Gefahr. Fast panisch suchte er Deckung hinter der nächsten Ecke und stellte erleichtert fest, dass ihm niemand folgte. Matt lehnte er sich gegen eine Mauer. Auch wenn er sich nichts zu Schulden hatte kommen lassen, so hielt er es doch für besser diesem Mann des Gesetzes nicht in die Arme zu laufen. Das plötzliche Auftauchen des Polizisten zwang ihm selbst eine völlig unerwartete Rolle auf. Auf einen Schlag war er zu einem Mann geworden, der etwas zu verheimlichen hatte. Und damit war klar, dass es ein Geheimnis gab.

Vorsicht war geboten. Mühsam zwang Gabor sein Atmen in einen ruhigeren Rhythmus und stieß sich von der Mauer ab. Wachsam scannten seine Augen die große Halle, um den einen Mann nicht zu verpassen und um von dem anderen um keinen Preis entdeckt zu werden.

Dringender denn je musste er Olli finden. Ohne Zweifel befand sich sein junger Kollege in einer außergewöhnlichen Situation. Glich sein Verhalten nicht sogar einer Flucht? Eine Lautsprecherdurchsage kündigte die baldige Abfahrt eines TGV in Richtung Paris an. Erleichtert darüber, dass ihm das Gedränge der hastenden Reisenden, die diesen Zug nicht verpassen wollten, die perfekte Deckung bot, schwamm er mit dem Strom zum nächsten Bahnsteig. Um die Türen des wartenden Schnellzuges drängten sich bereits die einsteigenden Passagiere. Einige entsetzte Sekunden lang lähmte Gabor der Gedanke, zu spät gekommen zu sein. Was, wenn Olli bereits abgereist war? Verzweifelt reckte er sich über die Köpfe hinweg, um besser sehen zu können.

Plötzlich erschien es ihm, als würde sich eine riesige Glocke über ihn legen. Alles wich von ihm. Verdrängte die Hektik, den Lärm, die Stimmen. Isolierte ihn. Hob ihn heraus aus dem Schutz der Menge. Ein Blick, der sich an ihm festsetzte. Ihn taxierte. Gabor sah auf. Durch die gläserne Front der Zugfenster starrte er direkt in die Augen des Polizisten. Raubtieraugen, die ihn sorgfältig sezierten. Für den Bruchteil einer Sekunde verharrte der andere, sein weiteres Vorgehen abwägend. Dann begann er, sich im Inneren des Zuges umzusehen. Er befand sich genau in der Mitte des Abteils, genau zwischen den Türen, fest eingekeilt in einer drängelnden Mauer aus Körpern und Koffern. Rücksichtslos begann er, sich durch die Menge zu schieben, wurde zurückgedrängt und kämpfte noch heftiger gegen die immer dichter werdende Umklammerung an. Meter um Meter kam er voran.

Gabor zögerte. Dies war seine letzte Chance umzukehren. Noch konnte er folgenlos in sein bisheriges Leben zurückkehren.

In diesem Moment erspähte er zwei Türen weiter Olli. Dicht hinter einer jungen brünetten Frau setze er soeben seinen Fuß in den Zug.

„Olli", brüllte Gabor wie von Sinnen und rannte los. „Olli!"

Alle Köpfe fuhren herum. Verbissen kämpfte sich der Polizist im Zuginnern weiter voran. Zischend schlossen sich die ersten Türen. Auch Olli sah sich um. Gabor registrierte, dass er stehen geblieben war und dadurch das Schließen seiner Tür aufhielt.

„Olli", japste Gabor, dem vom Rennen die Luft wegblieb. Der zischende Mechanismus der Zugtür setzte erneut zum

Schließen an. Nie würde er ihn rechtzeitig erreichen. Die Tür schloss, doch im letzten Moment trat Olli zurück auf den Bahnsteig und zog auch seine Begleiterin mit sich ins Freie. Mit einem leisen Sirren setzte sich der TGV in Bewegung.

„Olli", keuchte Gabor atemlos und erleichtert zugleich.

„Gabor? Du?" Fassungslos starrte Olli zwischen dem fast geräuschlos davongleitenden Zug und seinem Kollegen hin und her. „Gabor? Was machst du denn hier?"

„Das wollte ich dich eigentlich fragen, mein Lieber", schnaufte dieser.

„Ein so weiter Weg von Frankfurt nach Straßburg, nur um mich das zu fragen?" Ollis ungläubiges Starren hielt an.

„Tja, was soll ich sagen?", allmählich kam Gabor wieder zu Atem. „Du hast dein Handy nicht eingeschaltet. Wie sonst hätte ich dich fragen sollen?!"

Lachend fielen sich die Männer in die Arme, beide überrascht darüber, wie groß ihre gegenseitige Freude war, sich zu sehen.

Dodo freute sich. Mehr noch, er war zutiefst zufrieden. Zufrieden mit sich und der Welt. Das war besser als Freude. Das war grundsätzlicher. Zuverlässiger. Endlich hatte er etwas in der Hand, worauf er bauen konnte. Etwas, das ihn stark machte. Überlegen. Unverwundbar. Das erste Mal in seinem Leben war er der Held in seiner Geschichte. Derjenige, der den Ton angab. Derjenige, der bestimmte, wo es lang ging.

Mit riesigen Schritten marschierte er die *route nationale* entlang. Befreit atmete er ein. So also fühlte es sich an, wenn einem auf einmal die Welt zu Füßen lag. Wenn man endlich auf der richtigen Seite stand. Immer schneller schritt er voran. Flog fast über den Asphalt. Lachte laut, obwohl niemand da war, der ihn hören konnte. Aber das war egal. Er war sich selbst genug.

Dodo war kein Philosoph. Doch wie die Welt beschaffen war, das wusste er von Kindesbeinen an. Man konnte Glück

94

haben oder auch nicht. Wer Glück hatte, bestimmte, wo es lang ging. Und die Verlierer hatten zu kuschen. Verächtlich spuckte er ins struppige Grün neben der Straße. Ab heute hatte er Glück. Ab heute würde alles anders sein.

Man musste nicht besonders intelligent sein, um diese einfachste aller Regeln zu begreifen. Im Gegenteil. Dodo verachtete jeden, der meinte klüger sein zu wollen. Solche Klugscheißer verkomplizierten immer nur alles so lange, bis keiner mehr den richtigen Durchblick hatte. Er war froh, dass sein Kopf nur für Einfaches geschaffen war. Mochten ihn andere deswegen ruhig dumm nennen. Er zählte diesen sogenannten Makel eher zu seinen Stärken. Zu viel Denken lähmte die Schlagfertigkeit und führte schnell zu Skrupeln.

Kraftvoll marschierte er weiter. Der Verkehr war inzwischen zu einem nicht abreißenden Strom von Fahrzeugen angeschwollen, der tosend an ihm vorbeirauschte. *Feierabendverkehr*, dachte Dodo verächtlich. *Alles Loser, die sich jeden Morgen auf überfüllten Straßen zu ihren langweiligen Jobs quälen und am Nachmittag auf überfüllten Straßen mit anderen Losern in ihre spießigen Heime zurückdrängeln. Loser, die sich abrackern, um ihre Chefs und den Staat noch reicher zu machen.*

Nein, für ein solches Leben war er noch nie geschaffen gewesen. Er war eben der geborene Siegertyp. Nur dass es ihm bisher an dem notwendigen Quäntchen Glück gefehlt hatte. Ja, Glück war es, das die Welt in zwei Hälften spaltete. In ein Oben und ein Unten. In ein Arm und ein Reich. In Gewinner und Verlierer. Nicht Fleiß, nicht besondere Talente, nur Glück. Und heute hatte er Glück gehabt. Richtig Glück.

Gestern war er noch ein kleiner Gelegenheitsdieb gewesen, der sich so eben über Wasser halten konnte. Heute hatte er sehr viel höhere Ziele. Nicht, dass er besonders ehrgeizig war, aber sein letzter Handtaschenraub hatte ihm völlig unverhofft eine echte Schusswaffe in die Hände gespielt, und Dodo begriff die Notwendigkeit, ja, den Zwang, der sich daraus ergab, diesen Vorteil sogleich für sich zu nutzen.

Die ungewohnt schwere Waffe zog nun die Innentasche seiner dünnen Jeansjacke nach unten. Ihr Besitz war ihm noch so neu, dass er sich noch nicht an ihr Gewicht gewöhnt hatte. Der kantige Fremdkörper, der mit jedem seiner beschwingten Schritte gegen seine Brust schlug, erfüllte ihn mit Stolz und einem noch nie dagewesenen Gefühl der Überlegenheit.

Straßburg zu verlassen war ihm leichtgefallen. Die Stadt war ihm schon seit langem zu klein. Zu eng. Für sein neues Leben brauchte er neuen Raum. Weite. Die Zeit war reif, um voranzuschreiten.

Kurzentschlossen war er mit dem Bus aus dem Zentrum bis an die Endhaltestelle gefahren. Hier, inmitten eines Gewerbegebiets, das ihn mit seiner völlig austauschbaren Abfolge von architektonisch reizlosen Gebäuden an jedes andere beliebige Gewerbegebiet der Welt erinnerte, war er losgelaufen. Vorbei an Baumärkten, Discountern, Fitness-Studios, Autohäusern und seelenlosen Bürogebäuden, zielstrebig bis zur Schnellstraße. Noch nie war ihm die Stadt so hässlich erschienen.

Im Süden würde alles besser sein. Die Nächte wärmer. Die Reichen reicher. Und es gab das Meer. Zum ersten Mal in seinem Leben würde Dodo am Strand liegen und den Weibern in ihren Bikinis hinterhersehen. Es würde fast wie Urlaub werden.

Sein Plan war schlicht. Als Anhalter wollte er einen Wagen dazu bringen, ihn mitzunehmen, und dann den Fahrer davon überzeugen, ihm den Wagen, Papiere und Geld zu überlassen. Hindernisse sah er keine. Denn er besaß ein Argument, dem niemand widerstehen konnte. Zärtlich tätschelte Dodo die Waffe, die er ganz nah an seinem Herzen trug. Unwillkürlich musste er grinsen. Dieses Ding verlieh ihm die Macht über Leben und Tod. Gab es etwas Größeres?

Lässig setzte er seinen Fußweg entlang der gutbefahrenen Schnellstraße fort. Fand, dass der Abstand zur Stadt nun groß genug geworden war, um mit seinem neuen Leben offiziell zu beginnen und hisste in Anhaltermanier seinen Daumen.

Die ersten dreißig Minuten geschah nichts. Seine Euphorie erhielt einen ersten Dämpfer. Vielleicht war die Stelle schlecht gewählt. Tapfer marschierte er noch einige Kilometer weiter, den Daumen immer wieder in die Höhe reckend.

Das Gewicht der fremden Waffe an der Brust beruhigte ihn. Alles würde gut werden. Das Schicksal spielte niemandem eine solche Gelegenheit in die Hände, ohne ihm die Chance zu geben, sie auch zu nutzen. Großes brauchte eben länger. Also übte sich Dodo in Großmut und marschierte weiter.

Doch eine weitere Stunde verstrich, ohne dass sich jemand für seinen gen Himmel gereckten Daumen interessiert hätte. Seine göttliche Großmut schmolz weiter dahin. Mit anderen Worten: nach fast einer Stunde Fußmarsch und wunden Füßen war Dodo einigermaßen stinkig.

Verdammt, das hier war doch seine Glückssträhne. Trug er nicht den zweifelsfreien Beweis dafür mit sich herum? Also musste er doch, zum Teufel auch, endlich seine verdiente Gelegenheit bekommen. Fluchend humpelte er weiter. Es dämmerte und die ersten Autos hatten bereits ihre Scheinwerfer eingeschaltet. Dodo begann zu begreifen, dass seinem genial einfachen Plan doch irgendetwas zu fehlen schien. Aber was?

„Was ist los?", begann Gabor, gleich nachdem sich die beiden Männer aus ihrer freundschaftlichen Umarmung gelöst hatten. „Was machst du hier?"

„Tja, Gabor, das ist eine lange Geschichte."

Gabors Blick wanderte zu der jungen Frau an Ollis Seite, die noch immer schweigend ihr Wiedersehensfest abwartete.

„Und ich vermute, dass du nicht der Einzige bist, der darin eine Rolle spielt." Galant reichte er der jungen Frau seine rechte Hand. „Ich bin Jo, Jo Gabor", sagte er. „Ein Kollege von Olli."

Vorsichtig erwiderte sie seinen Gruß. „Und ein Freund, nehme ich an."

„Ein Freund, der euch beide jetzt zu seinem Auto bringen wird, damit wir hier erst mal wegkommen“, nickte Gabor. Zielstrebig führte er sie zum Parkhaus.

„Ihr beide wollt also nach Paris?“, versuchte Gabor erneut, Ollis Geschichte wieder aufzunehmen. Ohne eine Antwort abzuwarten, öffnete er seinen Wagen und bedeutete ihnen einzusteigen. „Wenn ihr wollt, dann fahre ich euch.“

Wortlos stiegen sie ein. Olli beobachtete, wie Gabor seinen Wagen mit sicherer Hand durch die schmalen Betonwindungen ins Freie lenkte. Geduldig manövrierte er sie durch das Stop-and-Go der Innenstadt. Der sonnige Nachmittag neigte sich bereits dem Abend entgegen und zu den Touristen, die die Straßen bevölkerten, kamen nun auch noch die einheimischen Pendler. Die Straßen waren spürbar voller geworden. Ungerührt dirigierte Gabor sein Gefährt durch den zähen Verkehr.

„Na komm schon, Olli!“, forderte er nach weiteren Minuten schweigsamer Fahrt. „Jetzt erzähl schon! Was ist los?“

Schnaufend zog Olli Luft durch die Nase, so als müsse er mit dem Atem auch die richtigen Worte für seinen Bericht sammeln. Seit dem gestrigen Tag war viel passiert. War er wirklich erst seit gestern unterwegs? Fast unwirklich erschienen ihm auf einmal Anlass und Beginn seiner überstürzten Flucht.

„Die haben mir eine Beförderung angeboten“, begann er zu erklären und spürte sofort, wie seltsam das klang. Er musste weiter zurück. Tiefer.

„Ich hasse es!“, stieß er hervor. „Die sind zufrieden mit mir. Aber ich ertrage das nicht länger. Ich hasse meinen Job. Ich hasse es, jeden Tag diese völlig sinnlosen Dinge zu tun. Ich habe das Gefühl, meine Zeit zu verschwenden. Mein Leben läuft ohne mich davon. Als die mir eine Beförderung angeboten haben, da wurde mir klar, dass ich immer weiter in diesem ganzen Schlamassel versinke. Dass ich niemals wieder rauskomme, wenn ich das annehme. Mir war auf einmal speiübel.“

„Also hast du dem Maurer auf den Schreibtisch gekotzt“, Gabor grinste.

„Du hast was?", mischte sich Leokadia ein.

„Meinem Chef auf den Schreibtisch, na ja, du hast ja gehört was. Danach fühlte ich mich zwar irgendwie besser. Aber das Ganze war auch schrecklich peinlich. Also bin ich davongelaufen."

Gabor nickte und wartete. Das Wesentliche war noch nicht gesagt.

„Ich gehe nicht mehr zurück." Olli schleuderte diesen Satz so vehement von sich, dass er selbst vor ihm erschrak. Ausgesprochen nahm sein Entschluss auf einmal einen Raum ein, der ihm fast körperlich erschien. Aber so erstaunt er auch darüber war, diese Worte von sich selbst zu hören, so sicher spürte er, dass sie richtig waren. Er entspannte sich.

„Und jetzt?", fragte Gabor nach einer kurzen Pause.

Olli schwieg. Da war sie, die Frage, die er sich selbst so direkt zu stellen bisher vermieden hatte. Die erste Frage in seinem Leben, auf die er wirklich keine Antwort wusste. Bisher war immer alles so klar gewesen. Jeder Schritt in seinem Lebenslauf hatte ganz automatisch den nächsten eingeleitet. Elternhaus, Kindergarten, Schule, Uni, Ausbildung, Job. Eine gerade Linie. Olli erkannte, dass er in der Tat noch nie ernsthaft über eine Alternative nachgedacht hatte. Sicher hatte auch er seine Träume, aber das waren eben nur Träume. Sowas nahm man doch nicht ernst. Es war naheliegender, dem bereits eingeschlagenen Pfad zu folgen.

Olli spürte es auf einmal ganz deutlich. Das vertraute Gewicht seines Lebens, das sich wie eine weiche Decke um ihn legte, ihn umhüllte und abschirmte von den Risiken des Unbekannten. Die Versuchung war groß, die in dieser Einfachheit lag. Noch war es nicht zu spät umzukehren. War Gabor gekommen, um ihn dazu zu überreden? Olli musterte ihn.

War das der Kollege Gabor, den er kannte und der für jede Situation einen witzigen Spruch parat hatte? Oder war das ein anderer? Einer, der gekommen war, weil er sich um ihn gesorgt hatte und der mit ihm in diesem Augenblick in die Richtung fuhr, die ihn immer weiter von seinem bisherigen Leben entfernte. Leokadia hatte recht. Er war ein Freund.

Noch immer lenkte Gabor geduldig den Wagen durch den dichten Feierabendverkehr. Ein anderer hätte ihn sicher bedrängt, aber Gabor schwieg geduldig. Überließ ihm allen Raum, den er für seine Antwort brauchte.

Olli spürte, dass der andere für ihn da war. Aber den ersten Schritt ins Ungewisse musste er alleine wagen.

Olli dachte nach. Alles lag offen vor ihm. Alles. Einfach alles, was er wollte. Aber was wollte er?

„Ich weiß es nicht“, sagte Olli mehr zu sich selbst als zu Gabor. „Aber ich werde es herausfinden.“

Immer weiter rollte der Wagen. „Und warum Paris?“, fragte Gabor und suchte im Rückspiegel Leokadias Gesicht.

„Nur so.“ Verlegen zuckte sie mit den Achseln. „Es hätte auch ein anderer Ort sein können. Es ging nur darum, weit wegzukommen.“

„Leo und ich sind uns eher zufällig begegnet“, mischte Olli sich ein. Der gestohlene Wagen war ihm wieder eingefallen und diese strafrechtlich fragwürdige Untiefe wollte er lieber schnell umschiffen.

Plötzlich stockte er. Wie Schuppen fiel es ihm auf einmal von den Augen. Das verrückteste Detail an dieser Geschichte war ihm bis soeben noch nicht einmal aufgefallen.

„Wie hast du uns eigentlich gefunden, Gabor?“, fragte er.

„Na ja.“ Sein Kollege räusperte sich. „Sagen wir mal, ich bin durch Zufall auf einen Hinweis gestoßen und dann dieser Spur gefolgt.“

Streng fixierte Olli seinen Freund. „Hinweis? Spur?“

Gabor seufzte. „Der Unfall mit dem Tanklaster. Ihr wart dort. Es lief in den Nachrichten und ich habe euch im Fernsehen gesehen. Also bin ich hingefahren. Durch Zufall war ich in der Pension, in der ihr übernachtet habt. Die Wirtin faselte was von einem jungen Pärchen aus Deutschland, das kurz zuvor abgereist sei und ich dachte sofort an euch. Außerdem sprach sie davon, dass jenes Pärchen mit dem Bus zum Straßburger Bahnhof wollte. Also bin ich dorthin gefahren."

„Das war aber ein mächtiger Zufall", staunte Olli.

Nachdenklich wog Gabor den Kopf hin und her. Schließlich gab er sich einen Ruck. „Ein bisschen mehr als nur ein Zufall, um ehrlich zu sein", gestand er. „Vor der Pension stand ein Leichenwagen. Das hat meine Neugier geweckt."

„Ein Leichenwagen vor der Pension?" Olli begriff nicht.

„Ja, es hatte einen Todesfall im Frühstücksraum gegeben. Und dann … weitere Todesfälle."

„Im Bus", stammelte Leokadia tonlos. „Und am Bahnhof." Gabor nickte.

„Aber das ist doch Zufall, keine Spur", widersprach Olli.

„Einen Moment bitte", unterbrach ihn Gabor abrupt und beugte sich nach vorne, um das Radio lauter zu stellen. Die Stimme eines männlichen Nachrichtensprechers drängte sich zu ihnen in den abgeschlossenen Raum.

Olli verstand zwar kaum Französisch, aber das Wenige, das er verstand, ließ ihm das Blut in den Adern gefrieren. Von einem Zugunglück war die Rede.

„Was bedeutet das?", stammelte er, als der Sprecher zur nächsten Meldung wechselte.

Betreten drosselte Gabor die Lautstärke seines Radios.

„Ein TGV von Straßburg nach Paris ist entgleist. Es hat Tote gegeben", resümierte er.

„Ein TGV nach Paris? Wir wollten doch mit einem TGV nach Paris … Kann es sein, dass das unser Zug gewesen ist?" Olli wurde blass.

„Das war unser TGV", flüsterte Leokadia.

„Aber dann könnten wir jetzt unter den Toten sein! Wieso gibt es schon wieder Tote? Leo … was hat das alles zu bedeuten? Wer um alles in der Welt ist hinter dir her?"

Erneut spürte er, dass ihm die Antwort auf diese Frage nicht gefallen würde. Doch so sehr er sich auch dagegen wehrte, die

Wahrheit drängte sich mit aller Kraft in sein Bewusstsein. Alles in ihm widersetzte sich. Diese Erkenntnis war einfach zu groß, um in seinem Kopf Platz zu finden. Sie war zu abstrakt, um ihn etwas anzugehen. Sie berührte ihn doch gar nicht. Oder doch? Das passte doch überhaupt nicht hierher. Was hatte das mit seinem Leben, mit seinen Problemen zu tun?

„Ihr lebt und ihr seid hier", sagte Gabor. „Alles andere ist jetzt nicht wichtig."

„Es wird wieder passieren", murmelte Leokadia, ohne auf die beiden zu achten.

„Was heißt das, es wird wieder passieren?" Ollis Stimme kippte. „Ich will damit nichts zu tun haben!"

„Vielleicht ist es besser, wenn ich alleine weiterreise."

„Oder du erzählst uns in aller Ruhe, was los ist, und wir versuchen, dir zu helfen", brachte sich Gabor erneut ein.

„Ich bezweifle, dass ihr das könnt." Vehement schüttelte sie den Kopf.

„Einen Versuch ist es wert." Aufmunternd zwinkerte er ihr zu und entlockte ihr ein, wenn auch eher gequältes, Lächeln.

Ollis Emotionen kochten über. Was sollte dieses höfliche Geplänkel zwischen den beiden. Es ging um Leben und Tod. Fast wären sie draufgegangen. Höchste Zeit, dass Leo mit ihrer Geschichte rausrückte.

„Es ist sinnlos. Darüber zu reden, ändert nichts. Das geht nur mich alleine etwas an", erklärte sie.

„Es ist niemals sinnlos", widersprach Gabor ruhig. „Wer redet, ist nicht alleine, solange jemand da ist, der zuhört. Ich höre zu."

Olli sah, wie Leokadia zögerte. „Vielleicht hast du recht", sagte sie.

„Lass dir Zeit." Gabor warf einen Blick in den Seitenspiegel und wechselte die Spur, um auf die Schnellstraße zu kommen.

Irgendetwas an dieser beschissenen Schnellstraße war faul. Wie sonst war es möglich, dass er seit Stunden seinen Daumen in die Luft hielt und keine Sau davon Notiz nahm?

Sein Arm fiel ihm bald ab. Mit jedem weiteren Wagen, dessen rotglühende Rücklichter ihn verhöhnten, wuchs sein Hass mehr. Er hasste sie alle, diese Wohlstandsmenschen, die hinter den Lenkrädern ihrer Wohlstandskarossen bequem wie in einem Fernsehsessel in ihre Wohlstandsheime rollten. Er hasste sie wegen ihrer Arroganz, mit der sie glaubten immer das Richtige zu tun und sich dabei mühelos in ihrem Wohlstand aalten. Ja, er hasste sie und zugleich beneidete er sie, und darum hasste er sie noch mehr. Wieso nur konnte es ihm nicht ein einziges Mal auch so ergehen, dass einer seiner Pläne reibungslos in einem Erfolg mündete?

Seit fünf Jahren führte er nun schon dieses Wanderleben, das ihn von seiner Heimatstadt München bereits quer durch Deutschland und schließlich über die Grenze nach Straßburg geführt hatte. Aber egal, wo, überall war es das Gleiche. Was er auch anpackte, brachte ihm über kurz oder lang Ärger ein, und er musste schnell verschwinden.

Auch in Straßburg war der Boden zu heiß für ihn geworden. Daher war ihm die Knarre wie ein Gottesgeschenk erschienen. Der langersehnte Schlüssel zu einem echten Neuanfang. Diesmal würde er es endlich richtig machen. Diesmal hatte er etwas in der Hand, das ihn von vornherein auf der Gewinnerseite platzierte. Wenn er doch nur endlich seine beschissene Gelegenheit bekam, mit der er das unter Beweis stellen konnte!

Es wurde schon dunkel und sein Optimismus schrumpfte weiter. Wollte ihn jetzt sogar das Schicksal selbst verspotten, indem es ihm erst die Chance seines Lebens in die Hand legte, und dann am lang ausgestreckten Arm verhungern ließ. Dodos Missstimmung erhielt eine völlig neue Tiefe. In ihm kochte eine Wut, wie er sie noch nie zuvor empfunden hatte. Ein Zorn, der sich gegen alles und jeden richtete. Das war pure Energie, die ihn durchfloss. Wie Lava in einem Vulkan. Kurz vor dem Ausbruch.

Das Leben war unfair. Sein Zorn war gerecht. Er war im Recht. Was kümmerte ihn diese beschissene Schnellstraße? Was die beschissenen Pendler, die ihn hier stehen ließen? Noch nicht einmal das beschissene Schicksal interessierte ihn. Er war jetzt sein eigenes Schicksal. Seines Glückes Schmied. Er war das Recht.

„Ihr könnt mich alle mal!", brüllte er in die anbrechende Dämmerung. Wenn die Welt schlecht war, dann musste er mindestens so schlecht sein wie sie. Oder besser noch, er war schlechter. Dann konnte er sich sogar einen Vorsprung verschaffen.

Nein, so schnell gab er nicht auf. Wenn es sein musste, dann lief er eben zu Fuß weiter. Immer weiter. Die ganze Nacht durch. Und die nächste auch. Bis zum Meer. Und dort würde er sich holen, was ihm zustand.

In diesem Augenblick knirschten die Räder eines zum Stehen kommenden Wagens. Schnell reckte Dodo seinen Daumen in die Höhe und blinzelte ins Scheinwerferlicht. Drei Personen zählte er im Wageninnern. Die Türen öffneten sich und der Fahrer stieg aus.

„Na also", dachte Dodo und setzte ein Lächeln auf. Wie der Wolf im Schafspelz, dachte er und grinste noch breiter. Freundlich kam der Fremde auf ihn zu. Der Wagen hatte ein deutsches Kennzeichen.

„Servus", grüßte Dodo im breitesten Münchener Dialekt.

„Guten Abend", grüßte ihn der andere zurück, sichtlich erfreut, einen Landsmann zu treffen. „Wohin soll's denn gehen?"

„Da lang." Dodo wies die Straße entlang und fühlte sich schlau wie ein Fuchs. „Nur irgendwie der Nase nach", fügte er lässig hinzu, um seine Absichtslosigkeit zu unterstreichen.

Auch die beiden anderen Fahrgäste kletterten aus dem Wagen. Dodo sah einen weiteren Mann und eine Frau. Also drei, dachte er. Schnell überschlug er die Situation. Mit drei Personen hatte er eigentlich nicht gerechnet. Verstohlen tätschelte er den ausgebeulten Teil seiner Jacke. Die drei sahen aus wie harmlose Touristen. Leicht zu überwindende Opfer. Nein, er hatte zu lange auf diese Gelegenheit gewartet, um sie sich jetzt wegen eines dummen Zweifels entgehen zu lassen. Er musste einfach einen kühlen Kopf bewahren.

„Wir fahren in Richtung Paris. Wenn Ihnen das passt, dann nehmen wir Sie gerne ein Stück mit", lud der Fahrer ihn ein.

„Super", hörte Dodo sich antworten, und weil er sich an seinen Plan erinnerte fügte er hinzu: „Darf ich hinten sitzen? Mir wird vorne leicht übel."

„Dann geh' ich jetzt nach vorne", sagte die Frau und nahm bereits auf dem Beifahrersitz Platz. Dodo musterte sie flink. Sie war eindeutig nicht sein Typ. Daran konnte auch das einigermaßen hübsche Gesicht nichts ändern. Zu dürr, keine Titten, kein Arsch in der Hose und die kurzen braunen Haare passten eher zu einem Jungen. Mit der würde er leicht fertigwerden.

Alle stiegen ein. Der andere Mann neben ihm auf die Rückbank. Alles war perfekt. Von hier hinten hatte er eindeutig den besseren Überblick. Jetzt war er am Drücker. Die Vorfreude zauberte ein weiteres Grinsen in sein Gesicht. Alles lief wie geschmiert. Er sah bereits ihre verdutzen Gesichter vor sich, wenn sie entdeckten, in welche Falle sie geraten waren. Nur mit Mühe konnte er sein Lachen zurückhalten. Sie fuhren los.

„Auch auf dem Weg in den Urlaub?", versuchte er, ein unschuldiges Thema anzuschneiden. Die anderen sollten sich ruhig noch in Sicherheit wiegen.

Das betretene Schweigen um ihn herum gab ihm zu verstehen, dass an seiner Frage irgendetwas falsch war.

„Es ist wohl eher ein Ausflug", erwiderte der Fahrer nach einer Pause, die so lang war, dass Dodo mit einer Antwort schon gar nicht mehr gerechnet hatte.

Schweigend fuhren sie weiter. Dodo überlegte. Wie fröhliche Touristen wirkte eigentlich keiner von den dreien. Heimlich betastete er die Waffe in seiner Jackentasche. Nun, was für seltsame Vögel sie auch sein sollten, ihm konnte es egal sein. Er war der Kerl am Drücker. Er musste sich nur an seinen Plan halten.

Gleichmäßig schnurrte der Wagen voran. Die Schnellstraße leerte sich. Seine Mitreisenden schwiegen beharrlich, der junge Mann neben ihm schien sogar fast eingeschlafen zu sein. Die Autobahnauffahrt näherte sich. Jetzt war der Moment gekommen, aktiv zu werden. Er musste verhindern, dass sie auf die Autobahn fuhren, denn dort war es schwieriger seine unliebsamen Gäste loszuwerden. Feierlich zog er seine Waffe hervor und legte sie seinem Chauffeur fast zärtlich an den Hinterkopf.

„So", begann Dodo die Ansprache, auf die er sich seit Stunden freute. „Jetzt mal alle herhören. Ihr macht jetzt genau, was ich sage!"

Seine Worte explodierten in der Stille wie eine Bombe. Die junge Frau schrie kurz auf und fuhr auf ihrem Sitz herum. Der Mann neben ihm rückte so weit es ging von ihm weg. Der Fahrer vor ihm versteifte sich. Nur sein Blick wanderte im Rückspiegel nach hinten.

„Wir fahren jetzt hier rechts ran", hörte sich Dodo befehlen. Er konnte selbst kaum glauben, was er da sagte, so krass war das. Schade, dass ihn keiner seiner Kumpels sehen konnte. Mann, war das cool.

„Sonst was?", entgegnete der Fahrer.

Seine ruhig gesprochenen Worte durchdrangen nur langsam Dodos Euphorie. Der Mann mit der Waffe stutzte.

„Äh? Hast du nicht gehört", bellte er und drückte verärgert den Lauf seiner Waffe gegen den Hals des Mannes. „Rechts ran, hab ich gesagt!"

Die Spannung zwischen ihnen wuchs ins Unerträgliche. Dodo spürte, dass er reagieren musste. Der andere kam ihm zuvor.

„Hab ich gehört", sagte er, „aber ich frage dennoch: Was sonst?"

„Spinnst du, Alter", brach es aus Dodo heraus. „Ich knall dich ab. Das sonst!"

Die Frau auf dem Beifahrersitz schluchzte auf.

„Okay", sagte der Fahrer betont langsam. „Aber das macht keinen Sinn. Wir sind mit hundertzwanzig Sachen unterwegs. Wenn du jetzt schießt, dann sind wir alle erledigt."

„Scheiße, Mann!" Dodo zögerte. Seine Selbstsicherheit bröckelte.

„Also gut", schrie Dodo und zielte nun auf den Kopf der jungen Frau. Dann puste ich eben ihr das Hirn raus. Zufrieden?"

Wieder schwiegen sie alle. Mit jeder weiteren Sekunde verlor Dodo an Boden. Was gab's da denn zu diskutieren? Er hatte eine Waffe, verdammt noch mal.

„Das ändert auch nichts", begann die junge Frau erst flüsternd, dann zunehmend sicherer. „Ob Sie mich erschießen oder nicht, macht keinen Unterschied. Ich habe Hyperleukozytose."

„Scheiße nochmal, was hast du?" Dodo bedauerte es nun, in den Wagen gestiegen zu sein.

„Leukämie. Das ist absolut tödlich. Ohne Chance. Sie würden mir sogar fast einen Gefallen tun, wenn Sie schießen." Schüchtern lächelte sie ihn an. „In diesem Sinne bin ich für Sie als Geisel ziemlich nutzlos."

„Was seid ihr für ein beschissener Haufen!", schrie er und fuchtelte mit seiner Pistole herum. Hasserfüllt starrte er seinen Sitznachbarn an. „Hast du etwa auch einen Grund, warum ich dich nicht abknallen kann?"

„Darf ich kurz darüber nachdenken?", schluckte der Mann und zog abwehrend den Kopf zwischen die Schultern.

Dodo flippte aus. „Verdammt ich will jetzt sofort rechts ran!", schrie er außer sich. Seine Wut machte ihn rasend und blind. Hektisch richtete er seine Waffe mal auf den einen, mal auf den anderen. Dann ging alles ganz schnell. Als er registrierte, dass sich die anderen an den Griffen im Wagen festkrallten, wurde er bereits nach vorne geschleudert. Der Wagen vollzog eine Vollbremsung, geriet leicht ins Schleudern und kam, nachdem er sich um die eigene Achse gedreht hatte, neben der Straße zum Stillstand. Ein Schuss löste sich, jemand schrie, und noch bevor Dodo den Schmerz registrieren konnte, mit dem sich der Querschläger direkt durch seinen Schädel bohrte, verlor er bereits für immer das Bewusstsein. Von einer Sekunde auf die andere war alles wieder völlig still.

Stille und Dunkelheit brachen so plötzlich über sie herein, dass Leokadia sich fragte, ob sie gerade gestorben war.

„Alles in Ordnung?", streifte sie Gabors besorgte Stimme.

Sanft spürte sie die Berührung seiner Hand auf ihrer Schulter. Benommen starrte sie in seine Richtung. Krampfhaft bemüht um ein Wort, das stark genug war, um die taube Dunkelheit zu durchdringen. Erst als irgendjemand die Fahrertür aufstieß und die Beleuchtung im Wageninnern aufblitzte, begann sie, sich aus ihrer Erstarrung zu lösen. Blass, aber durchaus lebendig, regte sich auch Olli hinter ihr. Etwas umständlich fingerte er an seinem Sicherheitsgurt herum, um sich abzuschnallen.

Leokadia musterte auch den zweiten Passagier auf der Rückbank. Was immer sein leerer Blick einfing, es war nicht für die Augen der Lebenden bestimmt. Das daumennagelgroße, blutrote Loch mitten auf seiner Stirn wirkte wie aufgeschminkt. Seine Rechte lag entspannt auf seinem Schoß, die Pistole umklammert wie ein großes Spielzeug. Aus dem Angreifer war wieder der harmlose Anhalter geworden, den sie erst vor einer knappen Viertelstunde aufgelesen hatten. Nur mit dem einen Unterschied, dass er jetzt tot war.

„Was machen wir jetzt?", fragte Olli, der sich endlich losgeschnallt und seine Wagentür aufgestoßen hatte.

„Das Naheliegendste", antwortete Gabor und kletterte aus dem Wagen. „Wir schaffen ihn raus und fahren weiter."

„Das ist alles meine Schuld." Unaufhaltsam wie Tränen strömten die Worte aus Leokadias Mund, wieder und immer wieder.

„Ganz sicher nicht", unterbrach sie Gabor. „Wer sich in Gefahr begibt, kommt darin um. Der Kerl hat mit dem Tod gespielt und nun hat es ihn selbst getroffen. Ich würde eher sagen, das ist sowas wie ausgleichende Gerechtigkeit."

„Ja, und wenn, dann trifft mich eher eine Schuld. Denn ihn mitzunehmen war mein Vorschlag gewesen." Olli räusperte sich betreten.

„Dem ich zugestimmt habe", fügte Gabor gewissenhaft hinzu. Leokadia spürte, wie sehr sich die beiden Männer darum bemühten, sie in Schutz zu nehmen. Sicher hatte das mit ihrem Geständnis zu tun. Eine Weile schwiegen sie alle drei.

„Sollen wir ihn begraben?", fragte Olli.

„Ohne Spaten und im Dunkeln?", verneinte Gabor. „Bis jetzt gibt es kaum eine Spur, die zu uns führt. Die Kugel in seinem Kopf stammt aus seiner Waffe. Wir sollten uns nicht weiter einmischen und hier lieber schnell verschwinden."

Leokadia sah den beiden Männern zu, wie sie den Toten von der Rückbank hievten und behutsam in den Straßengraben betteten. Ein Kratzer an der inneren Wagendecke war das einzige Indiz, welches sie an ihr soeben überstandenes Abenteuer erinnerte. Die Kugel hatte einen Metallträger getroffen und war zu ihrem Schützen zurückgeprallt. Die Wahrscheinlichkeit, dass so etwas passierte, lag bei eins zu mehreren Millionen, vermutete Leokadia. Aber mit Wahrscheinlichkeit hatte das alles sowieso schon lange nichts mehr zu tun. Keiner von ihnen war überrascht. Erleichtert, ja, aber nicht überrascht. Nur wenige Minuten später saßen sie wieder im Wagen.

„Ich weiß nicht, wie es euch geht", begann Gabor, „aber ich möchte hier jetzt so schnell es geht weg."

„Nicht nach Paris", warf Leokadia ein und wunderte sich über ihre eigene Heftigkeit. Nach der schrecklichen Nachricht über das TGV-Unglück fühlte sich dieses Ziel auf einmal nicht mehr richtig an.

„Mir egal." Olli zuckte resigniert mit den Schultern. „Nur bitte weg."

Abwartend sahen die Männer sie an.

Was immer die beiden bewog, ihre Reise fortzusetzen, ihr Motiv wog am schwersten. Nun überließ man es ihr, die Richtung festzulegen.

Das erste Mal, seit sie in Frankfurt aus dem Krankenhaus gestürmt war, wurde ihr bewusst, dass sie überhaupt kein klares Ziel hatte. Nichts, was sich in Worte fassen ließ. Wie sollte sie auch, da alles, was sie vorantrieb, ausschließlich auf ihrem Instinkt beruhte. Seit der hoffnungslosen Diagnose vor wenigen Tagen hatten sich alle ihre Gedanken, Spekulationen, Überlegungen, Hoffnungen und Ängste, ihr ganzes Selbst zu einem einzigen Wunsch kristallisiert: Überleben. Das war größer als jedes Wort. Größer als sie selbst. Es war alles.

War es nicht normal davonzulaufen, wenn der Tod seine Hand nach einem ausstreckte? Und mit jedem weiteren Todesfall, der ihren Weg kreuzte, fühlte sie sich erneut bedroht und floh immer weiter. Und weil Flucht nun einmal bedeutete, dem Tod zu entkommen, wagte sie nicht mehr anzuhalten und rannte immer weiter und weiter und weiter.

Doch wohin sollte sie fliehen? Leukämie, in ihrem Fall unheilbar, das war der Tod. Das war ihr Tod, und so schnell sie auch rannte, es gab keinen Ort, an dem sie wirklich sicher war. Der Tod war ein Teil von ihr. Unausweichlich. Es gab keine sichere Zuflucht für sie. Nur die Flucht selbst rettete sie, wenn auch immer nur für kurze Zeit. Also durfte sie niemals ankommen. Denn nur solange sie noch genügend Raum vor sich hatte, um immer weiter fliehen zu können, war ihr Überleben gesichert. Ihr Leben war zum Überleben geworden. Sie wünschte sich Weite. Zeit. Unendlichkeit.

„Ich will ans Meer", sagte sie.

„Ich habe da eine Idee", erwiderte Gabor und startete den Motor.

Leokadia sah, dass seine Hände auf dem Lenkrad leicht zitterten, während er den Wagen zurück auf die Straße lenkte.

Seine Hände zitterten, aber er war sich sicher, dass die anderen es nicht bemerkten. Er wunderte sich selbst darüber, wie ruhig er nach außen wirkte. Es musste wohl am Adrenalin liegen. Nur knapp waren er und seine Mitreisenden einer tödlichen Gefahr entronnen. Neben ihm auf dem Beifahrersitz saß eine atemberaubend schöne, junge Frau. Und diese Frau trug eine tödliche Krankheit mit sich herum.

Das also war es. Auf einen Schlag war ihm alles klar. Nicht so, dass er es in Worte hätte fassen können. Aber doch so, dass er es mit jeder Faser seines Körpers spürte, es fühlte, es wusste. Alles war da. Tod, Zufall und Leben. Die Grenzen waren so fließend, dass sie im Grunde kaum auszumachen waren. Doch mühelos löste sich auf einmal alles Wesentliche vom Unwesentlichen. Das Gestern vom Heute. Das Heute vom Jetzt. Nicht nur seine Hände zitterten. Sein ganzer Körper fühlte sich an wie elektrisiert und er hätte nicht sagen können, ob aus Furcht oder Erleichterung oder vor Erregung darüber, weil er sich einfach nur lebendig fühlte. So lebendig, wie noch nie in seinem Leben.

Das also war es. Darum ging es. Er wusste jetzt, warum er hier war. Seine Sorge um Olli mochte der Auslöser gewesen sein. Ein Vorwand. Aber der Grund für seine Reise lag ganz alleine in diesem Gefühl.

Er fuhr immer weiter und langsam ließ auch das Zittern in seinen Händen nach. Wie auf Schienen glitt sein Wagen voran. Allmählich registrierte er, dass die Landschaft um sie herum völlig im Schwarz der Nacht versunken war. Selbst das Scheinwerferlicht versickerte nur wenige Meter vor ihnen spurlos im Dunkel. Fuhren sie so schon seit Stunden oder erst seit Minuten? Jegliches Gefühl von Raum und Zeit war ihm abhandengekommen. Ohne Zweifel hatte er sich verfahren.

Das spärliche Licht vom Armaturenbrett tauchte ihre Gesichter in bläuliches Schweigen. Aus den Augenwinkeln beobachtete er neben sich Leokadias schimmernde Silhouette. Es gefiel ihm, sie zu betrachten, mit jedem weiteren Blick Fremdes in Vertrautes umzuwandeln. Ihre Augen, die gerade jetzt im Schatten ihrer Wimpern verborgen lagen, ihre schmale Nase, das energische Kinn, ihre Ohren, die verletzlich unter dem kurzen Haar hervorlugten.

Das zärtliche Gefühl, das ihm ihr Anblick eingab, versetze ihm einen schmerzhaften Stich. Und doch konnte er es nicht unterlassen, nach ihr zu sehen. Erneut ihre Stimme hören zu wollen.

„Wie geht es dir jetzt?", flüsterte er in ihre Richtung.

„Alles okay." Sie nickte mehr, als dass sie sprach, und doch war der Raum um ihn herum auf einmal vom Klang ihrer Stimme überflutet.

Mühsam riss er sich zusammen. Die Fahrbahn beschrieb einige lebhafte Kurven, die seine Aufmerksamkeit erzwangen. Er konnte sich nicht daran erinnern, wann er das letzte Mal durch eine Ortschaft gefahren war. Der Blick auf die Uhr im Armaturenbrett bewies, dass es bereits nach zehn war. Eine plötzliche Müdigkeit legte sich um ihn wie ein Mantel aus Blei.

„Vielleicht sollten wir versuchen, für heute Nacht in einer Pension unterzukommen", schlug er vor.

Die anderen beiden nickten und es war, als ob sie nur auf ihn gewartet hätten, um ebenfalls ihre Müdigkeit zuzugeben. Olli begann als Erster herzhaft zu gähnen. Leokadia tat es ihm sofort nach.

Immer unwegsamer wurde die Gegend. Immer kurviger die Straße. Und immer schmaler. Eine Ortschaft war nicht in Sicht. Doch seine Sehnsucht nach einem Bett wuchs ins Unermessliche.

„Dort, ‚Résidence royale'." Leokadia deutete auf einen verwitterten Fleck neben der Straße, der ihnen im Kegel der Scheinwerfer blass entgegenschimmerte.

Gabor bremste ab. Tatsächlich hatte hier irgendjemand mitten im Nirgendwo mit diesem Hinweisschild ein Zeichen menschlicher Zivilisation gesetzt. Die Vorstellung, sich gerade in dieser Abgeschiedenheit häuslich niederzulassen, erschien ihm absurd. Aber wer weiß, vielleicht war die Gegend bei Tageslicht besehen ganz reizend und die Idee wäre ihm völlig selbstverständlich vorgekommen.

Tatsächlich erhob sich in der Dunkelheit hinter dem unscheinbaren Wegweiser ein riesiges schwarzes Gebilde, dessen monumentale Umrisse sich deutlich vor dem funkelnden Nachthimmel abzeichneten, und bei näherem Hinsehen kam ein kantiges Gebäude von beträchtlichen Ausmaßen zum Vorschein. Ein schmaler Weg bog von der Hauptstraße ab und führte direkt darauf zu. Im Schritttempo lenkte Gabor den Wagen über knirschenden Kies. Die passende Kulisse für einen Horrorstreifen, dachte er unwillkürlich und musste trotz seiner Müdigkeit grinsen. Die angespannten Gesichter seiner Mitreisenden verrieten ihm, dass ihre Gedanken den seinen offensichtlich sehr ähnlich waren.

Eine stabil aufgerichtete Holztafel, auf die jemand ein verschnörkeltes großes P gepinselt hatte, markierte den Parkplatz. Drei PKWs standen dort bereits und waren ein beruhigendes Indiz dafür, dass sie keineswegs die einzigen menschlichen Seelen in dieser Gegend waren. Neben einem altertümlichen Citroën HY brachte Gabor seinen Wagen zum Stehen. Gelbes Licht, das zeitgleich an der Tür und einigen Fenstern im Erdgeschoss aufflammte, verriet ihm, dass man ihre späte Ankunft bemerkt hatte. Erschöpft stiegen sie aus. Im erleuchteten Eingangsbereich erschien eine Frau.

„Bonsoir", grüßte Gabor und trat näher heran. Über die ausgetretenen Stufen einer großzügig angelegten Treppe hinweg, die ein wohlmeinender Bauherr vor mindestens zwei Jahrhunderten hatte anlegen lassen, um die repräsentative Eleganz seines Anwesens zu unterstreichen, entwickelte sich ein freundlicher Dialog. Nach wenigen Minuten trat die Frau zustimmend nickend zurück ins Haus, die Tür hinter sich einladend geöffnet.

„Wir haben Glück", wandte sich Gabor an seine beiden Reisegefährten. „Ein Hotel ist es nicht. Aber man stellt uns bis morgen früh dennoch drei Gästezimmer zur Verfügung."

„Und was ist es, wenn es kein Hotel ist?", wollte Leokadia wissen.

„Ein Seniorenheim. Und weil erst morgen die große Wochenendbesuchswelle anrollt, überlässt man uns heute noch drei Gästezimmer."

Leokadia erstarrte. „Ein Seniorenheim? Seid ihr von allen guten Geistern verlassen?"

„Ach komm schon, Leo." Aufmunternd legte Olli seinen Arm über ihre Schulter. „Wir sind doch alle müde und brauchen ein Bett."

Heftig schüttelte sie ihn von sich. „Hast du es denn noch immer nicht kapiert?", fuhr sie ihn an. „Das ist viel zu gefährlich!"

„Ich sage dir, was gefährlich ist", gab Olli beleidigt zurück. „Mit dir in einen Zug zu steigen, ist gefährlich. Oder einen Anhalter mitzunehmen, ist gefährlich. Aber das ist ein Haus voll alter Leute. Die sind vermutlich so alt und senil, dass sie noch nicht einmal merken, dass wir überhaupt da sind."

„Nicht gefährlich? Das ist, als ob der Tod dich zu seiner Dinner-Party eingeladen hat und die Gäste sind die Party-Häppchen", fauchte sie zurück. Noch immer machte sie keine Anstalten auf das Anwesen zuzugehen.

Theatralisch aufseufzend hob Olli die Hände zum Himmel und ließ sie kraftlos wieder fallen. „Ehrlich Leo, ich verstehe nur Bahnhof ..."

Gabor überlegte. Der Gedanke an den Tod musste jemandem wie Leokadia in der Tat sehr zu schaffen machen. Außerdem hatten die Ereignisse der letzten Stunden ihrer aller Nerven arg zerrüttet.

„Ist es, weil dieses Haus statistisch betrachtet ein Ort mit erhöhter Sterblichkeitsrate ist?", versuchte er zu ihr vorzudringen.

„Bitte Leo", bettelte Olli dazwischen. „Ich bin todmüde. Lass uns schlafen, und morgen sieht die Welt wieder freundlicher aus. Außerdem dürfte uns statistisch betrachtet jetzt sowieso nichts passieren, weil wir unseren Vorrat an Unglücksfällen so ziemlich aufgebraucht haben."

„Ach, lasst mich doch in Ruhe mit eurer beknackten Statistik. Alle beide!" Mit funkelndem Blick stampfte sie an den Männern vorbei die Treppe hinauf. Abrupt blieb sie auf der Schwelle stehen und drehte sie zu ihnen um. „Ihr wollt schlafen? Gut, dann schlafen wir jetzt. Ihr glaubt morgen sieht die Welt wieder freundlicher aus? Dann schaut sie euch morgen mal etwas genauer an." Energisch trat sie ein.

Olli seufzte demonstrativ und warf einen um männliche Solidarität werbenden Blick in Gabors Richtung. „Verfolgungswahn. Purer Verfolgungswahn", grinste er kopfschüttend. „Sie sagt, sie fühle sich verfolgt."

„Verfolgt?" Gabor horchte auf. „Von wem?"

„Keine Ahnung", Olli zuckte halbherzig mit den Schultern. „Aber so, wie die sich anstellt, mindestens vom Teufel höchstpersönlich", spottete er und schlug ebenfalls den Weg in Richtung Haus ein.

Nachdenklich folgte Gabor den beiden. „Oder vom Tod", murmelte er für sich, da er plötzlich zu begreifen begann.

Er begriff sofort. Fremde waren im Haus. Die Erregung, die diese Nachricht unter seinen Mitbewohnern auslöste, ging wie ein nervöses Zittern durch das gesamte Gebäude. Denn Abwechslung war rar in diesem alten Gemäuer, das durch die Langeweile mindestens ebenso wirkungsvoll zusammengehalten wurde wie durch Putz und Mörtel. Nur selten unterbrach etwas Neues den gleichförmigen Ablauf der unendlich langsam dahinkriechenden Tage.

In diesem Sinne entsprach die Ankunft von gleich mehreren Fremden einem tektonischen Großereignis, welches die innere Ruhe jeder einzelnen Seele in dem großen Haus zutiefst erschütterte. Nur die seine nicht. Ihn kümmerte das alles nicht. Im Gegenteil. Er schloss lieber schnell hinter sich die Tür und sperrte das Geplapper der anderen aus. Denn alles, was sich außerhalb der engen vier Wände seines Zimmers abspielte, betrachtete er als absolut bedeutungslos.

Was konnte ihm die Welt denn noch bieten, was er in seinem langen Leben nicht schon längst gesehen hatte? Das waren alles nur Wiederholungen. Variationen der ewig gleichen Themen, im Großen wie im Kleinen. Die menschliche Natur war ihm inzwischen bar jeder Überraschung. Und überhaupt hatten all diese menschlichen Belange eine höchst vergängliche Relevanz. Ängste, Hoffnungen, Trauer, Liebe, Hass, Neugier, Neid, Mitleid, alles Schall und Rauch. Das Einzige was zählte, war das, was blieb. Dinge, die man berühren konnte, anfassen, zählen, messen, wiegen, sammeln.

Und desto kostbarer diese Dinge waren, desto sicherer durfte man sich ihrer Beständigkeit sein. Ja, nur in dem, was sich materiell manifestieren ließ, lag der wahre Hauch der Unsterblichkeit.

Liebevoll tätschelte er seine Münzsammlung, die er auf dem kleinen Tischchen vor sich ausgebreitet hatte. Seine Schätze. Seine Kinder. Sie enttäuschten ihn nie. Ihr Wert war immer der gleiche. Nur an ihnen konnte man sich handfest orientieren. Er konnte sie berühren. Der schmale Schein der Stehlampe brachte sie zum Glänzen. Niemals würde er sich an ihnen satt sehen können. Niemals würde er ihrer Unvergänglichkeit überdrüssig werden. Was ging ihn das nebensächliche Treiben der anderen an?

Mürrisch starrte er von seinem Ledersessel aus auf die geschlossene Zimmertür, durch die er noch immer die gedämpften Echos von heimlichen Schritten und flüsternden Stimmen vernahm. Mochte sein alter Körper auch schon ziemlich heruntergekommen sein, seine Sinne funktionierten noch immer tadellos.

Doch nach und nach verebbten auch diese Geräusche. Endlich kehrte draußen wieder Ruhe ein und die Nacht durchströmte das alte Gebäude wie ein sanfter Strom, der die ihm vertrauten Klänge ins Zimmer trug. Das trockene Knacken der hölzernen Dielen, das verlässliche Ticken der großen Standuhr im Flur, das periodisch wiederkehrende Aufbrummen des Kühlschranks in der Küche drei Türen weiter. Schwerfällig erhob er sich von der ausgeleierten Sitzfläche seines Sessels, schlurfte zur Tür und verharrte, ausgiebig lauschend und lauernd. Erst als er sich völlig sicher war, dass nun endlich Ruhe eingekehrt war, trat er hinaus und schlug den Weg zur Küche ein. Sein Ziel war das Tiramisu, das er dort in einer großen Schüssel im Kühlschank wusste.

Beim Abendessen hatte er dem dümmlichen Geschwätz seiner Mitbewohner nur entrinnen können, indem er auf sein Zimmer geflüchtet war. Dass er dadurch seinen Anteil des Nachtischs verpasst hatte, war ihm leider zu spät eingefallen. Doch nun gedachte er, sich durch einen nächtlichen Beutezug das ihm Zustehende zu holen.

Mit zügigen Schritten tippelte er durch den Flur und gelangte zur Küchentür. Er stutzte. Die Tür, die tagsüber immer offen stand und am Abend sorgfältig durch die Hauswirtschafterin geschlossen wurde, lag angelehnt im Rahmen. Ein schwaches Leuchten fiel durch den schmalen Spalt und bildete direkt vor seinen Füßen eine fahle Pfütze aus Licht. Unwillkürlich wich er einen Schritt zurück. Keine Frage, in der Küche war schon jemand. Sicher war es vernünftiger umzukehren, wollte er sein kleines Geheimnis nicht gefährden. Er schnaubte verächtlich. Wer immer sich um diese Stunde in der Küche aufhielt, tat dies nicht weniger heimlich als er, und von einem solchen Mitwisser war in der Regel kein Verrat zu befürchten. Im Gegenteil. Desto unbefangener er eintrat, desto mehr entband er sich selbst jeglicher Verdachtsmomente.

Absichtlich laut aufschnaufend stieß er die angelehnte Küchentür auf und schleppte sich übertrieben schwerfällig über die Schwelle in den Raum. Sollte doch jeder sehen, dass er hier mit der größten Selbstverständlichkeit und mit lauteren Absichten eintrat. Wie im Selbstgespräch vor sich her brabbelnd trippelte er auf den Küchentisch zu, auf dem immer eine Kanne Kräutertee bereitstand.

Gefasst darauf, ein bekanntes Gesicht anzutreffen, dem er mit einer Mischung aus überraschtem Erschrecken und träger Höflichkeit begegnen wollte, sah er sich um. Nur die schmale Neonröhre über der Spüle verbreitete ein wenig Helligkeit, die allerdings nicht ausreichte um die große, hochräumige Küche völlig zu erhellen. Im Halbdunkel saß auf einem der Stühle am Küchentisch eine junge Frau. Die sparsame Beleuchtung sammelte sich fast völlig in ihrem blassen Gesicht. Ihr Antlitz leuchtete ihm in der Dunkelheit entgegen. Erschrocken starrte er sie an.

Mon Dieu! Noch nie hatte er so etwas überirdisch Schönes gesehen. *Wie ein Engel*, dachte er bestürzt. Tausend Gedanken bestürmten ihn zugleich. Sagten Engel nicht für gewöhnlich „Fürchte dich nicht“ zu den Menschen. Nie hatte er verstanden, weshalb man sich vor der Schönheit eines Engels zu fürchten habe. Doch in diesem Moment begriff er es. In der Schönheit der Engel lag eine tödliche Gefahr für das menschliche Herz. Der Gegenwart von so viel überirdischem Glanz war niemand auf Dauer gewachsen. Weder Herz noch Verstand waren groß genug dafür. Der Mensch war allzu begrenzt. Sein Leben war endlich. Sein eigenes Leben war es.

Auf einmal registrierte er, wie sehr er am ganzen Körper zitterte. Nur mit letzter Kraft erreichte er einen der Stühle neben dem Tisch und ließ sich darauf fallen. Das schöne Gesicht schenkte ihm ein schüchternes Lächeln und räusperte sich verlegen.

Plötzlich lachte er auf. Was war er doch für ein Narr. Ein vergesslicher alter Narr! Die junge Frau, die ihn in diesem Moment so fragend anstaunte, musste zu den Gästen gehören, die heute Abend hier eingekehrt waren.

„Bonsoir, Mademoiselle“, krächzte er noch immer ein wenig außer Atem, aber bereits weitaus entspannter, als er es noch vor wenigen Sekunden gewesen war.

„Bonsoir", erwiderte sie freundlich. Ihre Stimme klang angenehm jung und fest und hatte einen deutschen Akzent. Keine Spur überirdisch entrückt. Eine kräftige menschliche Stimme. Heiser lachend schalt er sich einen alten Narren. „Guten Abend", ergänzte er seinen Gruß.

„Sie sprechen deutsch?", freute sie sich. Ihr kräftiger Sopran beruhigte ihn nun völlig.

„Mais oui, aber nur ein wenig." Bescheiden winkte er ab und deutete eine galante Verbeugung an, wobei er verstohlen den Sitz seines verschlissenen Morgenrocks überprüfte. „Meine Frau war Deutsche."

„Bitte entschuldigen Sie mein nächtliches Eindringen", begann die junge Besucherin. „Es tut mir leid, sollte ich Sie erschreckt haben. Aber ich konnte nicht einschlafen und so habe ich mich hierher in die Küche gesetzt."

„Keine Sorge, ma chère." Schnaufend erhob er sich von seinem Platz. „Ich werde Sie garantiert nicht denunzieren. Vorausgesetzt, dass auch Sie mich nicht verraten."

„Niemals", versprach sie ernst.

„Bon", nickte er, „dann plündern wir jetzt mal das Dessert." Mit einem festen Ruck öffnete er die schwere weiße Tür. Summend flammte das weiße Licht der Kühlschrankbeleuchtung auf und ergoss sich in den halbdunklen Raum. Scheppernd schob er einige Schüsseln umher.

„Weg", murmelte er fassungslos. „Aufgefressen. Das ganze Tiramisu. Aber, oh là là, was ist denn das?" Triumphierend hielt er eine weiße Porzellanschüssel in die Höhe. „Apfelkompott!"

„Aber wird man morgen denn nicht bemerken, dass etwas fehlt?", wandte sie besorgt ein.

„Und ob. Aber niemand wird wissen, wer es gewesen ist", kicherte er und hielt andächtig schnuppernd seine große Nase in die Schüssel. Mit der Süßspeise im Arm schlurfte er zu einer der Anrichten, zog scheppernd eine der Schubladen auf, griff sich einen Löffel und begann sofort gierig zu essen.

„Apfelkompott“, schnalzte er genießend mit der Zunge, und da ihre Augen wie Magnete an ihm hingen, fragte er: „Wollen Sie auch mal probieren?“

Die junge Frau schüttelte den Kopf.

Schnaufend schaufelte er Löffel um Löffel in seinen Mund und vergaß dabei fast zu atmen. Doch obwohl er gegen alle Tischmanieren der zivilisierten Welt verstieß, lag ihr Blick unerschrocken auf ihm. Wohlwollend nickte sie ihm sogar zu. Plötzlich streifte ihn ein Gedanke, der ihm noch besser gefiel als das köstlich nach Zimt duftende Apfeldessert.

„Darf ich Sie zu einem kleinen Schlummertrunk einladen? Ein süßer Likör für süße Träume?“ Sie zögerte. „Wissen Sie, ein alter Mann wie ich ist nicht gerne alleine schlaflos.“

Sie zögerte so lange, dass er schon fast aufgab, auf ihren Besuch zu hoffen.

„Also gut“, nickte sie. „Avec plaisir.“

„Allons.“ Mit einem strengen Nicken dirigierte er sie aus der Küche hinaus. Wortlos schlichen sie durch den dunklen Flur zu seinem Zimmer.

„Entrez“, brummelte er, öffnete die Tür und schlüpfte vor ihr hinein, um das Licht anzuknipsen.

Die Fremde folgte ihm und stutzte.

„Bienvenue. Willkommen.“ Erwartungsvoll faltete er seine Hände. Mit Genugtuung registrierte er ihr unverhohlenes Staunen. Nur noch selten kam er in den Genuss dieses besonderen Moments, wenn ein Gast das erste Mal sein Zimmer betrat. Geduldig hielt er sich einige Sekunden lang zurück. In aller Ruhe sollte sie die überbordende Fülle seiner Schätze auf sich wirken lassen.

Um ihn herum gruppierten sich auf allerengstem Raum so viele Einrichtungsgegenstände, wie sie kaum in eine Vierzimmerwohnung gepasst hätten. Stühle, ein wuchtiger Ledersessel, ein riesenhafter altarförmiger Schrank aus schwarzem Ebenholz, der alleine fast die ganze Hälfte des engen Zimmers ausfüllte, ein Bett nebst Nachttisch, ein Kleiderschrank sowie Vor-

120

hänge aus schwerem bordeauxrotem Samt vor dem einzigen Fenster, mehrere mit blumigen Arabesken überwucherte Teppiche, die in orientalischer Fülle kreuz und quer übereinanderlagen und ein an Rembrandt gemahnendes großflächiges Stillleben in düsteren Farben und blattgoldverziertem Rahmen. Überall lugten kleine Figürchen aus Bronze hervor, holzgeschnitzte Statuetten, Nippes und Kitsch in untrennbarer Symbiose mit kostbaren Kleinodien aus aller Welt, türkische Krummschwerter, altflämische Porzellanteller und Krüge, Uhren, der ausgestopfte Kopf eines australischen Dingos.

„Asseyez-vous. Setzen Sie sich."

Schüchtern nahm die Fremde auf einem seiner beiden Barockstühle Platz.

Aus dem riesigen schwarzen Schrankungetüm hinter sich klaubte er zwei Gläser und ein metallisch glänzendes Fläschchen hervor. Japsend ließ er sich in seinen Sessel fallen. „Wie Sie sehen können, habe ich einiges aus meinem alten Leben in dieses sogenannte Wohnheim retten können. Tja, abschieben haben sie mich können, aber von meinen Schätzen konnte mich bisher keiner trennen."

Mit einem runden „Plopp" entkorkte er das Fläschchen und befüllte die stumpfen Gläser mit einer klebrigen Flüssigkeit.

„Also, aus Deutschland kommen Sie? Aus welcher Stadt?"

„Frankfurt", antwortete sie. „Frankfurt am Main."

„Oh, Francfort." Anerkennend ließ er sich den Namen auf der Zunge zergehen. „Goethe. Kunst, Kultur und Geld, viel Geld. Alles Dinge, die ewig währen." In einem Zug leerte er sein Glas.

„Noch mehr?", fragte er und schenkte sich nach, ohne ihre Antwort abzuwarten.

„Nein, danke", erwiderte sie und nippte vorsichtig an ihrem Getränk. Auch sein zweites Glas leerte er in einem einzigen hastigen Zug. Inzwischen war ihr Blick auf die Münzen gefallen.

Eifrig rückte er näher an sie heran. „Sie dürfen die Münzen gerne genauer betrachten", lockte er. Mit angehaltenem Atem beobachtete er, wie sie eine der Münzen zwischen ihren Fingern balancierte. Sein Sessel knarrte, als er sich noch weiter zu ihr nach vorne beugte.

„Da, sehen Sie sich auch diese an. Ist sie nicht schön? Und diese!" Eine Münze nach der anderen schob er nun vor sie. „Ist diese hier nicht auch besonders schön? Und diese?"

Die junge Frau lächelte schüchtern. „Ja, sehr schön."

Gierig verschlang er ihre Aufmerksamkeit. Das kleinste höfliche Nicken von ihr spornte ihn weiter an. „Und diese hier! Sehen Sie! Schön, nicht wahr?"

Kaum hatte sie die letzte seiner Münzen zurück auf den Tisch gelegt, da erhob er sich auch schon wieder. Kopflos stürzte er durchs Zimmer zum Schrank, stolperte und konnte sich gerade noch fangen. Wie in Panik riss er rüttelnd an den Schubladen. „Ich hab noch mehr!", schrie er hysterisch. „Noch so viel mehr! Sie werden staunen!"

„Beruhigen Sie sich bitte!" Beschwichtigend senkte sie ihre Stimme. „Ich schau mir alles an. Nur bitte, beruhigen Sie sich."

„Ja, ja, alles gut", schnaufte er außer Atem und dachte überhaupt nicht daran, ruhig zu sein, nicht eher, bis er ihr alles gezeigt hatte. Nur das alleine zählte jetzt. Sein Seelenfrieden hing davon ab, dass sie seine Kostbarkeiten sah. Endlich war da jemand, dem er seine Schätze präsentieren konnte. Endlich jemand, der sie noch nicht kannte und daher zum allerersten Mal bestaunen würde. Mit frischer und völlig unverbrauchter Bewunderung. Was konnte den Wert seiner Kleinodien besser beleben als die erste jungfräuliche Betrachtung eines unvoreingenommenen Auges?! Seine Hände zitterten vor Erregung, als er das schmale Kästchen hervorzog, welches die Sammlung seiner Taschenuhren beherbergte. Stück für Stück zerrte er sie in ihr Blickfeld. Erzwang unerbittlich ihre Aufmerksamkeit. Diese Gelegenheit war ihm zu kostbar, als das er daran dachte, sich oder seinen Gast zu schonen.

„Hier sehen Sie! Und dort! Und wie finden Sie das?" Angestachelt durch ihr zaghaftes Lächeln, legte er ihr Uhr um Uhr auf die ausgestreckte Handfläche. Ihre höflichen Kommentare beflügelten ihn immer mehr. Welche Wonne! Welche Lust! Aufmerksam beobachtete er jede ihrer Gesten. Verfolgte jede Bewegung ihrer Pupillen. Wie ihre Nasenflügel sich weiteten, wenn sie bewundernd Luft holte. Ihre Zunge, die gedankenverloren ihre Lippen umspielte. Doch allmählich erlahmte ihr Interesse. Wie ein Schleier begannen sich erste Spuren von Überdruss auf ihre Züge zu legen.

Ihr Mund ist zu groß, dachte er auf einmal enttäuscht. Und überhaupt ist sie viel zu mager. Dazu noch diese kurzen Haare. Wie lächerlich von ihm, dass er in der Küche für einen Augenblick so viel mehr in ihr gesehen hatte. Zugegeben, sie war jung und die Jugend verlieh ihr genau jene Anmut, wie man sie im Allgemeinen schnell mit Schönheit verwechselt. Aber auch ihre Jugend konnte nicht über den Makel ihrer Vergänglichkeit hinwegtäuschen. Jeder einzelne Gegenstand in seinem Besitz würde sie ohne weiteres überdauern. Nur das Unvergängliche war wirklich schön.

Verstohlen versuchte sie, ein Gähnen zu unterdrücken. Die Müdigkeit, die sie verbreitete, streifte auch ihn. Sein Schwung erlahmte, sein Atem wurde ruhiger.

„Nicht schlecht, nicht wahr?“, murmelte er sich selber Beifall zu. „Ich habe in meinem Leben einiges zusammengetragen.“

„Ja, einiges“, nickte sie. „Sie können stolz auf sich sein.“

Da waren sie, die erlösenden Worte, nach denen er sich so gesehnt hatte. Zufrieden sank er in seinen Sessel.

„Es tut mir leid, aber ich muss jetzt gehen“, flüsterte sie erschöpft.

Es war ihm egal. Sie hatte ihre Aufgabe erfüllt. Hatte ihm den Wert seiner Sammlung bestätigt. Hatte seinem Leben für einen Augenblick Sinn verliehen. Mehr konnte sie ihm nicht bieten. Niemand konnte ihm mehr bieten.

„Ja, stolz“, wiederholte er und sah bereits durch sie hindurch. Wie wunderbar leicht und leer er sich jetzt fühlte. Er schwebte. Unter sich die Zeit wie ein Meer, das ihn nicht berührte. Unendlichkeit, über die er herrschte.

„Gute Nacht“, sagte sie und ging.

„Gute Nacht, mein Alter“, sagte er zu sich selbst. „Jetzt kannst du beruhigt schlafen.“

III

Ein quälendes Pochen direkt hinter der Stirn stieß sie aus ihrer Bewusstlosigkeit. Sie wusste, sobald sie die Augen öffnete würde das Licht den in ihrem Kopf bereits keimenden Schmerz explosionsartig aufblühen lassen. Darum hielt sie die Augen noch für eine Weile geschlossen, schöpfte tief atmend Kraft aus der Stille um sich herum, um sich gegen das Unvermeidliche zu wappnen. Es war nicht das erste Mal, dass sie solche Kopfschmerzen plagten, und seit ihrer Diagnose konnte sie dem Übel immerhin eine Ursache zuordnen. Neu war jedoch, dass diese Schmerzen sie direkt nach dem Aufwachen, ja, fast noch im Schlaf heimsuchten.

Aber hatte sie überhaupt geschlafen? Eigentlich konnte sie sich nur daran erinnern, zu Tode erschöpft auf ihr Bett gefallen zu sein, nachdem sie aus dem Zimmer des Alten gekommen war.

Immerhin lebte sie noch. Oder konnten Tote Schmerzen empfinden? Ob ihr Gastgeber von gestern Abend auch noch lebte? Nach den Erlebnissen der letzten Tage, fand sie, waren Zweifel in dieser Richtung durchaus angebracht. Aber obwohl es ihr leidgetan hätte, wäre er verstorben, fühlte sie sich nicht für ihn verantwortlich. Dieser Mann war alt und seine Tage waren gezählt.

Dennoch hatte die Begegnung sie nachdenklich gemacht. In der Abgeschiedenheit seines Zimmers, das ihr wie ein kleines Museum, nein eher wie die winzige Abstellkammer eines Museums, vorgekommen war, träumte dieser seltsame Alte seinen eigenen, einsamen Traum von … ja, von was überhaupt? Vom Glück? Konnte man solche Eigenbrötlerei überhaupt Glück nennen? Hatte er sich durch seine fanatische Sammelleidenschaft über die Jahre nicht selbst in eine schreckliche Isolation getrieben? Oder war ihm das Sammeln und Horten nur eine Medizin, um seine im Alter immer schmerzhafter werdende Einsamkeit zu betäuben? So oder so, ob einsam oder nicht, er schien glücklich gewesen zu sein. Und war Glück nicht sowieso immer nur ein Traum, eine Illusion, eine geschickt inszenierte Selbsttäuschung, mit der man die eigene Leere verdrängte?

Leokadia rieb sich die Stirn. Zu ihrer Überraschung versiegte der Schmerz schneller, als seine anfängliche Heftigkeit es hatte befürchten lassen. Es wurde Zeit, den ersten Blick hinein in den neuen Tag zu wagen. Aber noch zögerte sie. Hielt sich fest an der betriebsamen Stille, die sie umgab und ihr Sorglosigkeit vorgaukelte. Das morgendliche Gezwitscher der Vögel vor dem Fenster. Die vertraut klingenden Geräusche eines erwachenden Hauses. Tröstliche Indizien für die Unbestechlichkeit des Lebens, dessen Teil man ist, selbst wenn man nur lauscht.

Plötzlich berührte sie jemand an ihrer Schulter. Sie schrak hoch und blickte in Gabors blasses Gesicht.

„Leokadia", flüsterte er und sein besorgter Tonfall alarmierte sie sofort. „Leokadia", wiederholte er. „Wach auf."

Der Alte, schoss es ihr durch den Kopf. Dann war er also doch gestorben. Aber wieso zeigte Gabor darüber solche Besorgnis? Niemand würde sie mit dem Todesfall des alten Mannes in Verbindung bringen. In einem Altenheim starb doch ständig irgendjemand. Es ging nicht um den Alten.

„Wer ist tot?", fragte sie.

„Nicht wer", stammelte Gabor tonlos. „Wie viele. Es sind zehn."

„Zehn?" Der Schock stieß sie förmlich aus dem Bett. Sie sprang auf die Beine und stand unmittelbar vor ihm.

„Zehn." Er nickte ernst und sein Atem streifte ihr Gesicht. Fast schienen die Worte aus seinen weit aufgerissenen Augen direkt in die ihren zu fallen. Blaue Augen. Augen, in die man hineinsah, ohne jemals an ein Ende zu gelangen, dachte sie.

„Neun Alte und einer vom Personal", flüsterte er weiter. „Ich bin am Sekretariat vorbeigekommen, als die Heimleiterin mit jemandem telefonierte. Ich glaube, es war die Polizei. Niemand wird annehmen, dass es sich um einen Zufall handelt."

„Das ist auch kein Zufall“, murmelte sie und war überrascht, in seinen Augen kein Erstaunen zu lesen.

„Wir müssen hier weg!“, sagte er.

Schweigend verließen sie ihr Zimmer und eilten durch den beklemmend stillen Flur zur Treppe. Leokadia fühlte sich, als schwömme sie durch dickes Glas. Das Haus um sie herum hielt den Atem an. Die wenigen Alten, denen sie begegneten, huschten mit gesenkten Köpfen an ihnen vorüber, jeglichen Blickkontakt vermeidend. Eine dunkle Aura des Misstrauens umgab sie. Die Nachricht über die Todesfälle hatte sich also bereits rumgesprochen. Niemand wagte, sich ihnen in den Weg zu stellen.

Unbehelligt verließen sie das Gebäude. Olli wartete bereits auf dem Parkplatz. Zappelig sprang er von einem Fuß auf den anderen. „Wo bleibt ihr?“ Seine Stimme war schrill. „Wir müssen hier schleunigst weg!“

„Ich überlege gerade, ob wir uns damit nicht erst recht verdächtig machen“, zögerte Gabor plötzlich.

„Noch verdächtiger? Das kann ja wohl kaum gehen!“

„Wir haben nichts getan. Also kann man uns nichts vorwerfen.“

„Glaubst du, bei zehn Toten interessiert das irgendjemanden?“ Olli war nur noch ein zitterndes Nervenbündel.

Leokadia spürte Gabors fragenden Blick auf sich.

„Fahr Gabor“, sagte sie. „Für mich. Bitte fahr uns hier weg.“

Hastig stiegen sie ein, er startete den Motor und sie fuhren los. Unter dem strahlend blauen Himmel wirkte die Landschaft im Vergleich zum Vorabend wie verwandelt. Frisches Grün durchwirkt von glänzenden Lichtsprenkeln überwölbte die schmale Straße, über die Gabor seinen Wagen lenkte. Hübsch und freundlich. Keine Spur von Bedrohung.

Hatte Olli gestern Abend nicht noch zu ihr gesagt, morgen sähe die Welt wieder ganz anders aus? So hatte er sich das bestimmt nicht vorgestellt. Verstohlen musterte sie ihn. Sein Anblick war mitleiderregend. Unstet huschten seine Augen hin und her. Kleine flackernde Lichter in einem grauen Gesicht. Nervös strich er sich immer wieder durchs Haar.

Leokadia fühlte sich schuldig. Niemals hatte sie ihn oder irgendjemanden in eine solche Situation bringen wollen. Seltsam war für sie nur, dass seine Angst die ihre minderte. Etwas von dem, was in dieser Nacht passiert war, hatte ihre Sicht verändert. Es fehlten ihr nur noch die richtigen Worte, um diese Veränderung zu benennen. Konnte es sein, dass ihr Entsetzen einfach zu groß geworden war, um es noch zu begreifen? Dass sie den Grund ihrer Furcht nur noch wie etwas Abstraktes betrachten konnte, etwas, das sie weder verstehen konnte noch wollte? Wie sollte sie den Tod auch persönlich nehmen, wenn er dermaßen wahllos vorging?

„Ich will zurück", brach es plötzlich aus Olli heraus. „Für mich ist die Reise hiermit zu Ende."

Erleichterung und Enttäuschung zugleich machten sich in Leokadia breit. Erleichterung darüber, nicht mehr für Olli verantwortlich zu sein, ihn außerhalb der Gefahr zu wissen, Enttäuschung darüber, wie wenig er im Gegenzug an ihrem Schicksal Anteil nahm. Wie leicht er die Bindung von sich streifte, die ihr kurzer gemeinsamer Weg um sie beide gelegt hatte. Die Enttäuschung überwog.

„Tut mir leid." Olli zuckte mit den Schultern und suchte ihren Blick im Rückspiegel. „Es ist nur so, Leo, ich komme damit einfach nicht klar. Bitte sei mir nicht böse."

Leokadia schüttelte den Kopf. Was hatte sie ihm vorzuwerfen? Sie tat doch das Gleiche. Davonlaufen.

„Ist schon okay", murmelte sie und schenkte beiden ein schiefes Lächeln. „Ich kann verstehen, wenn euch das alles zu viel wird. Ich bereite euch nur Unannehmlichkeiten, ja, vielleicht bringe ich euch sogar in Gefahr. Setzt mich einfach am nächsten Bahnhof ab."

„Idiot!" Leokadia war überrascht, wie wütend Gabors Stimme dieses Wort hervorpresste. Gabors Stimme, die bisher immer nur sanft geklungen hatte. Auch Olli fuhr erschrocken zusammen.

„Idiot!", wiederholte Gabor und warf Olli einen verachtenden Blick zu. „Und was, stellst du dir vor, wirst du nun tun?"

Ollis Augen wanderten betreten in die Bodenwanne. „Zurückfahren und vielleicht erst mal so weitermachen wie bisher", flüsterte er beschämt.

Gabor schüttelte den Kopf. „Ich begreif's einfach nicht. Wie kann man nur so ein Idiot sein?"

„Hört mal, ihr zwei", mischte sich Leokadia ein. „Ihr braucht euch nicht zu streiten. Setzt mich einfach irgendwo ab und fahrt wieder heim. Das Ganze ist meine Reise. Ich habe Olli da irgendwie mit reingezogen. Das war nicht richtig. Okay, setzt mich einfach ab."

„Nein. *Wir* setzen Olli am nächsten Bahnhof ab und fahren weiter", bestimmte Gabor.

Eine Woge der Erleichterung erfasste sie. Und noch ein anderes Gefühl, welches sie verunsichert verdrängte.

„Ihr seid ja verrückt", murmelte Olli betroffen.

„Nein", widersprach Gabor sachlich. „Es ist nicht verrückt vor dem Tod davonzulaufen. Aber was du tust, ist verrückt. Du läufst vor dem Leben davon. Verkriechst dich in einer Ecke und hoffst, dass es dich ja nicht berührt. Welche Verschwendung!"

„Was mischt du dich eigentlich ein?", wehrte sich Olli. „Was ich aus meinem Leben mache, geht ja wohl nur mich was an!"

„Dann mach auch was draus", schimpfte Gabor zurück.

„Oh ja, Herr Professor. Dann bist du wohl ein Experte in Sachen Lebensführung, ja? Der große Gabor, der seit Jahren im immer gleichen öden Job festhängt und niemals vorwärtskommt. Dein Leben ist echt sinnvoll." Ollis Spott klang beißend.

„Ich kotze meinem Chef wenigstens nicht auf den Schreibtisch", gab Gabor ungerührt zurück. „Und ich bin bereit, aus meinen Fehlern zu lernen. Und glaube mir, davon gibt es eine Menge."

„Lass mich einfach in der nächsten Ortschaft raus!" Trotzig vergrub sich Olli in seinem Sitz, den Blickkontakt mit beiden meidend. Leokadia empfand Mitleid mit ihm. Er hatte bestimmt nicht erwartet, sich auf einen solchen Todestrip zu begeben, als er vor zwei Tagen in ihren Wagen gestiegen war. Es war sein gutes Recht einen eigenen Weg einzuschlagen. Und es war nicht fair von Gabor, ihm dabei Vorschriften zu machen.

Leokadia war erleichtert, als sie endlich die grüne Enge des Waldweges verließen und auf die deutlich breitere Landstraße abbogen. Nur die Stimmung im Wagen blieb weiterhin beklemmend eng. Nach einer gefühlten Ewigkeit erreichten sie die nächste Ortschaft. Ein passables Provinzstädtchen mit garantiert der nötigen Infrastruktur, um Olli weiterzubringen.

Gabor lenkte seinen Wagen in eine freie Parkbucht neben der Hauptstraße und stieg als erster aus. Schweigend folgten sie ihm und umstanden eine Weile den geöffneten Kofferraum. Mit gesenktem Blick nahm Olli seinen Rucksack. Ihre Abschiedsgesten gerieten sparsam. Keiner der beiden Männer wagte, über den Schatten seiner Enttäuschung zu springen, weder der zugefügten noch der empfangenen.

Mit einer Traurigkeit, die sie selbst überraschte, umarmte Leokadia Olli. „Mach's gut", hauchte sie ihm einen unschuldigen Kuss auf die Wange.

„Komm gut heim", lenkte auch Gabor ein.

„Alles Gute." Ollis Stimme wankte, als warte er auf das eine kleine Wort, das es ihm möglich machte, seine Entscheidung zu revidieren. Doch alle blieben stumm und das kleine Wort fiel nicht. Entschlossenheit mimend warf sich Olli seinen Rucksack über die Schulter und stapfte davon.

Bedauernd sah Leokadia ihm nach. Bereit ihm zuzulächeln und zurückzuwinken, sobald er sich umdrehte. Aber Olli drehte sich nicht um.

Er wurde davon wach, dass sich alles drehte. Ihm war, als schwebte er. Hilfe suchend öffnete er die Augen und schloss sie sofort wieder. Die Umgebung war ihm fremd. Das Bett, in dem er lag, war ihm fremd. Sogar sein Körper war ihm fremd, entfremdet durch brennende Schmerzen, die ihn fest umklammert hielten.

Wenigstens gaben ihm die Schmerzen einen gewissen Halt, an dem er sich orientieren konnte. Sich selbst zu spüren, war ein Anfang. Aber wo war er?

Plötzlich durchbohrte ihn die Erinnerung wie ein Messerstich. Mit einem Schlag war alles wieder da. Er lag im Krankenhaus. In der Notaufnahme. Der Zug, in dem er sich aufgehalten hatte, weil er dem verdächtigen Paar gefolgt war, war verunglückt. Eine grauenhafte Katastrophe mit zahlreichen Toten und Verletzten. Auch ihn hatte man aus den Trümmern geborgen, in denen er bewegungslos und verrückt vor Angst auf seine Retter gewartet hatte. Das Jammern und Schreien der anderen Unglücklichen im Ohr.

Vorsichtig bewegte er seine Gliedmaßen, hob ängstlich den Kopf, um nachzuprüfen, ob noch alles da war. Er ertastete einen Verband an seiner Stirn und einen am linken Arm. Alles in allem schien er wohl Glück gehabt zu haben.

Mehr als seine Verletzungen peinigte ihn die Erkenntnis, dass sie ihm entwischt waren. Im letzten Augenblick waren sie aus dem Zug gesprungen und er, ausgebremst durch das dichte Gedränge im schmalen Korridor, hatte ihnen nicht mehr folgen können. Ausgetrickst hatten sie ihn. Reingelegt. Wie entwürdigend. Hatten ihn, den Jäger, zum Opfer gemacht. Denn dass der Unfall mit dem TGV auf ihre Kosten ging, daran zweifelte er keine Sekunde. Wie leichtfertig von ihm. Er hätte es voraussehen müssen.

Stöhnend griff er sich an den Kopf. Sogar das Denken schmerzte. Alles schmerzte. Aber Jean-Loup begrüßte den Schmerz wie einen Verbündeten. Der Schmerz schärfte seine Sinne. Aufmerksam musterte er seine Umgebung. Durch die Fenster konnte er über die Spitzen einiger Baumkronen hinweg in den makellos blauen Himmel sehen.

Ohne Frage hatte man ihn in einem der begehrten Einzelzimmer im obersten Stockwerk untergebracht. Eine Vorzugsbehandlung, die er zweifellos seinem Status als Polizeibeamter zu verdanken hatte. Erst vor einem knappen Monat hatte er in ebendiesen Räumen eine Vernehmung durchgeführt. Einer von diesen sogenannten ehrbaren Geschäftsleuten, die, wie jeder wusste und keiner beweisen konnte, sich seit Jahren durch illegale Schiebereien am Fiskus vorbei bereicherten, war Opfer eines Anschlags geworden. Doch obwohl die Kugel, die er einem geprellten Kunden oder missgünstigen Konkurrenten zu verdanken hatte, sein Herz nur um schicksalsträchtige Millimeter verfehlt hatte, war er weder demütig noch geständig gewesen. Jean-Loup bedauerte, dass die Kugel ihr Werk nicht vollendet hatte. Ungeziefer wie dieses gehörte ausgelöscht. Egal, wer die Drecksarbeit erledigte. Doch inzwischen kurte der feine Herr irgendwo in einem baltischen Heilbad und vertiefte seine zweifelhaften Geschäftskontakte, während er – welche Ironie des Schicksals – jetzt die gleiche Vorzugsbehandlung genoss wie dieser Schmarotzer.

Unbehaglich reckte er sich in seinem Krankenbett. Unmöglich, dass er hier untätig herumlag, während die beiden da draußen noch immer auf freiem Fuß waren. So schnell es ging, musste er wieder auf die Beine kommen. Mit einem Ruck stemmte er seinen Oberkörper in die Höhe und ließ sich überrascht darüber, wie groß die Anstrengung war, die ihn diese simple Bewegung kostete, wieder zurückfallen. Wütend verfluchte er sein Ungeschick.

Verärgert registrierte er, wie sich ihm ein neues Problem ins Bewusstsein drängte. Ein profanes, aber leider nicht zu ignorierendes Problem. Er musste pinkeln. Dringend. Und dazu musste er aus dem Bett.

Erneut begann er, sich aufzurichten. Drehte seinen Oberkörper auf die rechte Seite und schob, den rechten Arm als Stütze gebrauchend, seinen Rumpf in die Höhe. Ächzend schlug er die Decke zur Seite. Sein Blick fiel auf seine Beine und auf die engen Thrombosestrümpfe, in denen sie steckten. Wie lächerliche Kopien altmodischer Reizwäsche nahmen sie sich aus. Dazu kam, dass man ihm eines dieser dürftigen Nachthemdchen verpasst hatte, die hinter dem Kopf zugebunden wurden und jedem die freie Aussicht auf sein Hinterteil gewährten. Alleine dafür würde er sie büßen lassen. Doch zuvor musste er hier raus.

Behutsam setzte er seine Füße auf den kalten Linoleumboden und wagte einige zittrige Schritte in Richtung der Tür, hinter der er die sanitären Anlagen vermutete, als sich mit einem zaghaften Klopfen Besuch ankündigte. Sein Kollege Bruno betrat den Raum.

„Hallo Chef. Schon wieder auf den Beinen?", grüßte Bruno freundlich wie immer. Jean-Loup witterte dennoch den abfälligen Spott, der zweifelsohne seinem peinlichen Outfit galt und den der Jüngere hinter seinem aufgesetzten Grinsen nur schlecht verbarg.

„Muss pissen", blaffte er verärgert und humpelte so schnell er konnte ins Bad. Wo die Natur ihr Recht fordert, muss der Stolz eben hinten anstehen. Stöhnend erleichterte er sich und humpelte zurück zu seinem Bett, geduldig erwartet von Bruno, der inzwischen auf dem Besucherstuhl Platz genommen hatte.

„Und, Chef? Glück gehabt, was?"

Zustimmung brummelnd ließ sich Jean-Loup auf sein Bett plumpsen.

Bruno, der gelernt hatte, sich durch Jean-Loups Launen nicht aus der Ruhe bringen zu lassen, fuhr unbeirrt fort. „Die Spezialisten prüfen noch alles. Aber nach der jetzigen Ermittlungslage sieht alles nach einem technischen Defekt aus. Kein menschliches Versagen. Keine Sabotage. Und das wichtigste: kein terroristischer Anschlag."

Grunzend ließ sich Jean-Loup auf den Rücken fallen. Er war müde. Der kurze Gang zur Toilette hatte ihn mehr geschlaucht, als er erwartet hätte. Mochten Bruno und alle sogenannten Spezialisten doch denken, was sie wollten. Er wusste es besser.

„Und sonst? Was gibt es noch Neues im Revier?" Er wollte sich Brunos Vortrag zum Zugunglück nicht länger anhören. Lieber lenkte er das Gespräch auf die übliche belanglose Routine.

„Das Übliche. Ein gestohlener Wagen auf der Landstraße zwischen der Grenze und Dengwiller. Die Täter haben das Fahrzeug einfach ins Gebüsch geschoben, nachdem ihnen der Sprit ausgegangen war. Ganz schön dämlich, nicht wahr?"

„Ist das nicht ganz in Nähe von der Stelle, an der der Tanklaster verunglückt ist?"

„Ja, ganz in der Nähe, Chef. Keine fünf Kilometer von dort. Zufälle gibt's. Nicht wahr?"

Jean-Loup horchte auf. Er glaubte nicht an Zufälle. An irgendetwas erinnerte ihn das Ganze.

„Woher kam der Wagen denn?"

„Aus Deutschland. Frankfurt. Ist bei den deutschen Kollegen als gestohlen gemeldet worden."

Da war er, der Hinweis, auf den er gelauert hatte. Sein Instinkt war sofort hellwach.

„Und was gibt es sonst noch?"

„Ein nächtlicher Einbruch in das Büro eines Supermarktes, ein illegal gefällter Baum in einem Nachbarschaftsstreit und ..."

„Keine Bagatellen, bitte", unterbrach ihn Jean-Loup barsch.

„Ein Schlaganfall in einem Bus der Linie Sieben, aber der fällt in die Zuständigkeit der Straßburger Kollegen."

Jean-Loup winkte verächtlich ab. Alte Kamellen.

„Aber, ach ja", jubilierte Bruno plötzlich siegesgewiss. „Jetzt, wo du danach fragst, Chef, fällt mir doch tatsächlich noch was ein."

Jean-Loup wusste, dass er sein Interesse nicht zu offen zeigen durfte, wollte er tatsächlich schnell erfahren, was der andere ihm mitzuteilen hatte. Denn Bruno würde seinen Wissensvorsprung schamlos auskosten und ihn endlos auf die Folter spannen. Also tat er gelassen, obwohl alles in ihm wie in einem Vulkan brodelte und kochte.

„Du erinnerst dich doch noch an Anton Moser alias Dodo?“, begann Bruno arglos.

„Diesen Kleinkriminellen aus München?“ Sofort wusste Jean-Loup, von wem die Rede war. Wiederholt hatte man ihn wegen Ladendiebstahls und ähnlichen kleinen Eskapaden aufgegriffen. Er gehörte quasi zur Stammkundschaft der Polizei. Jean-Loup spürte, wie die Erregung immer mehr von ihm Besitz ergriff.

„Genau den“, gab Bruno zufrieden zurück. „Man hat ihn gefunden. Tot. Mit einer Kugel im Kopf.“

„Mit einer Kugel im Kopf?“ Jean-Loup nickte anerkennend. Nun hatte sich Bruno sein Interesse ehrlich verdient.

„Details?“

„Man hat ihn in einem Straßengraben gefunden. An der *route nationale*. Zwanzig Kilometer vor Dijon.“

„Dijon?“ Ungeduldig lauerte Jean-Loup auf weitere Einzelheiten.

„Weiß man was zur Waffe?“

„Bis jetzt noch nichts. Die Ergebnisse der Ballistik lassen noch auf sich warten. Aber wir haben dennoch eine Spur.“

Ganz offensichtlich genoss es Bruno sehr, den Älteren zappeln zu lassen. Großmütig ließ Jean-Loup ihn gewähren, ahnte er doch bereits, dass die weiteren Fakten seine Geduld belohnen würden.

„Er soll in einen PKW mit deutschem Kennzeichen gestiegen sein, südlich von Straßburg. Ein Tankstellenbesitzer will beobachtet haben, dass er als Anhalter in einen graumetallicfarbenen Audi mit Frankfurter Kennzeichen gestiegen ist. Zwei Männer und eine Frau sollen sich im Fahrzeug befunden haben.“

Jean-Loups Puls explodierte. Nichts konnte ihn jetzt noch im Bett halten. Unruhig begann er, durchs Zimmer zu humpeln. Dass er in seinem Engelshemdchen vor Bruno eine lächerliche Figur abgab, interessierte ihn auf einmal überhaupt nicht mehr.

Plötzlich fiel es ihm wie Schuppen von den Augen. Der Typ am Bahnhof. Er hatte vom Bahnsteig aus in den Zug hineingestarrt, während er selbst vergeblich versucht hatte wieder hinauszukommen. Jean-Loup vergaß nie ein Gesicht. Und erst recht keines, welches ihm schon einmal verdächtig aufgefallen war. Diesen Mann hatte er an der Unfallstelle gesehen, an der der deutsche Geschäftsmann in den Tanklaster gerauscht war. Als Versicherungsexperte hatte er sich ausgegeben. Die Visitenkarte lag noch in seinem Handschuhfach. Bis jetzt hatte Jean-Loup es nicht für nötig befunden, diese Geschichte zu überprüfen. Bis jetzt. Auch er war aus Frankfurt gewesen.

Jede Wette, dass die drei sich kannten und der Kerl seine Komplizen am Bahnhof abgeholt hatte. Und er wollte seine Seele verwetten, wenn sich nicht auch noch eine Verbindung zu Dodo finden ließe.

„Hör mal zu, Bruno. Versuch ein bisschen mehr herauszufinden! Kann uns dieser Tankstellenmensch das komplette Kennzeichen liefern? Können die deutschen Kollegen uns sagen, auf wen der Wagen zugelassen ist?"

„Alles schon versucht, Chef. Blöderweise war die Überwachungskamera der Tankstelle kaputt und der Tankwart kann sich zwar an den Wagen und die Leute, nicht aber ans genaue Kennzeichen erinnern. Fürchte, mehr ist da nicht rauszuholen. Ich vermute, dass Dodo mal wieder eine krumme Tour geplant hatte. Nur ist er diesmal wohl an die Falschen geraten. Der Hellste war er ja nie."

Jean-Loup nickte mechanisch, da sein Kollege ebenso unbedarft wie treffsicher eine bedeutende Tatsache ausgesprochen hatte. Innerlich triumphierte er. Es war eines, die Indizien zu sehen und ein anderes, daraus die *richtigen* Schlüsse zu ziehen. Sollten sich nur alle, sein einfältiger Kollege Bruno eingeschlossen, mit der simplen Auflistung von Indizien zufriedengeben. Er sah mehr dahinter. Aber um nichts in der Welt war er gewillt, diesen Vorsprung abzugeben.

„Na gut, mein Lieber", lobte er Bruno und die Erschöpfung in seiner Stimme war aufrichtig, „dann brauche ich mir ja keine Sorgen zu machen. Ihr habt ja alles im Griff."

„Danke, Chef", stammelte Bruno verwirrt über die ungewohnte Anerkennung. „Ruh dich nur aus. Jetzt bist du erst mal krankgeschrieben." Bruno machte Anstalten zu gehen.

„Ach ja, Chef, fast hätte ich es vergessen." Jean-Loup horchte auf. Mit einer ungelenken Bewegung zog Bruno eine Packung Pralinen aus seiner Jackentasche und legte sie schüchtern auf den Nachttisch.

„Kleines Mitbringsel", lächelte er verlegen und wandte sich zur Tür.

„Idiot", dachte Jean-Loup und räusperte sich.

„Ja, Chef?" Bruno, die Türklinke bereits in der Hand, drehte sich noch einmal kurz um.

„Danke", knurrte ihm Jean-Loup hinterher und ließ sich benommen vor Schmerzen auf sein Bett plumpsen.

Noch völlig benommen von seiner Entscheidung und ihren Konsequenzen, stand Olli am Straßenrand und blickte Gabors Wagen hinterher, der, ohne langsamer zu werden, an ihm vorbeirollte, die nächste Kreuzung erreichte, kurz rechts blinkte und, ohne die Geschwindigkeit zu drosseln, abbog, um sich seinem Blickfeld auf immer zu entziehen. Das erste Mal seit er sein Büro in Frankfurt verlassen hatte, überkam ihn das Gefühl, wirklich alleine zu sein. Abgelenkt durch Leokadia und die Ereignisse der letzten Tage hatte er sich noch keinen einzigen ruhigen Moment gegönnt, um nachzudenken. Fast ununterbrochen hatte er sich bewegt. Aber hatte er das tatsächlich? War nicht viel eher er es gewesen, der bewegt worden war? Außer an Kilometern war er um keinen Deut weitergekommen.

Verdammt, was machte er hier eigentlich? Und wo zum Teufel war er?

Hilflos sah er sich um. Auf den ersten Blick konnte er keinen Wegweiser oder andere Orientierungshilfen ausmachen. Jedoch ließ ihn ein unbestimmtes Gefühl zögern, direkt nach dem Weg zu fragen. Ein erwachsener Mann, der noch nicht einmal den Namen der Stadt wusste, in der er sich gerade aufhielt, erregte Aufmerksamkeit und das Letzte, was er jetzt gebrauchen konnte, war, irgendjemandes Aufmerksamkeit zu erregen. Es war klüger, zunächst einen möglichst großen Abstand zwischen sich und die jüngste Vergangenheit zu bringen, sowohl räumlich als auch emotional. Also schön, sagte er sich und überlegte, was er früher in einer vergleichbaren Situation getan hätte. *Vergleichbare Situation*, schnaubte er verächtlich. Natürlich war diese Bezeichnung blanker Hohn. Eine vergleichbare Situation hatte es in seinem Leben noch nie gegeben.

Planlos begann er, durch die Straßen zu streifen, verblüfft darüber, dass das Alltagsleben der anderen völlig ungerührt von ihm und seinen Sorgen seinen Lauf nahm. Es war Morgen. Männer und Frauen hasteten zur Arbeit, Kinder trödelten auf dem Weg zur Schule, ein Mann führte seinen Hund spazieren, eine gigantische dänische Dogge mit dem Stockmaß eines Ponys. Olli war sich sicher, in seinem ganzen Leben noch nie einen größeren Hund gesehen zu haben. Am meisten staunte er darüber, dass sich die Dogge ihrer Größe überhaupt nicht bewusst war. Vergeblich versuchte sie, an jeder Hausecke, an der ihr Besitzer sie vorbeiführte, zu schnuppern, und jedes Mal wurde sie von ihrem Herrchen weitergezogen, ohne dass dieser sich besonders anstrengen musste. Die Szene verstimmte Olli.

Wie konnte es sein, dass die Dogge nicht einmal den Versuch unternahm, sich gegen die absurd dünne Leine zu behaupten? Ahnte sie nicht, wie lächerlich wenig sie davon abhielt, das zu tun, was sie gerne wollte?

Olli erreichte den inneren Kern des Städtchens. Die Häuser wurden immer älter, die Gassen verwinkelter. Die Kulisse erschien ihm mit jedem Schritt malerischer. Ein Ort, um Urlaub zu machen. Vielleicht war dies ein guter Ort, um über alles nachzudenken? Vielleicht war es gar nicht so schlecht, sich gerade hier irgendwo im Nirgendwo zu befinden?

Nein, widersprach er sich wütend. Er war hier echt am Arsch der Welt. Mehr noch, er war wirklich am Arsch. Er hatte seinen Job geschmissen, sich in kriminelle Handlungen verstricken lassen, mit Gabor seinen vermutlich einzigen Freund vergrault. Er konnte kein Französisch und war hunderte Kilometer von seinem Zuhause entfernt.

Nein, dieser Ort war nicht ideal. Seine Lage war dumm und selbstverschuldet. Nur weil er sich nicht hatte beherrschen können. Meine Güte, war denn sein Leben wirklich derart unerträglich, dass es sich lohnte, diese ganzen unsäglichen Strapazen auf sich zu nehmen? Was in aller Welt hatte er sich gedacht? Dass davonzulaufen irgendetwas verbessern würde?

Nichts war besser. Alles war nur noch schlimmer geworden. Jetzt würde er irgendwie seinen Rückweg organisieren müssen und hoffen, dass sich die Dinge wieder einrenken ließen. Geschadet hatte er sich in jedem Fall. Sein Ruf war ab sofort nicht mehr makellos. Die Beförderung garantiert passé. Ja, zugegeben, er hasste seinen Job. Aber na und? Wer tat das nicht? Im Grunde ging es ihm doch gar nicht so schlecht. Er hatte eine schöne Wohnung, bezog ein regelmäßiges Gehalt, machte zweimal im Jahr Urlaub. Er war gesund, jung und lebte in einem Land ohne Krieg, in einem stabilen Umfeld ohne nennenswerte Krisen. Das Verhältnis zu seinen Eltern war gut. Seine Kollegen schätzten ihn, und ja, auch wenn das alles ein bisschen fad und langweilig klang, was hatte er schon für Sorgen? Es gab Menschen, die waren todkrank wie Leokadia. Menschen, die in tiefster Armut ihr Dasein fristeten, oder unter einem schrecklichen Regime litten, die Krieg und Verfolgung ausgesetzt waren. Hatte er angesichts solcher Schicksale überhaupt ein Recht darauf, unglücklich zu sein?

Die Szene in Maurers Büro stieß ihm erneut auf. Aber der heftige Ekel, welcher ihn vor knapp drei Tagen noch aus dem

Büro seines Chefs getrieben hatte, war inzwischen zu einem schalen Unbehagen geschrumpft. Zu einer Erinnerung, die ihm vor allem eins war, peinlich, und die er darum so schnell wie möglich vergessen wollte.

Eigentlich war sein Leben doch genau so, wie er es wollte: überschaubar, bequem und sicher. Und so sollte es auch möglichst schnell wieder werden.

Die Eskapade mit Leokadia, denn als solche begann er seine Reise mit ihr allmählich zu betrachten, mochte am Anfang ja noch ganz unterhaltsam gewesen sein. Doch seit dem schrecklichen Unfall mit dem Tanklaster hatte alles eine beunruhigende Färbung erhalten. Und als dann auch noch bei der Busfahrt im Sitz direkt neben ihm eine Frau gestorben war, ja tatsächlich gestorben, war für ihn die Sache endgültig aus den Fugen geraten. Diese besorgniserregende Anhäufung von Todesfällen, die sich in Leokadias Nähe abspielten, war nichts, womit er etwas zu tun haben wollte. Und zum Glück musste er das auch gar nicht.

Inzwischen war er an einer Kirche angelangt, dessen weiße Türme sich spitz in den blauen Himmel reckten. Freundlich dehnte sich zu ihren Füßen ein heller Platz aus, der auf der gegenüberliegenden Seite gegen die repräsentative Fassade eines großen Gebäudes stieß. Die feierliche Beflaggung ließ Olli vermuten, dass es sich wohl um das Rathaus handelte. Restaurants und Cafés rundeten das freundliche Bild ab und – zu seiner Überraschung – erblickte er auf einmal ein *office de tourisme*! Sofort war er versöhnlich gestimmt. Alles sprach dafür, dass er soeben wieder in die Normalität eintrat, in der man außergewöhnliche Erlebnisse wie die jüngst überstandenen getrost als eine Art Abenteuerurlaub verbuchen durfte.

Zuversichtlich trat er durch die gläserne Tür. Hinter einem modernistisch gestalteten Tresen saßen zwei auffällig herausgeputzte junge Frauen. Beide extrem damit beschäftigt, zu beschäftigt zu sein, um ihn zu beachten. Olli war erleichtert. Das Letzte, was er jetzt wollte, war es, Aufmerksamkeit auf sich zu ziehen.

Das dezente Klackern zweier Computertastaturen füllte den Raum, und völlig entspannt wandte er sich den Hochglanzbroschüren zu, die in einem Regal neben der breiten Fensterfront ausgelegt waren. Schnell hatte er sich den gewünschten Überblick verschafft. Sein Städtchen hieß Mâcon und es gab mehrere Möglichkeiten, den Rückweg nach Deutschland anzutreten: mit dem Bus in das circa siebzig Kilometer entfernte Lyon um von dort in einen TGV zu steigen, der ihn über Paris direkt nach Frankfurt brachte oder mit einem Regionalzug nach Dijon zu zuckeln, um von dort in einen Fernzug zu steigen.

Inzwischen hatten die beiden jungen Frauen ein Gespräch begonnen, oder auch das durch sein Eintreten unterbrochene erneut aufgenommen. Für Olli, der kaum ein Wort verstand, machte das keinen Unterschied. Elegant klingende Vokale und Konsonanten flatterten an ihm vorbei. Ein junges Paar mit zwei kleinen Kindern betrat den Raum und erkundigte sich nach den Öffnungszeiten eines Museums. Obwohl sie gut französisch sprachen, verriet sie ihr kantiger Akzent als Osteuropäer. Wieder überkam ihn das beruhigende Gefühl von Urlaub. Mit seinem Rucksack über der Schulter war er in den Augen der anderen bloß ein Tourist. Wieso also sollte er sich nicht genauso sehen? Entspannt blickte er sich um. War er das nicht sogar tatsächlich? Ein Mann umgeben von Zeit zu seiner freien Verfügung. In diesem Augenblick nur sich selbst verpflichtet. Der Reiz, der dieser ungewohnten Situation innewohnte, ließ sich nicht leugnen. Er war frei. Olli erkannte keinen Grund, weshalb er sich beeilen sollte, um etwas an seiner neuen Lage zu verändern.

Seinen Job hatte er ohnehin in Gefahr gebracht. Nur mithilfe einer wirklich plausibel klingenden Entschuldigung würde er sich rehabilitieren können. Es empfahl sich also, die Dinge wohlüberlegt und keinesfalls überstürzt anzugehen. Sprach das alles nicht dafür, seine kleine Reise noch ein wenig auszudehnen? Sich zu entspannen, nachdem er sich aus der unheilvollen Nähe des Todes befreit hatte?

Entschlossen faltete er einige Broschüren, schob sie in seine Gesäßtasche und trat wieder ins Freie. Plötzlich verspürte er eine unbändige Lust auf ein üppiges Frühstück. In einem kleinen Café in der Nähe fand er einen Platz im Freien. Demonstrativ parkte er seinen Rucksack auf dem Nebenstuhl, verteilte großzügig die im Touristikbüro eingesammelten Broschüren vor sich auf dem Tisch und gab völlig ungeniert im holprigsten Schulfranzösisch seine Bestellung auf. Mit herzhaftem Appetit vertilgte er ein großes englisches Frühstück inklusive Rührei und Speck und war zufrieden.

Der hektische Morgen hatte inzwischen einem beschaulichen Vormittag Platz gemacht. Müßig schlendernde Passanten trugen große Einkaufstaschen mit sich, trafen Bekannte, plauderten, gingen weiter. Auf der gegenüberliegenden Seite verteilten Maler mit der Lässigkeit einer französischen Zigarettenwerbung Farbe auf einer Gebäudefassade. Die zwischen den Malern in luftiger Höhe des Baugerüsts hin- und hergeworfenen Rufe flogen wie aufmunternde Parolen zu ihm herüber. Inspiriert durch so viel *liberté toujours* entschied Olli, sich einen weiteren Café au lait zu gönnen und hob die Hand zu einer lässigen Geste, um den Kellner herbeizuwinken.

Mit derselben lässigen Geste, die er sich im Laufe unzähliger Abende in seinem Junggesellenapartment angeeignet hatte, griff er nach der Fernbedienung auf dem Nachttischchen und zielte damit direkt auf den an der Decke befestigten Fernseher. Das Bild einer Nachrichtensendung flammte auf. Ein junger Sprecher verlas mit dem Charme eines gelangweilten Finanzberaters nichtssagende Meldungen, die von noch nichtssagenderen Filmchen unterbrochen wurden. Inhalt der Berichterstattung war das Duell zweier Wahlkampfkombattanten.

Immer der gleiche Dreck, befand Jean-Loup und fingerte nach der Pralinenpackung, die ihm Bruno dagelassen hatte. „Immer der gleiche Promi-Pseudo-Politikscheiß", murmelte er vor sich hin, während er die knisternde Folie von der Schachtel riss.

Wie dämlich die Leute doch waren, dass sie sich solche Nachrichten überhaupt bieten ließen. Was war denn daran neu, wenn sich irgend so ein Politclown dafür rühmte, die Welt besser zu machen, nur weil er sich den Kampf gegen die Kriminalität in sein Wahlprogramm schrieb. Alles Lug und Trug und die Welt blieb am Ende doch der gleiche ungeordnete Haufen Scheißdreck, gäbe es nicht Männer wie ihn, die sich wirklich um die Kriminalität kümmerten und den Abschaum dahin bugsierten, wohin er gehörte. Voller Verachtung zermalmten seine Zähne Praline um Praline, während er dem bunten Wechsel der Fernsehbilder folgte.

Die plötzliche Großaufnahme eines ländlichen Anwesens, ja, man konnte es sogar mühelos als eine Art Landschlösschen bezeichnen, dessen altersgraue Mauern sich unheilvoll gegen den idyllisch grünen Hintergrund abhoben, ließ ihn innehalten. Eine Kulisse wie aus einem Hitchcock-Klassiker, durchfuhr es Jean-Loup unwillkürlich, und er stellte den Ton lauter. Eine junge Reporterin sprach von einer mysteriösen Todesserie. Hustend verschluckte er sich und saß mit einem Mal kerzengerade in seinem Bett.

„Ob die Todesfälle allesamt natürlichen Ursprungs sind wird derzeit noch untersucht", versprach die hübsche Blondine und formte hinter ihrem Mikrophon ihre perfekt geschminkten Lippen zu einem perfekten Lächeln. „Aber seien Sie sicher, Canal ultra plus hält Sie auf dem Laufenden." Blondie verschwand und das Gesicht des gelangweilten Moderators tauchte wieder auf, um den Wetterbericht herunterzuleiern. Jean-Loup unterdrückte sofort den Ton.

Das war eine Nachricht nach seinem Geschmack! Angewidert wischte er sich den weichen Klumpen, zu dem die letzte Praline in seiner geballten Faust geschmolzen war, mit einem Taschentuch von den Fingern, erhob sich von seinem Bett und humpelte erneut ins Bad, um sich die Hände zu waschen. Dann griff er nach dem Telefon und hämmerte Brunos Mobilnummer in die Tasten.

„Mein Wagen", kommandierte er, „steht noch am Straßburger Bahnhof. Meine Ersatzschlüssel liegen bei mir im Schreibtisch. Bring mir den Wagen, aber hole mir vorher noch ein paar Kleider von zu Hause! Ich checke aus."

Auch die in diesem Moment eintretende Schwester herrschte er an. „Den diensthabenden Arzt. Sofort!" Ihre Empörung ignorierte er. Er hatte jetzt wahrhaft Wichtigeres zu tun, als Höflichkeiten zu verschwenden. „Aber dalli", fügte er ihrem Einwand zuvorkommend hinzu. Beleidigt rauschte sie ab.

Nachdem er ungeduldig den vorgeschriebenen Wisch unterzeichnet hatte, den ihm ein kopfschüttelnder Arzt vorlegte und aus dem hervorging, dass er das Krankenhaus auf eigene Verantwortung verließ, stieg er stöhnend vor Schmerzen und Ungeduld in die eilig herbeigebrachten Kleider, die ihm ein besorgt dreinblickender Bruno entgegenhielt.

Kaum hatte ihn dieser zu Hause abgesetzt und war von einem weiteren Kollegen abgeholt worden, da begann Jean-Loup schon zu packen. Keine einzige weitere Sekunde Vorsprung wollte er dem gefährlichen Trio überlassen. Fernglas, Kamera, Navigationssystem, aber auch Rasierzeug und Wechselklamotten wanderten hastig in die Reisetasche. Immerhin musste er damit rechnen, mehrere Nächte unterwegs zu sein. Widerwillig warf er auch noch die Medikamente, die ihm der Arzt aufgenötigt hatte, ins Gepäck und bettete zum Schluss noch mit liebevoller Geste seine Pistole zwischen die Wäschestücke. Die kühle Berührung mit der Waffe ließ ihn wohlig erschauern.

An seiner Wohnungstür hielt er noch einmal kurz inne und blickte zurück in den verwaisten Raum. Durch die Tür zu treten würde bedeuteten, seinen Entschluss unumkehrbar in eine konkrete Tat zu verwandeln. Er würde gänzlich auf sich alleine gestellt sein.

War er bereit? Hatte er auch nichts vergessen?

Feierlich, als habe er nur auf diesen Moment hingelebt, übertrat er die Schwelle. Eine noch nie zuvor empfundene Euphorie berauschte ihn. Die Endorphine in seinem Blut überschwemmten sein Gehirn, schärften seine Sinne und betäubten alle Schmerzen. Er war Jean-Loup, der Jäger. Und der Tod war sein Verbündeter.

IV

Die erste Stunde teilten sie schweigend. Gabor hatte seinen Wagen ab Mâcon auf die Autobahn gelenkt, die als *autoroute du soleil* beständig wie die Rhone an ihrer Seite in Richtung Süden floss. Ohne Stau trieben sie auf diesem Fluss aus Asphalt an Lyon vorbei und mit jedem weiteren Kilometer, den sie zwischen sich und den jüngsten Stopp brachten, wurde Leokadia ruhiger und entspannter.

In Gabors Wagen, dieser kompakten Kapsel aus Metall und Glas, die beständig vorwärtsglitt, fühlte sie sich wie aus der Zeit herausgenommen. Vergangenheit und Zukunft, gleichsam materielos und nur das Hier und Jetzt, konkret und fassbar. Leokadia ahnte, dass das gemeinsame Schweigen ihr dabei half, Kraft zu schöpfen. Noch nie hatte sie derart ausgiebig mit jemandem gemeinsam geschwiegen. Dieses Schweigen war anders als jedes Schweigen, welches sie bisher erlebt hatte. Es hatte nichts gemein mit dem Gefühl, sich nichts zu sagen zu haben. Auch nicht damit, sich nichts sagen zu wollen oder zu können. In diesem Schweigen war Einverständnis. War ein Teilen. War mehr Gemeinsamkeit als in manchem Gespräch.

Dieses Schweigen war genau richtig.

Gleichförmig zog die Landschaft vorüber. Ortsnamen tauchten auf und verschwanden. Ab und an zeigte sich die Rhone glitzernd in ihrem breiten Bett. All das streifte sie nur und zerrann sofort wieder. Was blieb, waren sie selbst und der fremde und sonderbar vertraute Mann an ihrer Seite.

„Wieso bist du hier?", brach sie die Stille.

„Weil du es bist", antwortete er mit der allergrößten Selbstverständlichkeit und blickte zu ihr rüber.

„Aber als du losgefahren bist, konntest du das doch noch gar nicht wissen", widersprach sie.

„Stimmt, da wusste ich es auch noch nicht. Aber jetzt weiß ich es." Schmunzelnd fügte er hinzu: „Da kannst du mal sehen, wie gut sich die Dinge gefügt haben."

„Und wieso hilfst du mir?", hakte sie nach.

„Weil ich dich mag."

„Ohne mich zu kennen?"

„Das ist am Anfang immer so, wenn sich zwei Fremde begegnen, nicht wahr?"

„Du bist wohl nie um eine Antwort verlegen, was Gabor?", platzte es aus ihr heraus.

„Doch. Manchmal schon. Aber das wirst du auch noch herausfinden."

Lachend ergab sie sich. „Verdammt, Gabor, flirtest du etwa mit mir?"

„Ja", erwiderte er plötzlich ernst. „Aber ich höre sofort damit auf, wenn du es willst."

„Ich bin todkrank", schluckte sie.

„Das ist kein Grund für mich", widersprach er. Betroffen schwiegen sie beide. Leokadia spürte, dass er auf sie wartete und gab sich schließlich einen Ruck.

„Und wohin genau fährst du? Du sagtest, du hättest da eine Idee?"

„Nach Spanien", verkündete er und in seiner Stimme klang Stolz mit. „An die Costa del Sol. Nach Málaga um genau zu sein."

„Andalusien?" Sie nickte anerkennend. „Okay, das klingt vielversprechend."

Wieder schwiegen sie eine Weile.

„Darf ich dich etwas fragen, Gabor?"

Er nickte.

„Warum bist du eigentlich hier?"

„Das habe ich doch bereits erzählt. Ich sah Ollis Gesicht im Fernsehen und dann fuhr ich los zu diesem Unfallort und in der Nähe stieß auf eure Spur und …"

„Ich meine nicht, wie“, unterbrach sie ihn ungeduldig, „sondern warum.“ Gabors Augen schrieben ein großes Fragezeichen in die Luft. Also fuhr sie fort: „Von Olli weiß ich, dass er seinen Job zum Kotzen fand und nur noch weg wollte. Von mir weißt du, dass ich Leukämie habe und der Tod hinter mir her ist. Das sind zwei plausible Motive für eine Flucht. Aber du, was ist mit dir?“ Geduldig sah sie ihm dabei zu, wie er seine Gedanken sortierte.

„Ich fuhr los, um Olli zu helfen“, sprach er fast wie zu sich selbst. „Mir war es wichtig, ihn dabei zu unterstützen, die richtigen Entscheidungen zu treffen. Und jetzt möchte ich dir helfen.“

„Warst du sauer auf Olli, weil er in deinen Augen nicht die richtigen Entscheidungen traf?“

„Er hat sich wie ein Idiot aufgeführt“, zischte Gabor.

„Er hatte Angst.“

„Das ist normal. Aber er ist inkonsequent und dadurch vergeudet er seine Zeit!“ Erneut blitze seine Wut auf wie eine Stichflamme.

Wieder schwiegen sie. Sie wartete. Ließ ihm allen Raum, den er brauchte. Bis er so weit war.

„Ich kann es nicht ertragen, dass jemand, der mir etwas bedeutet, sein Leben verschwendet“, setzte er an. „Kennst du diese Geschichte von Charles Dickens mit dem geizigen alten Ebenezer Scrooge? Drei Geister suchen ihn heim. Einer furchterregender als der andere. Aber bei Dickens gibt es ein Happy End, denn Scrooge kapiert nicht nur, dass er einen völlig falschen Lebensweg eingeschlagen hat, sondern auch, dass er daran etwas ändern kann. Solche Geister gibt es wirklich. Jedem begegnen sie irgendwann einmal. Es sind die Krisen, in die wir geraten. Schicksalsschläge, die unser Leben auf den Kopf stellen. Aber sie haben durchaus ihr Gutes. Sie lassen uns innehalten und das Bisherige überdenken. Es ist so verdammt wichtig, diese Chancen zu erkennen und etwas daraus zu machen. Denn bevor du dich versiehst, ist es vorbei. Unwiederbringlich.“

Zögernd hielt er inne, räusperte sich. „Du erwartest jetzt sicher eine ungewöhnliche Lebensgeschichte von mir. Doch leider ist daran überhaupt nichts ungewöhnlich. Es ist eine von diesen Geschichten, die sich immer wieder und überall wiederholen. Im Grunde ist es noch nicht einmal meine Geschichte, sondern die meiner Familie, meines Vaters. In den Siebzigerjahren sind meine Eltern wie hunderttausend andere als Gastarbeiter von Spanien nach Deutschland gekommen. Mein Bruder Jorge war drei. Ich wurde kurz darauf in Deutschland geboren. In Frankfurt.“

„Du bist Spanier?“

„Ja und nein. Denn aufgewachsen bin ich in Deutschland und dort fühle ich mich auch zu Hause. Anders war das für meinen Vater. Für ihn war Deutschland immer nur eine Zwischenstation. Ein Ort zum Geldverdienen. Aber kein Ort, an dem er leben wollte. Seine Heimat lag in Spanien. In einem kleinen Kaff, in der Nähe von Málaga. Von dort kam er und dorthin wollte er so schnell es ging zurück. Das Problem war nur, dass er fast drei Jahrzehnte brauchte, um sein Vorhaben umzusetzen. Drei Jahrzehnte, in denen er nichts anderes tat, als zu arbeiten und zu sparen, um sich in seinem Heimatort das Leben aufzubauen, von dem er schon immer geträumt hatte. Drei Jahrzehnte, die er am liebsten einfach übersprungen hätte, um direkt zu dem Punkt zu gelangen, an dem er als wohlhabender Mann in seine Stadt zurückkehrte.“

„Ist es ihm am Ende denn gelungen, seinen Traum umzusetzen?“

„Das ist es“, fuhr Gabor fort. „Aber der Preis war hoch.“ Wieder schwieg er, aber es war ein Luftholen, ein Sichsammeln, um fortzufahren, und so unterbrach sie ihn nicht.

„In den ersten Jahren war es fast so, als hätten wir gar keinen Vater. Ich sah ihn kaum. Er arbeitete rund um die Uhr und war kaum zu Hause. Und wenn er zu Hause war, dann schlief er und der einzige Unterschied für uns bestand darin, dass wir dann mucksmäuschenstill sein mussten, um ihn nicht zu stören. Also war es meinem Bruder und mir fast lieber, er war nicht da.

Als ich sechs wurde, kam ich in die Schule und ich erinnere mich daran, dass meine Eltern stritten, weil Vater nicht zur Einschulung wollte. Dafür hätte er sich Urlaub nehmen müssen und das kam natürlich nicht in Frage. Ich erinnere mich deshalb so gut daran, weil es ein wirklich denkwürdiger Streit war. Normalerweise stritten meine Eltern kaum und wenn es Auseinandersetzungen gab, dann klang das eher so, als ob jeder von ihnen ein wütendes Selbstgespräch führte. Aber dieser Streit war anders.

Mir war es ziemlich egal, ob mein Vater bei der Einschulung dabei war. Vater war sowieso nie da. Aber Mutter war enttäuscht. Ohne auf uns Kinder Rücksicht zu nehmen, schrie sie ihn am Abend an. Sie weinte, tobte, warf sogar mit einem Teller nach ihm. Jorge und ich verzogen uns heimlich in unser Zimmer.

Es ist lange her und an die Worte, die zwischen ihnen fielen, kann ich mich nicht erinnern. Aber an ihre Stimmen. Mutters Stimme, die heulte und schrie, sich in den unterschiedlichsten Tonlagen verirrte, sich schluchzend selbst unterbrach und endlos jammerte, und Vaters barsche Antworten, hart wie Ohrfeigen, knapp und emotionslos. Doch am rücksichtslosesten erschien mir damals wie heute die Art, wie er den Streit beendete. Er ging. Ohne ein einziges lautes Wort verließ er einfach den Schauplatz, ließ Mutter stehen, ungeachtet ihres Kummers und ihrer Tränen und der vielen Worte, die ihr auf dem Herzen lagen. Er ging und kam erst nach Stunden wieder, als wir bereits alle im Bett waren.

Drei Tage lang schwiegen die beiden sich an. Mein Vater, von dem wir gewohnt waren, dass er sowieso nur wenig von sich gab, verschanzte sich gänzlich hinter einer Mauer aus demonstrativem Desinteresse. Für uns Kinder machte das kaum einen Unterschied zu sonst. Aber das Schweigen meiner Mutter tat weh. In ihrem Bemühen, meinen Vater auch nicht die allerkleinste Silbe zu schenken, schwieg sie derart hartnäckig, dass sie darüber sogar vergaß, mit Jorge und mir zu sprechen. Es war, als ob in ihr etwas zerbrochen war, das erst wieder zusammenwachsen müsse, bevor sie mit ihrem gewohnten Alltag fortfahren konnte. Ich ahnte, dass es bei diesem Streit nicht wirklich um meine Einschulung gegangen war, sondern um etwas Grundsätzlicheres.“

„Deine Mutter wünschte sich, dass er der Familie mehr Zeit schenkte.“

„Ja, aber für ihn war die Zeit, die er mit uns verbrachte, weniger wert als die Zeit, in der Geld verdiente. Er war besessen von seinem Plan, so schnell es ging nach Spanien zurückzukehren. Meine Mutter dagegen war eine patente lebenslustige Frau. Ich weiß nicht, wie glücklich sie sich in ihrer spanischen Heimat fühlte, bevor sie nach Deutschland kam. Gut vorstellbar, dass auch sie manchmal Heimweh hatte. Aber sie verstand es hervorragend, sich in Frankfurt einzuleben.“

„Eine Lebenskünstlerin.“

„Absolut“, nickte Gabor, „das war sie. Ja, sie liebte das Leben und sie besaß das Talent, ihre Lebensfreude an andere weiterzugeben. Egal ob es um Kollegen, Nachbarn, unsere Lehrer, die Eltern unserer Freunde oder Verwandte ging, großherzig nahm sie an jedem Anteil, stand parat, wo immer Hilfe nötig war, sprach mit allen, verteilte Rezepte ebenso freigiebig wie Lebensweisheiten, spendete Trost, buk Kuchen, hütete Kinder und half aus.

Desto älter ich wurde, desto mehr begriff ich, wie unterschiedlich meine Eltern eigentlich lebten. Auf der einen Seite meine Mutter, die mitten im Leben stand und immer für uns da war, und auf der anderen Seite mein Vater, der eigenbrötlerisch mit allem geizte, mit Gefühlen ebenso wie mit Aufmerksamkeit und am allermeisten mit seinem Geld.

Überhaupt war Geld für ihn das Maß aller Dinge. Ließ sich Zeit nicht in Geld umwandeln, dann galt sie für ihn als verschwendet. Desto älter mein Bruder und ich wurden, desto häufiger wurden wir zu den Leidtragenden seiner berechnenden Philosophie. Mein erster Schultag war nur ein Erlebnis in einer Reihe von vielen. Schulaufführungen, Fußballturniere, Elternabende. Keine einzige Veranstaltung, auf der mein Bruder oder ich im Mittelpunkt standen, hat er je besucht. Gute-Nacht-Küsse, ein lobendes Schulterklopfen, eine tröstende Umarmung, gemeinsame Ausflüge, Kicken im Park, Drachensteigenlassen im Herbst, gemeinsames Werken und Hämmern, Vater-Sohn-Gespräche, all das kannten Jorge und ich nur von den anderen Jungs und ihren Vätern, die wir mit neidischen Blicken verfolgten.

Denk jetzt nicht, dass ich deswegen eine supermiese Kindheit gehabt hätte. Mir wurde nur im Laufe der Jahre immer mehr bewusst, wie seltsam das Ganze eigentlich war. Um unglücklich zu sein, reichte diese Erkenntnis allerdings nicht. Ich kannte es ja nicht anders.

Aber meine Mutter konnte so garantiert nicht glücklich sein. Ob sie meinen Vater ihre Unzufriedenheit hat spüren lassen? Im Gegenteil. Mit ihrer grenzenlosen Harmoniesucht hat sie immer wieder versucht, es ihm recht zu machen.

Ein schier aussichtsloses Unterfangen. Keiner von uns konnte es ihm je recht machen. Dazu wog unser Verbrechen ihm gegenüber viel zu schwer. Indem wir lebten, wie wir lebten, verschwendeten wir in seinen Augen unsere wertvolle Zeit. Kostbares Potenzial, welches wir uns für später, für ein Leben in Spanien, hätten aufsparen sollen.

Er formulierte das natürlich in bare Münze um. Bis zur Lächerlichkeit kritisierte er Mutters angebliche Verschwendungssucht. Jeder Strauß Blumen auf dem Tisch, jede Tasse Kaffee, die sie mit einer Freundin trank, jedes Lebensmittel, welches sie wegwarf, verbuchte er auf Heller und Pfenning in ihrem Sündenregister. Sein Geiz war grenzenlos und verdarb uns mehr als einmal den Tag.

Desto älter mein Bruder Jorge und ich wurden, desto häufiger wurden auch wir Ziel seiner ständigen Gängeleien. Kostspielige Friseurbesuche? Haare schneiden erledigte er lieber selbst mit seinem Rasierapparat. Coole Klamotten? Wozu? Es gab doch die abgelegten Kleider unserer zahlreichen älteren Cousins. Süßigkeiten zum Schulbrot? Kinobesuche mit Freunden? Ausflüge ins Freibad? Schnickschnack. Braucht man nicht. Und mit dem Argument, dass das alles sein schwer verdientes Geld kostete, setzte er sich immer ins Recht. Immerhin arbeitete und sparte er nicht wie ein Verrückter, um seinen hart erschufteten Lohn für billige Nichtigkeiten aus dem Fenster zu werfen. Mit seinem Geld hatte er Wichtigeres vor.

War Vater während unserer frühen Kindheit jemand gewesen, den wir als eher abwesend denn anwesend erlebt hatten, so wurde er nun während unserer Pubertät zu jemandem, der uns omnipräsent erschien. Denn desto mehr wir als Heranwachsende seiner Autorität entglitten, desto despotischer trat er in Erscheinung, um uns seinen Willen aufzuzwingen. Für unsere Mutter muss diese Situation noch unerträglicher gewesen sein als für uns, da sie, die um Harmonie und Ausgleich Bemühte, nun immer häufiger alleine zwischen den streitenden Parteien stand.

Jorge und ich, wir waren Kinder, die gerne zur Schule gingen. Jeder andere Vater wäre stolz darauf gewesen. Aber mein Vater grollte, weil wir lieber lernten als Zeitungen auszutragen oder kleine Gelegenheitsjobs anzunehmen. In seinen Augen war es Zeitverschwendung, sich eine Bildung anzueignen, von der er glaubte, dass wir mit ihr in Spanien sowieso nichts würden anfangen können. Wozu Deutsch mehr als nötig lernen? Wozu deutsche Geschichte lernen? Sich mit deutscher Literatur beschäftigen?

Er wollte nicht, dass wir länger als nötig in die Schule gingen. Wir sollten so schnell wie möglich eine Lehre anfangen und Geld dazuverdienen, um als gute Handwerker im heimatlichen Dorf die Autos unserer Nachbarn zu reparieren. Oder um in den Touristenzentren, die in dieser Zeit überall aus dem Boden schossen, als Elektriker, Installateure oder Bauarbeiter, bestenfalls als Bauunternehmer, Ferienhäuser und Hotels hochzuziehen.

Den Höhepunkt erreichte dieser Konflikt, als Jorge eines Abends verkündete, er wolle nach dem Abitur studieren. Wir saßen gerade alle zusammen am gedeckten Abendbrottisch. Es war, als ob jemand von einer Sekunde auf die andere alle Geräusche in der Wohnung abgestellt hätte. Wir alle erstarrten. Nur das Ticken der Küchenuhr war noch zu hören. Noch nie war mir dieses Ticken so laut vorgekommen.

Nach einigen endlosen Sekunden richtete sich mein Vater kerzengerade auf seinem Stuhl auf und starrte Jorge an. Was er denn studieren wolle, fragte er und die Ruhe in seiner Stimme knisterte wie eine herunterbrennende Zündschnur.

Philosophie, verkündete Jorge so prompt, dass ich überhaupt keine Zeit mehr hatte meinen Kopf zwischen die Schultern zu ziehen. Vater explodierte wie eine Tretmine. Die Heftigkeit, mit der er aufsprang, ließ den Tisch erbeben. Teller und Besteck schepperten. Ein Glas rollte klirrend vom Tisch. Mutter schrie auf und sprang auf, Jorge erhob sich ebenfalls. Hasserfüllt starrten sich Jorge und unser Vater über den verwüsteten Abendbrottisch hinweg an. Mutter begann leise zu weinen.

Niemals würde er so einen Schwachsinn zulassen, brüllte Vater los, den Nacken gebeugt wie ein vor Wahnsinn schnaubender Stier. Geld dermaßen sinnlos zum Fenster rauszuwerfen, sei eine Sünde. Er verbiete Jorge diesen Unfug. Minutenlang tobte er bis er sich heiser und erschöpft auf seinen Stuhl zurückfallen ließ. Auch Mutter saß inzwischen wieder.

Nur noch mein Bruder stand. Wie eine Statue überragte er uns alle. Mein großer Bruder. Seelenruhig begann er zu sprechen. Mit der Geduld eines Erwachsenen, der einem Kind etwas erklärte, wiederholte er seinen Entschluss, Philosophie zu studieren. Er sei volljährig und lasse sich von niemandem vorschreiben, wie er scin Leben zu führen habe. Er brauche Vaters Geld nicht und er würde sich eher die rechte Hand abhacken, als auch nur einen Pfennig davon anzunehmen.

Ich glaube, dass es dieser letzte Satz war, mit dem er Vaters Geld ablehnte, der diesen am meisten schockierte. Verständnislos starrte Vater seinen Ältesten an, als spreche dieser in einer für ihn fremden Sprache.

Als Jorge seine Rede beendet hatte, drehte er sich um und verließ den Raum. Als er eine halbe Stunde später die Wohnung verließ, seine wichtigsten Habseligkeiten in einen großen Rucksack gestopft und von Mutter mit tränenreichen Umarmungen verabschiedet, kauerte Vater noch immer in sich zusammengesunken auf seinem Stuhl.

Was folgte, war der zweite denkwürdige Streit zwischen meinen Eltern, der sich in mein Gedächtnis gebrannt hat. Wie damals, als es um meine Einschulung ging, war es Mutter, die anklagend das Wort erhob. Und wieder wehrte sich Vater mit trockenen Worten.

Doch anders als beim ersten Mal rannte Mutter nicht gegen eine undurchlässige Mauer der Gleichgültigkeit an. Vaters Deckung hatte deutliche Risse. Mehr als einmal brach er mitten im Satz ab. Und sogar sein Schweigen zitterte unsicher. Ein unsichtbarer Erdrutsch hatte die Dinge verändert. So war sie es, die den Streit beendete, indem sie Türen knallend den Raum verließ.

Wieder sprachen die beiden tagelang kein Wort miteinander. Doch seltsamerweise spürte ich in Vaters Schweigen ein seltsames Flehen, eine Einsamkeit, die mir zuvor noch nie an ihm aufgefallen war. Oder interpretierte ich das in ihn hinein, weil er mir leidtat? Ja, das erste Mal in meinem Leben empfand ich echtes Mitleid mit ihm.

Die folgenden Wochen und Monate fühlten sich seltsam an. Noch mehr als sonst gingen meine Eltern sich aus dem Weg. Sie waren derart mit sich beschäftigt, dass sie mich darüber zu vergessen schienen. Die meiste Zeit war ich mir selbst überlassen.

Doch so richtig freuen konnte ich mich über die ungewohnte Freiheit nicht. Dafür war ich viel zu wütend auf meinen Bruder, von dem ich mich im Stich gelassen fühlte. Und zugleich beneidete ich ihn, weil er hatte weggehen können, wozu ich mich mit meinen fünfzehn Jahren nicht traute.

Und in all diese widersprüchlichen Gefühle mischte sich auf einmal ein Gedanke, der mir bisher völlig unbekannt gewesen war. Was würde ich aus meinem Leben machen, wenn es so weit war, selbst darüber zu bestimmen? Natürlich war mir klar, dass ich auf keinen Fall so leben wollte wie meine Eltern. Aber mir wurde auch klar, dass es nicht reichte, zu wissen, was man nicht will, um zu erkennen, was man will.

Jorge hatte gewusst, was er wollte, und mutig, wie er war, hatte er daraus die Konsequenzen für sich gezogen. Aber ich war weder mutig noch wusste ich, was ich wollte."

Erneut schwieg Gabor. Leokadia spürte, dass er diesen Anlauf brauchte, um die Zeit, die inzwischen vergangen war, zu überbrücken.

„Nach außen hin verlief mein Alltag unverändert weiter. Wochentags ging ich zur Schule, ertrug Vaters Genörgel und Mutters Harmoniesucht, die ich inzwischen als ebenso unerträglich empfand. Am Wochenende hing ich mit Freunden ab, irgendwie machte ich mein Abitur und schrieb mich an der Uni ein. Doch mir war seit Jorges Abschied etwas Wesentliches verloren gegangen. Mein großer Bruder war immer mein Vorbild gewesen. Mein Held, von dessen Ideen ich profitierte, der mich mit seiner Begeisterung mitschleppte und vorantrieb. Erst jetzt fiel mir auf, dass ich nie gelernt hatte, eigene Ideen zu entwickeln. Jorge hatte meinem Alltag die Farbe verliehen. Nun war er weg und alles war nur noch schwarz-weiß. Ich langweilte mich.

Auch das ersehnte Studium änderte daran nichts. Vermutlich hatte ich mich sowieso nur zum Studium entschlossen, weil Jorge es mir so vorgemacht hatte. Immerhin war ich klug genug einzusehen, dass Philosophie nichts für mich war, und so fiel es mir leicht, Vaters Wunsch entgegenzukommen und Betriebswirtschaft zu studieren. Das hatte mit Geld zu tun und erschien ihm akzeptabel, da er sich gut vorstellen konnte, wie ihm meine neu erworbenen Kenntnisse in Spanien nützlich werden würden. Doch wie zu erwarten, machte mich dieser Kompromiss nicht glücklich. Betriebswirtschaft langweilte mich und nach wenigen Semestern gab ich auf.

Durch Zufall bot sich mir ein Ausbildungsplatz bei einer Versicherung. In Ermangelung besserer Ideen ... ehrlich gesagt hatte ich überhaupt gar keine Ideen ... griff ich zu. Ich hatte Glück, man war dort sehr nett zu mir und der Lehrstoff fiel mir leicht. Zwar langweilte ich mich nicht weniger als im Studium, aber die Vorstellung, recht bald über ein eigenständiges Einkommen zu verfügen und somit unabhängig von meinen Eltern zu sein, gab den entscheidenden Ausschlag durchzuhalten. Mir war längst klar, dass mich jeder andere Job ebenso langweilen würde und da konnte ich die Dinge doch auch abkürzen und bei dem bleiben, was ich hatte."

Wieder schwieg Gabor, doch diesmal galt es weniger, eine Zeitspanne zu überbrücken, es war vielmehr etwas, das eine sehr viel tiefere Kluft aufwarf.

„Vater kam in Rente und seine Pläne, nach Spanien zurückzukehren, nahmen konkret Gestalt an. Mit dem ersparten Vermögen erwarb er direkt an der Küste ein Grundstück und ließ dort eine kleine Apartmentanlage entstehen. Die Mieteinnahmen sollten ihm in seinem nah gelegenen Heimatort das bequeme Leben finanzieren, von dem er immer geträumt hatte. Er hatte alles bis auf den letzten Heller kalkuliert. Er war am Ziel seiner Träume.

Einen Monat bevor meine Eltern ihre Frankfurter Wohnung auflösen wollten, brach meine Mutter plötzlich zusammen und kam unter starken Schmerzen ins Krankenhaus. Die hektisch anberaumte Not-OP konnte nur noch den Verdacht der Ärzte bestätigen. Die Metastasen waren bereits überall. Die einzige Behandlung, die für sie noch Sinn machte, bestand darin, ihr das Sterben zu erleichtern. Die Ärzte gaben ihr nur noch wenige Monate, maximal ein Jahr, und schickten sie nach Hause.

Jeder hätte verstanden, wenn Vater in dieser Situation von seinen Plänen abgelassen hätte. Wenn er sie wenigstens für kurze Zeit auf Eis gelegt hätte. Mutter, die während all der vielen Jahre nie irgendwelche eigenen Wünsche formuliert hatte, sprach plötzlich davon, wie schön es wäre, einmal im Leben eine kleine Kreuzfahrt zu machen. Oder nach Paris zu fahren. Oder London. Oder Prag. Vermutlich wäre sie sogar zufrieden gewesen, wäre er mit ihr nur für ein paar Tage in den Schwarzwald oder an die Nordsee gefahren. Doch von alledem wollte er nichts hören. Seit über dreißig Jahren war er seinem Ziel stoisch gefolgt und niemals auch nur den allerkleinsten Jota davon abgewichen. Er dachte nicht einmal daran, sich so kurz vor dem Ziel durch irgendetwas oder irgendjemanden aufhalten zu lassen.

Also zogen meine Eltern wie ursprünglich geplant nach Spanien zurück. Mutter pendelte in immer kürzeren Abständen zwischen ihrem Haus auf dem Dorf und der Klinik in Málaga hin und her, während Vater die meiste Zeit auf der Baustelle verbrachte, um der Vollendung seines Lebensziels beizuwohnen.

Ich blieb in Frankfurt, denn inzwischen war aus meiner Ausbildung bei der Versicherung eine Festanstellung geworden. Also folgte ich den Ereignissen aus der Ferne. Telefonierte täglich mit meiner Mutter. Von Mal zu Mal wurden die Gespräche mit ihr deprimierender. Inzwischen hatte sie auch aufgegeben, von ihren Wünschen zu sprechen. Sie sprach überhaupt nicht mehr von Dingen, die in der Zukunft eine Rolle spielten, sondern nur noch von der Vergangenheit, was in ihrem Fall bedeutete, von verpassten Chancen und unwiederbringlichen Gelegenheiten. Mit jeder weiteren bitteren Erinnerung, die sie aus den dunklen Archiven ihres Lebens heraufbeschwor, demontierte sie damit auch Jorges und meine Vergangenheit. Ihre Worte verliehen sogar den vermeintlich schönen Kindheitserinnerungen einen verdorbenen Beigeschmack. Waren nicht sogar wir Kinder einer der Gründe, weshalb sie sich nie von Vater getrennt hatte? Viel von der Bitterkeit, die ich heute empfinde, hat sie in den letzten Wochen ihres Lebens gesät.

Von Vater selbst hörte ich in dieser Zeit noch weniger als je zuvor. Ein stummer Geist in der Ferne.

Als ich eines Abends den Hörer abnahm und anstelle von Mutters Stimme die seine hörte, die brüchig meinen Namen nannte, war schlagartig klar, was passiert war.

Mutter war tot.

Seine Worte klangen wie eine eilig heruntergehaspelte Notiz, die er möglichst schnell loswerden wollte, um sich erneut wichtigeren Dingen zuzuwenden.

Ich sagte nichts, legte einfach auf. Nicht, weil mich die Nachricht so sehr überraschte oder schockierte, obwohl sie das tat. Nicht, weil mich seine Art so sehr auf die Palme brachte, obwohl das ebenfalls der Fall war. Wir hatten uns einfach nichts zu sagen."

Ein letztes Mal holte Gabor tief Luft und fuhr fort: „Eine Woche später war Mutters Beerdigung. Dort sah ich ihn das letzte Mal. Ich habe nie mehr mit ihm gesprochen. Vor zwei Jahren ist er gestorben."

Er war am Ende seiner Geschichte angelangt. Doch so schwer es ihm teilweise gefallen war, die Dinge auszusprechen, die Mühe hatte sich gelohnt. Er war sie losgeworden. Mit einem erleichterten Lächeln signalisierte er, dass es ihm gut ging.

Noch immer trieben sie gleichmäßig auf der Autobahn in Richtung Süden. Feierlich ausgebreitet lagen Felder und Wiesen, golden durchwirkt von der ersten Glut des Sommers. Ab und an kam ein Gehöft oder ein helles Dorf in ihr Blickfeld und westlich von ihnen erhob sich eine sanfte Hügelkette.

„Wir kommen gut voran", bemerkte Gabor und blickte auf seine Uhr. „Wenn uns nichts dazwischenkommt, dann essen wir heute in Spanien zu Mittag."

Leokadias Magen reagierte prompt.

„Heute Mittag? Ich glaube vorher hätte ich gerne erst einmal ein Frühstück."

„Einverstanden", stimmte er zu. „Bevorzugst du einen schnellen Stopp auf einem Autobahnrastplatz oder einen Abstecher aufs Land?"

„Haben wir es eilig?"

„Alles andere als das."

„Dann nehmen wir uns alle Zeit, die wir haben."

Olli nahm sich viel Zeit. Er hatte es nicht eilig damit, sich wieder auf den Weg zu machen. Es interessierte ihn auch nicht, seit wie vielen Stunden er nun schon in diesem Café saß und sein Nichtstun genoss. Vieles sprach dafür, dass sich der Vormittag inzwischen dem Mittag zuneigte. Die Schatten wurden kürzer. Er selbst war ohne Nachzudenken von Café au lait auf Bier umgestiegen. Die ersten Gäste an den Nebentischen bestellten warme Gerichte und auch die Männer auf dem Baugerüst gegenüber hatten ihre Anstrengungen deutlich verlangsamt und begannen gerade, ihre Gerätschaften zusammenzupacken.

Plötzlich zerriss ein Aufschrei die Stille. Ein Schrei, dem fast zeitgleich ein dumpfer Aufprall folgte. Sofort war klar, dass etwas passiert war. Instinktiv sprang Olli auf. Alle Geräusche um ihn herum klangen sofort um einige Dezibel lauter. Doch das Epizentrum der Katastrophe war eindeutig direkt unter dem Baugerüst auszumachen. Stöhnend bewegte sich ein Körper am Boden. Olli rannte dem Abgestürzten zu Hilfe. Die ersten Helfer knieten bereits neben dem Unglücksopfer, als er eintraf. Mit dem peinlichen Gefühl, überhaupt nicht zu wissen, was zu tun war, reihte Olli sich unter die Schaulustigen ein. Eine seltsame Lähmung befiel ihn. Er schob es auf den Schock. Als sich nur wenige Minuten später der enge Belagerungskreis um den Verletzten lichtete und dieser begleitet von erleichterten Lachern und gestützt durch einen seiner Malerkollegen zum Firmenwagen humpelte, war Olli bereit, sich über den glücklichen Ausgang des kleinen Dramas zu freuen. Was ihm aber nicht gelang. Eine seltsame Vorahnung hatte sich plötzlich seiner bemächtigt.

Noch immer stand er neben dem Baugerüst. Die allgemeine Heiterkeit, die sich so unmittelbar nach diesem Ereignis über den Tag legte, schien ihm allzu trügerisch. Ja fast künstlich, so als gäbe es etwas auszugleichen. Skeptisch sah er sich um. Als wäre nichts geschehen, hatten alle Café-Besucher erneut ihre Plätze eingenommen und auch der Kellner war zurück in seine Rolle geschlüpft. Ein Hort ungetrübter Idylle. Die Sonne stand nun schon so weit im Zenit, dass ihre Strahlen seinen Tisch erreichten. Sein Rucksack lag bereits im prallen Licht. Zuvorkommend korrigierte der Kellner die Position des Sonnenschirmes neben ihm.

Lachend schalt Olli sich einen Narren. Alles in Ordnung, beruhigte er sich. Da war nichts, worüber es lohnte sich Sorgen zu machen. Im Gegenteil, sogar der kleine Zwischenfall von gerade eben bewies es ihm. Die Dinge kamen alle wieder von alleine ins Lot. Auch mit seinem Job würde es eine Lösung geben. Jetzt würde er sich noch ein kleines Mittagessen gönnen und dann später bei seinem Chef in Frankfurt anrufen.

Zuversichtlich schlenderte er wieder zu seinem Platz, als ihn ein Geräusch, so unfassbar, als öffne sich direkt vor ihm das Tor zur Hölle, zu Boden warf. Splitter flogen durch die Luft. Olli duckte sich. Ein unbestimmter Gegenstand streifte ihn am Unterarm, den er sich schützend über seinen Kopf gepresst hielt. Für den Bruchteil einer Sekunde erstarben alle Geräusche um ihn herum und brandeten umso heftiger wieder auf. Schreie. Gerenne. Chaos.

Einige fassungslose Sekunden lang brauchte er, um zu begreifen, was geschehen war. Er war soeben Zeuge einer Explosion geworden. Vorsichtig richtete er sich wieder auf. Versuchte vergeblich, das Bild des intakten Cafés, welches er noch auf seiner Netzhaut spürte, in Einklang zu bringen mit dem zerborstenen Etwas, das jetzt vor ihm lag.

Die Druckwelle hatte die großen Scheiben der Gaststätte nach draußen geschleudert. Die Luft war voller Staub, der sich in großen Wolken auf die Straße legte wie ein dumpfer Schleier.

Weg, dachte er. *Ich muss hier sofort weg.*

Taumelnd setze er sich in Bewegung, die Beine gelähmt wie in einem dieser Albträume, in denen man nicht von der Stelle kommt. Nur seine Panik trieb ihn an. *Mein Rucksack*, dachte er plötzlich und machte kehrt, schwamm wie gegen einen Strom aus durchsichtiger Watte und erreichte die Stelle, an der er den friedlichen Vormittag verbracht hatte. Auf einem staubbedeckten, aber ansonsten völlig unversehrt gebliebenen Stuhl lag sein graugrünes Gepäckstück, als wartete es auf ihn. Er griff danach und schwamm erneut gegen die gläserne Watte an. Weg. Nichts wie weg.

Sirenengeheul setzte ein. Leute liefen herbei. Ein Fremder berührte ihn an der Schulter und fragte etwas. Olli vermutete, dass der Mann wissen wollte, ob er unverletzt sei. Er nickte und taumelte weiter. Vielleicht hatte der Mann auch wissen wollen, ob er etwas abbekommen habe, fiel ihm ein und er wandte sich um, um seinen Fehler zu korrigieren. Doch da war er bereits etliche Häuserblocks weitergelaufen und hätte schon gar nicht mehr gewusst, wie er hätte zurückfinden sollen.

Irgendwie gelangte er aus dem Zentrum heraus in einen Teil der Stadt, in dem sich Garten an Garten reihte. Hinter dem dichten Grün von hohen Hecken und alten Bäumen lagen hübsche kleine Villen. Die Straße war leer. Natürlich, es war ja ein Tag unter der Woche und wer hier lebte, der war sicher auf der Arbeit, die Kinder in der Schule. Erschöpft lehnte er sich gegen einen Zaun und ließ sich im Schatten einer großen Buche zu Boden gleiten. Über ihm, ein unfassbar schöner Himmel aus perfektem Blau. Sogar Vogelgezwitscher war zu hören.

Was zum Teufel war da gerade bloß geschehen? Und was hatte das alles mit ihm zu tun? Und warum stellte er sich überhaupt diese Frage, ob es etwas mit ihm zu tun haben könnte?

Ratlos ließ er seinen Kopf auf die angewinkelten Knie sinken und schloss einige Sekunden lang die Augen. *Ruhe*, dachte er, *ich möchte einfach nur meine Ruhe haben.*

Wie ein Kind, das sich die Augen zuhält, in der Hoffnung, dann nicht mehr gesehen zu werden, kniff auch er die Augen zusammen. Versuchte krampfhaft, alles um sich herum verschwinden zu lassen. Doch so sehr er sich auch an einen anderen Ort sehnte, so ausweglos war er an diesen gebunden. Und noch nie in seinem Leben war er darüber so verunsichert gewesen. Alles hätte er in diesem Augenblick dafür hergegeben, nur um das Gefühl von Sicherheit zurückzuerlangen, welches ihm jetzt endgültig abhandengekommen war.

Mit sicherer Hand lenkte er an der Ausfahrt nach Montélimar den Wagen von der Autobahn auf die Landstraße. Felder und Wiesen zogen sich plötzlich hinter der dichter werdenden Bebauung zurück und der Verkehr wurde deutlich hektischer. Sie entschieden, die südfranzösische Stadt links liegen zu lassen, um einen ruhigen Platz für ihren nächsten Stopp zu finden. Schon bald folgten sie einer schmalen Straße, die kilometerlang geradeaus durch dichte Obstplantagen führte. Tief tauchten sie ein in den dunkelgrünen Schatten der Bäume, bereits unvorstellbar weit entfernt von jeder Autobahn und Stadt. Ein einsamer Obststand am Straßenrand lud sie zum Anhalten ein. Auf einem wackligen Stuhl saß wartend eine alte Frau, um sich, kniehoch gestapelt, Kisten voller Aprikosen, die sie schläfrig bewachte.

Mit schweren Beinen kletterten sie aus dem Wagen, wie Seeleute taumelnd vom festen Boden unter den Füßen und benommen vom schweren Duft der reifen Früchte in der Luft.

Als Gabor fragte, was das Obst koste, hielt ihm die Alte zwei Finger entgegen und er zählte ihr zwei Euros in die schmale Hand, wählte zwei Früchte und wandte sich zurück zum Wagen. Doch das Meckern der Alten ließ ihn herumfahren. Kopfschüttelnd folgte ihm die Obstfrau, die ganze Kiste mit ihren dürren Armen hinterherschleppend.

„Merci, merci", rief Leokadia und sprang zu ihr, um ihr die Last aus den Händen zu nehmen. Verlegen stiegen sie zurück ins Auto, die Kiste mit den Aprikosen auf dem Rücksitz, und fuhren davon.

„Was machen wir bloß mit dem ganzen Obst?", lachte sie.

„Frühstücken", meinte er und reichte ihr eine Frucht.

Mit geschlossenen Augen sog sie das üppige Aroma ein und durchbiss die zarte Haut. Klebrig rann ihr der Saft übers Kinn und von der Hand den Arm hinunter auf ihr Shirt. Leokadia konnte sich nicht daran erinnern, jemals etwas so Köstliches gegessen zu haben.

„Das ist unglaublich! Das ist fantastisch! Das musst du probieren!", begeisterte sie sich mit jedem Bissen mehr. Also nahm auch er eine Aprikose und biss hinein. Sie hatte recht. Der Geschmack war paradiesisch.

Ein Hinweisschild markierte die Zufahrt zu einem Campingplatz und Gabor nutze diese Gelegenheit, um erneut anzuhalten. Ein einfaches Holzhaus mit einer riesigen überdachten Veranda beherbergte die Rezeption. Außerdem wies ein handgemaltes Schild das Haus zugleich als Café, Restaurant und Bar aus.

„Bestimmt bekommen wir hier einen Kaffee", sagte er und stieg aus dem Wagen. Leokadia folgte.

Auf wackligen Plastikstühlen nahmen sie Platz und blickten auf eine von hohen Pinien umsäumte Wiese, auf der tatsächlich ein paar einzelne Zelte und Wohnwagen herumstanden. Man brachte ihnen Kaffee, Mineralwasser und sogar einige Croissants, die sie mit Heißhunger verspeisten. Obwohl es erst Vormittag war, umstand die Hitze des Tages ihre schattige Insel bereits so dicht wie eine Wand. Der laute Gesang der Zikaden verdichtete die Stille zu einem Vorhang, der sie abschirmte vom Rest der Welt.

„Ich war noch nie im Süden", sagte sie und lehnte sich verträumt zurück. „Es ist so schön wie in einem Gemälde. Nur dass es echt ist."

„Du warst noch nie im Süden?"

Gabors Fassungslosigkeit amüsierte sie. „Nein, meine Urlaube habe ich immer im Norden verbracht. In Schweden und Norwegen. Als ich klein war, haben mich meine Eltern in ein Wohnmobil verfrachtet und dann ging es ab ans Nordkap. Und später bin ich immer noch gerne dorthin gefahren."

In seinem interessierten Blick lag die Aufforderung, mehr von sich zu erzählen. Schnell wechselte sie das Thema.

„Was ist aus deinem Philosophie studierenden Bruder geworden?"

Gabor grinste. „Wenn das mein Vater noch mitbekommen hätte. Ein richtiger Geschäftsmann ist Jorge. Ihm gehört ein wunderschönes Café mitten in der Altstadt von Málaga. Das ‚El Jardin‘. Und er verwaltet unser Erbe, die Ferienwohnungen, die mein Vater gebaut hat."

„Und die Philosophie?"

„Hat er gut für sich zu nutzen gewusst. Während seines Studiums hat er Antonia kennengelernt, seine Frau, und mit ihr ist er nach Spanien gegangen, um das ‚El Jardin‘ zu kaufen. Inzwischen haben die beiden zwei Kinder und machen einen extrem beschäftigten, aber zugleich sehr zufriedenen Eindruck auf mich."

„So lehrt einen das Leben die ehrlichsten Lektionen." Sie nippte an ihrem Kaffee und musterte erneut die Umgebung.

Und er musterte sie. Stellte verlegen fest, wie wunderschön er sie fand. Und mehr. Denn noch nie war es ihm passiert, dass er sich derart wohl in der Gegenwart eines anderen Menschen gefühlt hatte. Wie leicht es ihr fiel, ihn aus der Reserve zu locken und zum Erzählen zu bringen. Noch nie hatte er jemandem seine Geschichte erzählt. Und er war froh, dass es geschehen war. Denn nun reiste er das erste Mal nach Spanien ohne das beklemmende Gefühl, einen unbequemen Abstecher in seine Vergangenheit zu unternehmen. Das erste Mal verschwand die Vergangenheit hinter der Gegenwart. War das Jetzt bedeutsamer als das bisher Geschehene. Und er war glücklich.

Auch Leokadia wirkte entspannt. Sie hatte sich einen zweiten Stuhl herangezogen und ihre Beine darauf gebettet. Zurückgelehnt wie auf einem Liegestuhl lag sie mehr, als sie saß und hielt die Augen geschlossen. Nichts an ihr ließ erkennen, welche Bedrohung über ihr schwebte. Wie es sich wohl anfühlte zu wissen, dass man nicht auf die Zukunft zählen durfte? Dass die einzige Zeit, auf die man sich verlassen konnte, das Hier und Jetzt war? Nur immer dieser eine Moment zwischen den Atemzügen, dachte er.

Aber war das im Grunde nicht immer so? Welcher Illusion erlag man, wenn man annahm, die Zukunft sei ein fest zugesagter Raum, den man nur noch in Besitz nehmen müsse. Welcher Selbstbetrug zu erwarten, dass das Glück irgendwo in der Zukunft auf einen wartete.

„Na sag schon!", unterbrach sie seine Gedanken. „Woran denkst du?"

„Daran, dass du dir jetzt etwas aussuchen solltest. Ich finde, du hast das Recht, dir zu wünschen, was immer du willst. Du sollst glücklich sein."

„Das ist Quatsch, Gabor", widersprach sie verärgert.

„Wieso?"

„Weil wir alle uns ständig etwas wünschen. Daran ist nichts Besonderes. Wünsche machen uns nicht glücklich. Eher unzufrieden. Aber zu tun, was immer man will, darin liegt die Herausforderung."

„Dann wähle aus, was du tun willst, und tue es."

„Aber das tue ich doch gerade." Verschmitzt blinzelte sie ihn an. „So, wie es gerade jetzt ist, finde ich es gut. Ja, sehr gut sogar. Lass uns einfach so weitermachen, okay?"

„Aber …?"

„Ohne jedes aber", fiel sie ihm barsch ins Wort und legte erschrocken über die Heftigkeit ihrer eigenen Worte die Hand auf seinen Arm. „Was sein wird, wird sein. Aber jetzt ist jetzt."

Mit ungelenken Bewegungen fingerte er aus seiner Hosentasche sein Handy hervor, schaltete es aus und legte es vor sich auf den Tisch. „Nur damit wir genau dabei auch ungestört bleiben", kommentierte er seine Aktion.

Plötzlich wurde sie ernst. Gabor spürte, wie sie neben ihm erstarrte. Besorgt forschte sein Blick nach einer Ursache. Immer stiller sank sie in sich zusammen.

„Alles klar?", wagte er vorsichtig einen Vorstoß.

„Ja und nein", stammelte sie verlegen. „Also, eine Sache gibt es, die ich tun müsste. Ganz dringend sogar. Die Aprikosen, der Kaffee …" Sie stockte. „Ich muss mal."

Gabor grinste erleichtert.

„Und zweitens", fügte sie hinzu, „wenn ich nicht bald eine Gelegenheit bekomme, mich etwas frisch zu machen und mich umzuziehen, dann falle ich noch im Sitzen tot um."

Sie wies auf die Waschräume neben der Rezeption und erhob sich. „So", meinte sie und griff nach ihrem Rucksack, „jetzt mache ich mich hier mal frisch und dann können wir uns gerne wieder auf den Weg machen."

Also raffte auch Gabor sich auf, winkte die Bedienung herbei, um zu bezahlen, und ging zum Auto zurück. Sein ausgeschaltes Handy ließ er in der Hosentasche verschwinden.

Ein Handy klingelte. Zu Tode erschrocken fuhr Olli zusammen. Aber sein Handy hatte er doch abgeschaltet. Fassungslos starrte er auf den Rucksack, den er neben sich abgestellt hatte. Woher kam dann das Klingeln? In diesem Moment begriff er. Es war nicht sein Rucksack, den er mit sich trug.

Das Handy klingelte weiter.

Vielleicht hörte es auf, wenn er lange genug abwartete? Vielleicht sprang die Mailbox an? Aber selbst wenn, dann blieb da noch immer dieser Rucksack, der unleugbar nicht der seine war.

Das Handyklingeln dauerte an.

Wer es so hartnäckig klingeln ließ, der hatte einen wichtigen Grund. Ob Leokadia die Verwechslung ihrer Rucksäcke bemerkt hatte und nun versuchte, ihn auf diesem Weg zu erreichen?

Das Handy klingelte noch immer.

Olli zog den Rucksack zu sich heran und begann, das fremde Gepäckstück zu durchwühlen.

Das Klingeln zog sich hin, aber auf einmal begann er zu fürchten, dass es aufhören könnte, bevor er es gefunden hatte. Hektisch tastete er alles ab, griff in alle Seitentaschen, fand nichts, begann seine Suche von neuem, noch hektischer, zog Kleider und Hygieneartikel heraus, betastete die Außenhülle und überprüfte alle Reißverschlüsse auf der Suche nach einer versteckten Innentasche. Nichts. Also wiederholte er seine Suche zum dritten Mal.

Endlich hielt er das läutende Mobiltelefon in den Händen.

„Hallo?", tönte ihm eine Stimme entgegen, die nicht nach Leokadia klang. Auch nicht nach Gabor. „Hallo?"

Olli räusperte sich und hielt sich das Handy ans Ohr. „Ja?"

„Mit wem spreche ich bitte?", wollte eine männliche Stimme wissen.

„Mit Oliver Korff", antwortete Olli.

„Ich dachte, das ist die Nummer von Frau Leokadia Zwetov", sagte die männliche Stimme.

„Das ist richtig", antwortete Olli und weil er spürte, dass der andere eine Erklärung erwartete, setzte er noch schnell hinzu: „Ich bin ein Freund von Frau Zwetov. Ein Freund, also ihr guter Freund, ihr Verlobter." Olli brach der Schweiß aus. Wie kam er nur dazu, eine solche Behauptung aufzustellen? Was, wenn der Mann am anderen Ende Leokadias Freund oder gar Verlobter war? „Darf ich fragen, wer Sie sind?"

„Ihr Verlobter?" Die fremde Stimme zögerte. „Also, dann müssen Sie ihr unbedingt etwas ausrichten. Ich bin Dr. Heim. Arzt in der Frankfurter Stadtklinik. Ihre Verlobte hatte vor zwei Tagen einen Termin bei mir."

„Ja, ich weiß", log Olli.

„Sie ist nicht erschienen", sagte der Arzt und machte eine kurze Pause, hinter der Olli ein erneutes Zögern spürte. „Eigentlich bin ich nicht befugt, mit einer dritten Person darüber zu reden und am Telefon spreche ich prinzipiell nicht gerne über diese Dinge, aber es ist in der Tat sehr dringend, dass sie sich bei mir meldet. Verstehen Sie?"

„Ja, das richte ich ihr natürlich gerne aus. Es ist nur so … dass …“, stammelte Olli.

„Ach verdammt!“ Dem Arzt platzte der Kragen. „Sagen Sie ihr, dass die Lage sich geändert hat. Wir haben einen Spender gefunden. Wir können operieren.“

„Einen Spender?“

„Ja, wir haben jemanden mit dem passenden Rückenmark gefunden. Lebt in Toronto. Wir können die Sache morgen schon anleiern. Frau Zwetov muss sich nur melden.“

„Das ist ja wundervoll“, murmelte Olli tonlos. „Ja, ich werde es ihr ausrichten.“

Der Arzt dankte und legte auf. Olli starrte auf das verstummte Gerät in seiner Hand. Leokadia hatte also eine Chance.

Er durfte keine Zeit verlieren. Seine Gedanken rissen ihn in die Höhe. Mit einem Satz sprang er aus der Hocke auf die Beine. Er musste sie finden. Das musste sie unbedingt erfahren. Anrufen, er konnte ja anrufen. Sein eigenes Handy anrufen. Aber nein, das hatte er vor zwei Tagen ausgeschaltet. Aber Gabor konnte er anrufen. Wenn er nur gewusst hätte, wie die Nummer lautete. Er hatte sie natürlich programmiert. In seinem Handy. Aber er konnte Gabors Nummer erfragen. Ganz einfach. Im Büro kannte man Gabors Nummer sicher. Dr. Maurer kannte die Nummer.

Olli zögerte. Dr. Maurer passte nicht in sein Bild. Nicht jetzt. Er gab sich dennoch einen Ruck und tippte die Nummer seines Chefs ein.

Eine Frau meldete sich. Olli jubilierte innerlich. Es war Mittagszeit und Dr. Maurer ganz sicher zu Tisch. Die Stimme am anderen Ende gehörte einer Kollegin im Sekretariat.

„Frau Muckenhaupt. Hier ist Oliver Korff“, begann er möglichst unverfänglich. „Darf ich Sie um einen kleinen Gefallen bitten?“

„Herr Korff“, flötete es durch den Hörer. „Geht es Ihnen denn schon wieder besser?“

„Ja, ja, danke der Nachfrage, Frau Muckenhaupt“, bemühte sich Olli, das Gespräch in die gewünschte Richtung zu lenken. „Ich bräuchte nur mal eben kurz Ihre Unterstützung.“

„Wir haben uns echte Sorgen um Sie gemacht“, fuhr die Kollegin unbeeindruckt fort. „Aber da Sie sich jetzt melden, kann ich Sie ja fragen, wie lange Sie voraussichtlich krankgeschrieben sind?“

„Krank?“ Nur schwerfällig gelang es Olli, umzuschalten. „Ach ja, krank. Also, bis Ende der Woche sowieso … Aber warum ich anrufe …“

„Uns fehlt nämlich noch Ihre Krankmeldung, Herr Korff.“ Frau Muckenhaupt klang leicht beleidigt.

„Krankmeldung? Natürlich, ja. Sollen Sie haben“, log Olli. „Aber dürfte ich Sie kurz um einen Gefallen bitten?“

„Natürlich gerne, Herr Korff. Um was geht es denn?“

„Ich brauche dringend die Mobilnummer von Herrn Gabor.“

„Die private?“ Der Argwohn in Frau Muckenhaupts Stimme war unüberhörbar. Ein unerwartetes Hindernis baute sich vor ihm auf. Also setzte er alles daran seine Stimme möglichst unbefangen klingen zu lassen.

„Ja, ich hab sie eigentlich in meinem Handy programmiert, aber das ist mir gestern kaputtgegangen.“

„Der Fluch der Technik. Wenn man sich drauf verlässt, ist man verlassen“, flötete Frau Muckenhaupt und Olli spürte, dass er sie soeben wieder auf seine Seite gezogen hatte.

„Sie sagen es …“

„Also, Moment mal, ja, hier habe ich sie. Gabors Nummer lautet …“ Sie begann, eine Reihe von Zahlen herunterzurattern.

Verflixt, wieso hatte er bloß nicht vorher daran gedacht? Ein Stift. Er brauchte etwas zum Schreiben. Panisch durchwühlte er Leokadias Rucksack nach einem Kugelschreiber.

„Haben Sie es?“, informierte sich Frau Muckenhaupt.

„Äh, nein, gleich.“ Ollis Gehirn rotierte. Aufschreiben. Er musste sich die Zahlen aufschreiben.

„Ich habe hier gerade keinen Stift", stammelte er unbeholfen.

„Herr Korff. Alles klar? Wo sind Sie eigentlich gerade?" Frau Muckenhaupts Radar schlug erneut von Besorgnis auf Misstrauen um. Eine falsche Antwort und seine Chance auf Gabors Nummer war passé.

„Ich bin gleich so weit." Olli bemühte sich, gelassen zu klingen, während seine Hände immer panischer den Inhalt von Leokadias Rucksack auf den Kopf stellten.

„Herr Korff?" Frau Muckenhaupts Stimme war gereizt.

Ollis Blick fiel auf einen kleinen Sandhügel neben dem Gehweg. Überbleibsel einer baulichen Maßnahme an einer Toreinfahrt. Spaten und Schubkarre als stumme Zeugen hinter dem dazugehörigen Zaun.

„Ich hab's", rief Olli, bückte sich und strich den Sand glatt.

Ungeduldig aufseufzend wiederholte Frau Muckenhaupt die gewünschte Zahlenkolonne. Mit dem Zeigefinger notierte Olli sie in den Sand. „Danke, Frau Muckenhaupt."

„Keine Ursache. Und denken Sie bitte an die Krankmeldung", beendete sie das Gespräch. Doch Olli hatte die Verbindung bereits gekappt. Nervös, dem flüchtigen Medium misstrauend, beeilte er sich, Gabors Nummer in Leos Handy einzutippen. Wählte.

„Hier spricht die Mailbox von Jo Gabor", ertönte Gabors Stimme. Fluchend unterdrückte Olli den Rest der Ansage. Gabor hatte sein Handy ausgeschaltet oder befand sich in einem Funkloch. Er würde es später erneut versuchen müssen. In keinem Fall würde er jedoch hier bleiben und abwarten. Olli griff nach dem Rucksack und machte sich auf den Weg. Er würde ihnen folgen. Eine vage Vorstellung, wohin Gabor fuhr, hatte er. Oft genug hatte ihm sein Kollege von seiner spanischen Verwandtschaft erzählt und ihn damit aufgezogen, dass er sich im Notfall in ein von den Eltern geerbtes Appartement am Meer zurückziehen könnte. Da gab es doch einen Bruder in Málaga, der vor ein paar Jahren ein Café in der Altstadt gekauft hatte. Mehr als einmal hatte Gabor stolz darüber gesprochen. Jetzt musste er nur noch auf den Namen des Cafés kommen. El Toledo? El Bolero? Verflixt, wie hieß dieser verdammte Schuppen bloß? Egal, genau dorthin musste er jetzt so schnell es ging.

Hastig marschierte er in die Richtung, in der er die Schnellstraße vermutete. Irgendjemand würde ihn schon mitnehmen. Endlich hatte er wieder ein klares Ziel vor Augen.

Unbeirrt verfolgte Margot ihr Ziel. Zu diesem Zweck ergriff sie skrupellos jede Gelegenheit, mit der sie ihre Karriere vorantreiben konnte. Zu zögern gehörte nicht in ihr Repertoire. In diesem Sinne war die Meldung, die sie soeben erhalten hatte, ein richtiger Jackpot. Eine Explosion in einem Café. Mehrere Verletzte und mindestens ein Toter. Was für ein Glücksfall! Margot Tullier war selig. Da hatte man sie zunächst zu diesem überraschenden Außentermin in die Provinz geschickt, weil es in einem Seniorenheim ein paar Senioren mehr als üblich dahingerafft hatte, was im Prinzip kaum jemandem aufgefallen wäre, hätte es nicht auch gleich jemanden vom Pflegepersonal mit erwischt. Zwar sprachen alle Fakten dafür, dass es sich mal wieder um so eine typische Salmonellengeschichte handelte, aber dem Wunsch ihres Produzenten folgend, hatte sie daraus eine Berichterstattung à la Akte X mit mysteriösem Hintergrund gemacht. Genial! Für diese Story würden ihr die Zuschauer aus der Hand fressen.

Und jetzt das! Nur wenige Stunden später ein solcher Knaller. Eine Explosion am helllichten Tag. Mitten in der Innenstadt von Mâcon. Welch ein Geschenk des Himmels! Trotz ihrer High Heels trat sie das Gaspedal durch. Als sie davon erfuhr, hatte sie keine Sekunde gezögert, sich erneut auf den Weg zu machen, und darüber ihre bequemen Autoschuhe im Büro unterm Schreibtisch vergessen. Aber was waren schon ein paar High Heels im Vergleich zu so einer Chance.

Nun gut, der ersten Stellungnahme eines Sachverständigen von der Feuerwehr zufolge war die Ursache eine defekte Gasleitung in der Küche der Gaststätte gewesen. Leider kein terroristischer Anschlag, kein Attentat, kein kriminelles Motiv. Das trübte die Sensation ein wenig. Aber mit ein bisschen journalistischem Geschick ließ sich die Story dennoch publikumswirksam aufbereiten. Vielleicht hatte ja die Installationsfirma geschlampt oder ein Mitarbeiter in der Küche des Cafés grob fahrlässig gehandelt. Unterhaltsames Material für Spekulationen lieferte die Sache in jedem Fall.

Margot warf einen zufriedenen Blick in den Rückspiegel und prüfte ihr Make-up. Gut sah sie aus. Welch glückliche Fügung, dass sie gestern erst beim Friseur gewesen war, um ihrer blonden Mähne mit ein paar hellen Strähnchen mehr optische Fülle zu verpassen. Mit dieser Geschichte schaffte sie es garantiert in die Abendnachrichten. Mit der Rechten fingerte sie auf dem Beifahrersitz nach ihrer Handtasche und zog den Lippenstift heraus.

„Hey, willst du uns in den nächsten Graben fahren oder nach Mâcon?", schimpfte Wilbur, ihr Kameramann, vom Rücksitz.

Margot zog gekonnt die Kontur ihrer Lippen nach und nahm dabei betont lässig die nächste Kurve.

„Noch nie was davon gehört, dass wir Frauen multitaskingfähig sind?", konterte sie pikiert. Sie hasste es, wenn ein Typ meinte, ihren Fahrstil bemängeln zu müssen.

„Siehst doch hübsch genug aus", gab Wilbur jovial zurück.

Margot schenkte ihm dafür nur ein verächtliches Lächeln. Dass sie hübsch war, das wusste sie. Doch hübsche Frauen hatten es schwer, ihre Kompetenz zu beweisen, das wusste sie auch. Besonders beim Fernsehen stand ihr immer mindestens ein Mann im Weg, der sie aus genau diesem Grund nicht ernst nahm. Aber mit dieser Sache in Mâcon würde sie garantiert Quote machen. Zugegeben, das hier war noch lange nicht der Nahe Osten. Aber ein vielversprechender Anfang für ihre Korrespondentenkarriere. Denn nichts war so faszinierend wie der Tod. Und nichts ließ sich so gut verkaufen.

Mit quietschenden Reifen nahm sie die nächste Kurve. Wilbur, der auf dem Rücksitz seine Ausrüstung vorbereitete, warf ihr einen weiteren vorwurfsvollen Blick zu, den sie kaltschnäuzig ignorierte.

Nur wenige Minuten später trafen sie ein. Als erstes Fernsehteam! Triumphierend brachte sie ihren Wagen zum Stehen und stöckelte zur Unglücksstelle. Polizei und Feuerwehr waren noch dabei, den Schaden zu begutachten und Spuren zu sichern. Wilbur filmte, sie interviewte. Ein Polizist bestätigte ihr die Fakten. Der Tote war der Koch. Die Unglücksursache ein Defekt in der Gasleitung. Verletzt waren nur wenige und diese wie durch ein Wunder nur leicht. Wegen des schönen Wetters hatten sich alle Gäste auf dem Platz vor dem Café befunden. Sie konnte sich eine gewisse Enttäuschung nicht verkneifen.

Immerhin gaben Wilburs Aufnahmen von dem zerstörten Café etwas her, und Margot wusste sich wie immer gekonnt in Szene zu setzen. Um den Bericht mit ein wenig emotionaler Tiefe zu würzen, nahmen sie noch einige Anwohner ins Visier, die tief geschockt ob der Zerstörung direkt vor ihrer Haustür die Schaulust des Fernsehpublikums anheizen würden. Äußerungen über Angst vor Terror und vage Vermutungen über ein Verbrechen aus dem Munde unmittelbarer Augenzeugen kamen beim Zuschauer immer hervorragend an. Nur das wirre Gerede eines Alten, der einen verdächtigen jungen Mann mit Rucksack gesehen haben wollte („Hat stundenlang im Café rumgesessen, aber dann kurz vor der Explosion in sicherer Entfernung gestanden und alles beobachtet"), beschloss sie lieber rausschneiden zu lassen. Immerhin war die Ursache ja klar und indem man die Spekulationen im Ungewissen hielt, blieb man als Fernsehsender auch juristisch unanfechtbar.

Nach anderthalb Stunden waren sie fertig. Wilbur hatte inzwischen die neue Regieassistentin Célestine angerufen, die ihn abholen kam. Damit sie sich ganz entspannt auf den Rückweg machen könne, meinte Wilbur großspurig, und Margot nickte, obwohl sie wusste, dass der wahre Grund ein anderer war. Zwischen den beiden lief etwas und die gemeinsame Rückfahrt gab ihnen Gelegenheit, ihrer Lovestory ein schnelles Kapitel hinzuzufügen. Obwohl sie Wilburs Schürzenjägerei verachtete, schätzte sie ihn als Kollegen. Sie wusste, dass er trotz seiner Weibergeschichten auch an diesem Tag pünktlich und in perfekter Qualität ihren gemeinsamen Beitrag abliefern würde.

Winkend rief ihr Wilbur einen Abschiedsgruß aus Célestines abfahrendem Wagen nach. Margot atmete auf. Nun, dann würde sie sich jetzt tatsächlich ganz entspannt auf den Rückweg machen. Vielleicht sogar unterwegs eine Kleinigkeit essen. Verdient hatte sie sich diese Auszeit allemal. Sie hatten gute Arbeit geleistet, der Tod und sie. Mindestens einer ihrer Beiträge würde es sicher in die Abendnachrichten von Canal ultra plus schaffen. Wie schon seit langem nicht mehr war Margot mit sich und der Welt zufrieden. Mit einer schwungvollen Geste fuhr sie sich durch die langen Haare, stieg in ihren Wagen und fuhr los. Zügig kurvte sie aus der engen Altstadt von Mâcon hinaus und lenkte ihr schnittiges rotes Coupé auf die *route nationale*. Margot zog das abwechslungsreiche Fahren auf ländlichen Strecken dem einfallslosen Geradeaus auf der Autobahn vor. Außerdem hatte sie ja jetzt alle Zeit der Welt.

Doch obwohl sie blendend gut gelaunt war, bedauerte sie es ein wenig, alleine unterwegs zu sein. Dieser Tag war so perfekt gelaufen für sie, dass sie geradezu überschäumte vor Mitteilungsbedürfnis. Der Anhalter, der eben am Straßenrand auftauchte, kam ihr daher gerade recht. Ein wenig verloren wirkte er auf sie. Sie hielt direkt neben ihm und ließ ihre Seitenscheibe herunter.

„Ich fahre bis Lyon. Soll ich Sie mitnehmen?", bot sie an.

Er nickte und stieg zu ihr in den Wagen. Radebrechend, sein Französisch war grauenhaft und sein Akzent nicht zu ertragen, erzählte er etwas von Lyon und Urlaub, während sie anfuhr. Mitleidig lächelte sie. Ein Deutscher also. Kam in ihr Land und quälte ihre Muttersprache. Na ja, immerhin bemühte er sich. Da wollte sie mal nicht so sein.

„Wie gefällt Ihnen Ihre Reise durch Frankreich bisher?",
gab sie in perfektem Oxford-Englisch von sich. Nicht umsonst
hatte sie drei Semester an der University of London studiert.
Und irgendwann würde ihr deshalb auch der Sprung in eines
der großen Auslandsstudios gelingen.

Sichtlich erleichtert darüber, der Bürde der französischen
Sprache entronnen zu sein, schenkte er ihr ein großes Lächeln.
„Ja, sehr schön."

Sein Englisch war passabel, seine Kommunikationsbereit-
schaft nicht. Aber Margot wollte sich unterhalten. Also startete
sie eine weitere Smalltalk-Offensive.

„Von wo kommen Sie?"

„Deutschland. Frankfurt am Main." Seine Einsilbigkeit forderte sie heraus. Immerhin war sie Journalistin und ein Profi,
wenn es darum ging, den Leuten Informationen aus der Nase zu
ziehen.

„Beeindruckende Metropole. Kulturell bekommt man dort
sicher viel geboten. Dann wird Ihnen Lyon aber ganz sicher
gefallen."

Ihr Fahrgast nickte.

„Und was haben Sie unterwegs schon so besichtigt? Waren
Sie in Mâcon?"

Konnte es sein, dass er sogar ein bisschen blass wurde bei
dieser Frage? Margot witterte eine sensible Stelle sofort. „Kein
guter Tag heute, um Mâcon zu besichtigen, was?"

Schweigend schüttelte er den Kopf.

Aha, also lag sie richtig. Ein Augenzeuge. Eingeschüchtert
durch die jüngsten Ereignisse.

„Haben Sie etwas von der Explosion mitbekommen?", in-
vestigierte sie.

Zurückhaltendes Nicken. Seine Schweigsamkeit hatte schon
fast etwas Verdächtiges an sich. Skeptisch musterte sie ihn von
der Seite. Alleinreisender Typ mit Rucksack. Konnte es
sein …?

„Die Feuerwehr ist sich sicher, dass es eine defekte Gasleitung war", plapperte sie drauflos. Vielleicht lockte ihn ihre Unbefangenheit aus der Reserve. „Habe dort vor Ort recherchiert. Margot Tullier, Journalistin von Canal ultra plus." Sie hielt ihm ihre Rechte zum förmlichen Gruß entgegen.

„Oliver Korff", erwiderte er und drückte tatsächlich kurz ihre Hand. Na also, meistens funktionierte dieser Trick, freute sie sich.

„Ihre erste Rucksackreise durch Frankreich?", insistierte sie erneut.

„Mmh … ja …"

Margot entschied sich für ein wenig Provokation. Meistens ein probates Mittel, um einen verstockten Gesprächspartner aus der Reserve zu locken.

„In der Region hier ist heute ganz schön was los. Für mich als Journalistin ist das ein echter Traumtag. Der schwarze Kapuzenmann mit der Sense hat für einigen Wirbel gesorgt."

„Wie meinen Sie das?"

Aha, es funktionierte also. Ihr Mitfahrer begann, Interesse zu zeigen.

„In einem Seniorenheim sind zehn Leute gestorben. Alle auf einen Schlag. Über Nacht. Wenn Sie mich fragen, dann ist das bloß ein blöder, wenn auch extrem seltener Zufall. Neun waren steinalt und der Zehnte war ein herzschwacher Pfleger."

„Also gibt es eine völlig plausible Erklärung?"

„Ja, sieht so aus", gestand Margot mit einer Spur des Bedauerns in der Stimme. „Aber tot ist tot", ereiferte sie sich, „und da die Leute verrückt nach Katastrophen und viele Tote der beste Beleg für eine gelungene Katastrophe sind, hat sich die Sache echt gelohnt." Beschwingt schaltete sie einen Gang höher und trat aufs Gas. „Die Menschen sind eben scharf auf Katastrophen. Was soll man da machen? Desto mehr Tote in der Sendung, desto besser die Einschaltquote." Margot lachte. „Wenn Sie mich fragen, ist der Tod der beste Programmdirektor, den ein Sender nur haben kann. Und heute hat er mir gleich zwei fantastische Storys geliefert. Danke Tod!"

Ihr Beifahrer schien noch blasser geworden zu sein. Hatte sie es jetzt ein wenig übertrieben und ihn mit ihrem Berufszynismus verschreckt?

„Sorry, mein Kopf ist noch so voll von dem heute Erlebten. Sie halten mich jetzt sicher für herzlos. Aber nein, nein, so bin ich gar nicht." Margot wechselte schlagartig ihren Gesichtsausdruck und bedachte ihn mit dem Augenaufschlag, den sie ansonsten nur für die Opfer von Unglücksfällen bereithielt. Legte sogar für drei Sekunden ihre rechte Hand aufs Herz. Körperspracheseminar 1.0. „Mir tun die Leute echt leid, die es getroffen hat. Und erst recht deren Angehörige. Es ist immer wieder schlimm, so viel Leid aus der Nähe zu sehen. Aufwühlend. Vielleicht sind wir Journalisten deshalb so zynisch, um besser damit umgehen zu können."

Der junge Mann neben ihr nickte und schien sich leicht zu entspannen.

„Haben Sie etwas dagegen, wenn wir dort drüben an der Tankstelle kurz anhalten? Ich brauche nämlich dringend einen Kaffee und was Süßes."

Kopfschüttelnd verneinte er und Margot lenkte den Wagen rechts ran. Die von ihr angefahrene Tankstelle war zugleich eine Art Rasthof, umrahmt von ländlicher Postkartenidylle. Direkt vom Parkplatz aus führte ein befestigter Feldweg mitten durch blühende Wiesen einem verträumten kleinen Bauernhof entgegen, der auf einer grünen Anhöhe einige hundert Meter entfernt seinen tiefen Dornröschenschlaf hielt.

„Dauert nur ein paar Minuten", trällerte sie bestens gelaunt und trippelte in den kleinen an die Tankstelle angrenzenden Laden.

Mit einem extra-großen Latte Macchiato to go und einer Papiertüte voller frisch duftender Eclairs au chocolat trat sie den Rückweg an. Vielleicht gelang es ihr, die Schweigsamkeit ihres Begleiters mit Hilfe des zuckrigen Gebäcks aufzubrechen. Geteilte und gemeinsam verzehrte Kalorien wirkten oft Wunder. Doch ihr Wagen war verwaist. Der junge Mann hatte wohl ebenfalls etwas an der Raststätte zu erledigen, folgerte sie mit einem flinken Blick in Richtung der Toiletten.

Ein aus groben Stämmen zusammengezimmerter Tisch samt Bänken lud sie zum spontanen Picknick ein. Genussvoll verzehrte Margot zwei ihrer Eclairs und schlürfte am Latte Macchiato. Nach etwa fünf Minuten beschlich sie ernsthaft der Verdacht, dass sich ihr Mitreisender abschiedslos aus dem Staub gemacht haben könnte. Verstimmt fingerte sie ein weiteres klebriges Eclair aus der Tüte und stapfte verdrossen über die blühende Wiese einigen krummen Obstbäumen entgegen. Tief sanken die Pfennigabsätze ihrer Pumps in den weichen Untergrund ein, während sie sich selbstvergessen die cremige Füllung von den Fingern leckte.

Pah, diesen dämlichen Rucksacktypen hatte sie an so einem grandiosen Tag überhaupt nicht nötig. Ein verschreckter Tourist, der ihrer Story sowieso nichts Neues hätte hinzufügen können. Pech für ihn, dachte sie voller Genugtuung, dass er sie, Margot Tullier, den verheißungsvollsten Nachwuchsstar am Nachrichtenhimmel, jetzt nicht mehr kennenlernen würde. Eine Bekanntschaft, von der er einst seinen Enkeln hätte erzählen können. Die große Tullier, Auslandskorrespondentin, Pulitzer-Preisträgerin, Synonym für unerschrockene Reportagen im Angesicht von todbringenden Katastrophen und blutigen Gefechten.

Verächtlich schnipste sie mit dem Zeigefinger eine kleine Biene vom Rand ihrer Papiertüte und griff sich beherzt ein weiteres Eclair. Biss entschlossen zu. Ja, eines Tages würde ihr der Absprung gelingen. Raus aus der provinziellen Enge ihres Regionalsenders Canal ultra plus dorthin, wo das Leben die wirklich bedeutenden Tragödien spielte. Nur noch ein Eclair war ihr geblieben. Mit keinem würde sie es teilen müssen. Gierig schlug sie ihre Zähne in den weichen Teig und ließ sich den sahnigen Schokoladenpudding auf der Zunge zergehen.

Am besten waren immer noch die Dinge, die man mit niemandem teilen musste, dachte Margot als sie erschrocken zusammenzuckte. Ein heftiger Schmerz auf ihrer Zunge warf sie fast aus den Schuhen. Sie verlor die Balance und knickte um. Mit einem dumpfen Schlag – der Untergrund war in der Tat sehr weich – fiel sie zu Boden. Die Enttäuschung, dem profanen Stich einer winzig kleinen Honigbiene zum Opfer gefallen zu sein, deren Gift ihre allergisch reagierenden Atemwege in Sekundenschnelle verkrampfen und anschwellen ließ, erfüllte ihren letzten bewussten Gedanken.

Sein einziger Gedanke galt der Spur, der er folgte. Quasi im Tiefflug raste er in Richtung Résidence royale in der Nähe von Mâcon. Als er eintraf, vibrierte zwischen den alten Mauern noch immer deutlich spürbar die Luft. Es war, als hätte der Tod dem Leben in der Résidence neue Energie hinzugefügt. Tatsächlich würden die jüngsten Verluste in den kommenden Tagen für neues, wenn auch nicht unbedingt frisches Blut sorgen. Denn auf die frei gewordenen Wohnräume der Dahingeschiedenen warteten bereits neue Bewohner und auch für die verstorbene Pflegekraft würde schon morgen ein neuer Mitarbeiter den Dienst antreten. Neue Namen, neue Gesichter und neue Biografien würden sich mit den bisher vorhandenen mischen und für einige Zeit neuen Gesprächsstoff hervorbringen.

Und doch wich die Aufregung, die das alte Haus und seine Bewohner den ganzen Tag über förmlich elektrisiert hatte, mit Fortschreiten der Stunden einer gewissen Ermüdung. Ernüchtert konstatierte Jean-Loup, dass auch die turbulentesten Umwälzungen über kurz oder lang immer im ruhigen Strom des Alltags mündeten. Den Alten fehlte ihr Mittagsschlaf und wie ein dumpfer Nebel legte sich die Erschöpfung über alle Gemüter.

Auch Jean-Loup musste sich widerwillig eingestehen, dass er davon erfasst wurde. Der Unfall steckte ihm weit tiefer in den Knochen, als ihm lieb war, und die Wirkung der Schmerzmittel tat ihr Übriges dazu. Nach zwei Stunden entschied er daher, seine Befragung zu beenden. Zwar hatte sie ihm keine neuen Erkenntnisse gebracht, aber die bereits vorhandenen Verdachtsmomente immens verstärkt.

Drei deutsche Gäste, zwei Männer und eine Frau, waren in der letzten Nacht in die Senioren-Einrichtung eingekehrt. Für ihn bestand kein Zweifel, dass es sich um seine drei handelte: das Pärchen aus der Pension seiner Tante und den sogenannten Versicherungsvertreter Jo Gabor, dessen Visitenkarte noch immer in seinem Handschuhfach lag.

Müde, aber durchaus zufrieden, stieg er wieder in seinen Wagen, um den Tatort zu verlassen. Nur langsam kam er auf dem schmalen Schotterweg voran. Doch seine Gedanken eilten ihm bereits voraus. Das nächstgelegene Städtchen war Mâcon. Wenn die drei ihre bisherige südliche Richtung beibehalten hatten, lag es nahe, dass sie dort ebenfalls vorbeigekommen waren.

Jean-Loup beugte sich vor und öffnete das Handschuhfach. Gabors Visitenkarte lag ganz oben. Mit grimmiger Entschlossenheit griff er danach und ließ sie in die Innentasche seines Jacketts gleiten. Alle drei hatten sie unter dem Dach der Résidence die letzte Nacht verbracht. Und in genau dieser Nacht waren insgesamt zehn Menschen ums Leben gekommen. Nur ein Idiot konnte darin einen Zufall sehen. Zwar beteuerte ihm die Heimleiterin nachdrücklich, dass sie keiner der zehn Todesfälle wirklich überraschte, nur ihre Synchronität sei ungewöhnlich; aber bei jedem der Verstorbenen habe man über kurz oder lang mit genau diesem Ergebnis rechnen müssen.

Doch Jean-Loup ließ sich nicht beirren und auch der lästige Alte, der ihn unter dem Vorwand, etwas zu wissen, was sonst keiner wisse, in sein Zimmer gelockt hatte, um ihn dort mit seiner Münzsammlung zu langweilen, brachte ihn nicht von seiner Überzeugung ab. Zufälle dieser Art mochte es in Romanen oder Filmen geben. In seiner Realität war dafür kein Platz.

Als der Schotterweg nach einigen Minuten in die Landstraße mündete, bog er in Richtung Mâcon ab. Mit einem lässigen Knopfdruck schaltete er sein Autoradio ein und lehnte sich in seinem Sitz zurück. Aus den Lautsprechern rieselte Chopin und die Landschaft flog an ihm vorbei. Eine Nachrichtensendung unterbrach die friedliche Idylle. Verärgert beugte sich Jean-Loup nach vorne, um den Ton leiser zu stellen und erstarrte.

Die Explosion im Stadtzentrum von Mâcon war die erste Meldung, die verlesen wurde und die Druckwelle dieser Nachricht traf ihn mit solcher Wucht, dass er rechts ranfahren musste. Ihm war schwindelig. Es brauchte einige Sekunden bis er seine Aufregung unter Kontrolle gebracht hatte.

Ein scharfer Blick auf seine Uhr und er begann zu rechnen. Die Explosion in Mâcon lag gut drei Stunden zurück. Demnach waren die drei garantiert nicht mehr dort. Aber welches Ziel verfolgten sie? Jean-Loup roch ihre Spur, aber was ihm immer noch fehlte, war ein Motiv. Ein Muster. Etwas, das ihm ermöglichte, ihre Schritte vorauszuberechnen. Zwar war die Spur, die sie hinter sich herzogen, überdeutlich, und mit jedem weiteren Indiz, welches sie hinterließen, wuchs in ihm die Überzeugung, das alles sei explizit nur für ihn inszeniert. Doch welche Botschaft verbarg sich dahinter? Er ahnte, dass er seine Jagd zu Ende bringen musste, um die Antwort darauf zu finden. So blieb ihm nur, ihnen wie bisher zu folgen und sich auf seinen Instinkt zu verlassen.

Mâcon anzufahren konnte er sich jetzt schenken. Er lenkte seinen Wagen zurück auf die Straße. Da er nicht genau wissen konnte, welchen Weg seine drei Verdächtigen eingeschlagen hatten, fuhr er nur langsam weiter, um nicht den nächsten Hinweis zu übersehen, von dem er sich sicher war, dass er ihn bereits in Kürze aufspüren würde. Die Tankstelle, die nur wenige Kilometer hinter Mâcon auftauchte, kam ihm sehr gelegen. Erstens konnte er seinen Tank auffüllen, denn er hatte bei seiner Abfahrt schlicht vergessen, diese wichtige Vorbereitung zu treffen, und zweitens verspürte er starken Durst und wollte sich Wasser kaufen.

Ein Abschleppwagen bugsierte gerade einen schicken roten BMW auf seine Ladefläche. Zwei Polizeibeamte beaufsichtigten den Vorgang. Doch obwohl, oder gerade weil ihm diese behördliche Aufmerksamkeit seltsam übertrieben vorkam, verkniff er sich, die Kollegen anzusprechen. War der rote Flitzer mehr als nur ein liegengebliebener Pannenwagen?

Jean-Loup tankte und betrat den Verkaufsraum, um zu bezahlen. Drinnen war die Luft so dicht wie das Gespräch, das zwischen dem Tankstellenpächter, seiner Frau und einer weiteren älteren Dame herrschte. Aus einem Kühlschrank griff er sich zwei Wasserflaschen und stellte sie auf die Theke. Die aktuellen Vorkommnisse rund um den liegengebliebenen Wagen hatten die Gemüter so heftig erhitzt, dass er sich räuspern musste, um auf sich aufmerksam zu machen. Ungerührt von seiner Anwesenheit flogen Fakten und Spekulationen weiter lebhaft durch den Raum. Er brauchte noch nicht einmal nachzufragen, um die nennenswerten Details aufzufangen. Der rote Sportwagen hatte offenbar einer jungen Frau gehört, die hier erst vor knapp zwei Stunden auf tragische Weise ums Leben gekommen war. „Erstickt durch einen Bienenstich“, ereiferte sich die Gattin des Tankwarts. Wortlos legte Jean-Loup einen Geldschein in die kleine Schale neben der Kasse und lauschte gespannt.

„So ’ne junge Hübsche war das“, ergänzte der Pächter, den missgünstigen Blick seiner Gattin ignorierend.

„Es war die kleine Tullier von Canal ultra plus“, fügte seine Frau begeistert hinzu. „Ich habe die beiden Beamten sowas sagen hören.“

Vor Jean-Loups innerem Auge blitzte das Konterfei der jungen Reporterin auf, die er am Vormittag noch über die Todesfälle in der Résidence royale hatte berichten sehen. Er vergaß nie ein Gesicht.

„Tragisch, tragisch.“ Ohne Jean-Loup anzusehen, zählte ihm der Pächter das Wechselgeld auf die Hand.

„War die Frau alleine unterwegs?“, unterbrach Jean-Loup das Gespräch des Trios.

„Wie bitte?“ Völlig überrascht hob der Pächter seinen Blick und starrte ihn an.

„Na, die Tote. Ist sie alleine gereist oder war sie in Begleitung?"

„Als ob das eine Rolle spielen würde." Pikiert über so viel
unfachmännische Einmischung rümpfte die Dame des Hauses
die Nase. „Niemand, noch nicht einmal der liebe Gott höchstpersönlich, hätte ihr da noch helfen können. Der Tod war einfach schneller. Ein Stich und eins, zwei, drei ist sie erstickt.
Grässlich!"

Jean-Loup fand die Einfalt dieser Zeugen grässlich und floh
ins Freie. Jede weitere Frage erübrigte sich hier. Die Leute
sahen nur, was sie glaubten zu sehen, und glaubten, gesehen zu
haben, wovon andere bereits sprachen.

Die Ignoranz seiner Mitbürger wirkte ähnlich verstimmend
auf ihn wie die Schmerzen, die sich plötzlich wieder zurück-
meldeten. Schwerfällig kletterte er auf den Fahrersitz. Wenigstens gab es gegen letzteren Missstand Medikamente. Aus der
weißen Plastikrolle, die ihm der Arzt aufgedrängt hatte, ließ er
rasselnd einige graue Dragees auf seine Handfläche gleiten und
warf sie sich schwungvoll in den Mund. Mit dem gekauften
Wasser spülte er alles schnell hinunter. Nur gegen die Dummheit der Leute war leider noch kein Kraut gewachsen.

Er fuhr weiter und mit jedem Meter, den er sich von der
Raststätte entfernte, verbesserte sich auch seine Stimmung.
Eigentlich hatte er doch gar keinen Grund, schlecht gelaunt zu
sein. Hatte ihm der letzte Stopp denn nicht ein weiteres Puzzle-
stück seiner Spurensuche beschert? Jean-Loup summte mit den
Werbe-Jingles aus dem Radio um die Wette. Da sah er ihn. Am
Straßenrand stand ein junger Mann, Rucksack über der Schulter, beigefarbene Zipphose, blaues T-Shirt. Jean-Loup bremste
sofort. Kein Zweifel. Jean-Loup vergaß nie ein Gesicht.

Olli bemühte sich darum, ein entspanntes Gesicht zu machen.
Die Mitfahrgelegenheit, die sich ihm so unverhofft anbot, wollte er um keinen Preis verspielen. Er wollte weiter. Unbedingt.

Und die Strecke, die noch vor ihm lag, war weit. Der dunkelhaarige Mann mit dem schwarzen Schnauzbart hinter dem Steuer zog mürrisch die dichten Brauen zusammen, was ihn nicht unbedingt sympathischer machte. Aber Olli wollte nicht wählerisch sein. Also lächelte er und brachte ein fast fehlerfreies „Bonjour" heraus.

Der andere entblößte eine Reihe von gelben Zähnen zu einem Grinsen, das man mit Wohlwollen als ein Lächeln interpretieren konnte. Ein Raubtiergebiss, durchfuhr es Olli, aber er nickte tapfer, als ihm der andere mit einem sparsamen Kopfnicken den Platz auf dem Beifahrersitz zuwies, und stieg ein.

„Tourist?", knurrte der Fahrer.

Olli nickte.

„Und wohin geht's?"

Erst jetzt bemerkte Olli, dass der Mann deutsch mit ihm sprach. Eigentlich gut, dachte er und fühlte sich dennoch nicht besser. Denn ohne Sprachbarriere wuchs die Gefahr, Fragen gestellt zu bekommen, auf die er lieber keine Antworten geben wollte. „Nach Spanien", erwiderte er und bemühte sich sehr darum, seine Stimme locker klingen zu lassen.

„Nach Spanien also." Der Fahrer nickte und reihte sich wieder in den fließenden Verkehr ein. „Alleine unterwegs?"

Was sollte diese Frage? Man konnte doch sehen, dass er ohne Begleitung war. Misstrauisch nickte Olli.

„Jetzt nicht mehr." Heiser lachte der andere und zeigte ihm erneut sein gelbes Grinsen. „Denn genau da fahre ich auch hin. Zufälle gibt's, was?"

Zögernd nickte Olli. Das Gefühl, in eine Falle geraten zu sein, stellte sich ein. Doch sein Nebenmann schien Ollis Befangenheit gar nicht zu bemerken. Lässig beschleunigte er und überholte eine langsame Kolonne von Caravanfahrern.

„Ich bin auf eine Hochzeit eingeladen", brummte der Schnauzbart. „Meine Nichte hat im Urlaub einen Spanier kennengelernt. Jetzt ist sie schwanger und da soll der gemeinsame Familienname die Sache richten."

Olli atmete durch. Er musste sich jetzt zusammenreißen. Kein Wunder, dass er hinter jedem und allem eine Bedrohung sah.

Die Explosion im Café hatte seine Nerven nachhaltig zerrüttet. Sein Magen hatte dermaßen heftig gegen den erlittenen Schock revoltiert, dass er zeitweise sogar geglaubt hatte, nie mehr von der Rastplatztoilette herunterzukommen. Als er dann nach einer gefühlten Ewigkeit zum Parkplatz zurückgekehrt war, war er überrascht und erleichtert gewesen, den Wagen der blonden Reporterin überhaupt noch vorzufinden.

Doch mit ihrem Tod hätte er dann doch nie gerechnet. Als er sie auf der Wiese entdeckt hatte, halb verborgen im hohen Gras, die Augen weit aufgerissen im blau geschwollenen Gesicht, da hatte ihn auf einmal wieder die Panik im Griff und am liebsten wäre er davongerannt. Nur mit allergrößter Selbstbeherrschung war er so langsam es ging zu ihrem roten BMW zurückgegangen. Der Wagen war nicht abgeschlossen, doch der Zündschlüssel fehlte. Unvorstellbar, dass er wirklich daran gedacht hatte, ihren Wagen in Besitz zu nehmen. Entsetzt über sich und die ganze unfassbare Geschichte, in die er geraten war, hatte er seinen Rucksack geschultert und das Weite gesucht.

Schüchtern musterte er den dunkelhaarigen Typen am Steuer. Niemals hätte dieser ihn eingeladen mitzufahren, wenn er auch nur den Funken einer Vermutung gehabt hätte, mit welchem tödlichen Geheimnis Olli unterwegs war. Da war er sich sicher.

Welchen Gefahren war er in den letzten Tagen nicht alles ausgesetzt gewesen? Ein explodierter Tanklastwagen, ein Zugunglück, jemand hatte eine Waffe auf ihn gerichtet, mehrere Tote vor seiner Nase, ein Café, das vor seinen Augen in die Luft geflogen war. Eine nicht abreißende Kette von tödlichen Ereignissen. Und noch immer lebte er. Unbeschadet.

Solange er mit Leokadia zusammen war, war es ihm leicht gefallen, die Ursache für alle diese Katastrophen bei ihr zu sehen. Als einen Fluch, der sie verfolgte. Hatte sie es ihm nicht sogar erzählt? Dass sie sich verfolgt fühlte? Dass der Tod hinter ihr her war?

Doch so sehr er sich auch bemühte diese Erklärung aufrechtzuerhalten, es gelang ihm nicht. Denn wieso passierten ihm diese schrecklichen Dinge, obwohl Leokadia längst nicht mehr in der Nähe war? Das alles ließ nur einen einzigen Schluss zu. Die Wahrheit traf ihn eiskalt. Er fröstelte. Der Tod haftete wie ein unsichtbarer Makel auch an ihm. Und der einzige Grund, weshalb er noch immer lebte, war, dass er bisher Glück gehabt hatte. Niemand war vor dem Tod sicher. Leokadia nicht. Er nicht. Niemand. Nur so viel war sicher: es konnte jederzeit jeden treffen.

Nervös sah er zu seinem Nebenmann, der sich auf die Straße vor ihnen konzentrierte und nichts von Ollis inneren Kämpfen zu bemerken schien. Immerhin konnte er versuchen Leokadia zu helfen. Wenn er bisher das Glück gehabt hatte zu überleben, dann sollte sie es auch haben. Er musste ihr die gute Nachricht vom gefundenen Knochenmarkspender überbringen. Er würde den Tod von ihrer Spur ablenken. Er würde sie retten. Freundlich nickte er dem Mann neben sich zu.

„Ich möchte nach Málaga", hörte Olli sich sagen und auf einmal erinnerte er sich wieder an den Namen des Cafés, von dem ihm sein Freund Gabor im Büro so oft erzählt hatte. „Freunde besuchen, die ein Café in der Altstadt betreiben. Das ‚El Jardin' direkt neben der Kathedrale."

„Málaga", wiederholte der Mann am Steuer und grinste breit. „Ich sag's ja, Zufälle gibt's. Genau dort wohnt die neue Familie meiner Nichte. Also wenn du magst, Kumpel, dann bring ich dich hin."

Zufälle gibt es, dachte auch Olli, und nach den unheilvollen Ereignissen der letzten Tage, in denen der Zufall immer nur dem Tod in die Hände gespielt hatte, war er froh darüber, dass der Zufall endlich auch einmal auf der Seite des Lebens stand. Mit einer erschöpften Geste lehnte er sich zurück.

Mit einer weiten Geste schob Leokadia ihren Teller von sich und ließ sich gegen ihre Rückenlehne fallen. „Einfach wunderbar", schwärmte sie, ihr Gesicht – ein Abbild vollkommener Glückseligkeit. „Ich kann mich nicht erinnern, wann ich das letzte Mal so gut gegessen hätte."

„Und vor allem so viel", zog Gabor sie auf. Ein Kellner erschien, räumte flink ihre leeren Teller weg und legte ihnen mit einem aufmunternden Lächeln die Dessertkarte neben die halbvollen Rotweingläser.

„Zum Glück trage ich ein weites Kleid und da passt sehr viel mehr Bauch rein als in die enge kurze Hose, die Olli jetzt in meinem Rucksack spazieren trägt."

„Soll heißen, dass Señorita Leokadia noch einen Nachtisch wünscht?", lockte Gabor.

„Ich kapituliere", winkte sie ab.

„Ob Olli sich inzwischen auch neu eingekleidet hat?", kehrte Gabor in Gedanken zu seinem Kollegen zurück.

„Ach wo", winkte sie ab. „Der ist doch schon lange auf dem Heimweg."

Gabor warf einen flüchtigen Blick auf seine Armbanduhr. „Bestimmt ist er schon wieder zu Hause. Wir haben fast dreiundzwanzig Uhr."

„Und hier ist es so lebendig wie in Frankfurt zur Mittagszeit", seufzte Leokadia. „Barcelona ist ein Traum. Es war wundervoll, durch die Stadt zu laufen und diese ganzen fantastischen Bauwerke zu entdecken."

Gabor nickte. Am frühen Nachmittag waren sie in der spanischen Metropole angekommen. Hatten irgendwo im verschlungenen Netz verwinkelter Gassen seinen Wagen zurückgelassen und waren zu Fuß in Richtung Zentrum aufgebrochen. Zwei sorglose Ausreißer ohne Plan und festes Ziel. Völlig unerwartet hatten sie plötzlich vor der Sagrada Familia gestanden. Staunend waren sie immer weiter gelaufen und mit jedem weiteren Schritt, den sie tiefer in das wilde Herz der Stadt eindrangen, fühlten sie sich mehr von ihr vereinnahmt.

Barcelona erfüllte alle ihre Sinne. Das permanente Rauschen der Straßen, die bunten Musikfetzen, die aus vorbeifahrenden Autos, aus offenen Fenstern und Geschäften drangen, der Baulärm aus den Hinterhöfen, das plötzlich aufbrausende Knattern vorbeirasender Mofas, Hundegebell und tausend verschiedene Stimmen, melodische, anschmiegsame, rauchige, lachende, hektische, befehlende, schimpfende, fröhliche, all das vermischte sich in ihren Ohren zu einer atemberaubenden Sinfonie. Der Pulsschlag dieser Stadt trug sie einfach davon.

Jede weitere Straße, jeder weitere Platz bescherte ihnen neue Überraschungen. Die prächtigen Fassaden historischer Bauwerke, die verspielte Architektur des Jugendstils, der stille Zauber verwinkelter Gassen und das mondäne Flair breiter Alleen. Die Stunden flogen an ihnen vorbei, als habe die Zeit kein Gewicht. An der Plaça de Catalunya waren sie in ein großes Einkaufszentrum marschiert, wo sich Leokadia zielsicher mit einigen Kleidern und anderen wichtigen Utensilien des täglichen Bedarfs eingedeckt hatte, die sie alle in einem ebenfalls neu erworbenen Rucksack verstaute. Der Hunger und die Lust auf ein üppiges Abendessen hatte sie zurück auf die Straße getrieben, wo Gabor im Schaufenster einer kleinen Boutique das dunkelblaue Kleid entdeckt hatte, welches sie nun trug.

„Das alles erscheint mir wie ein Traum. Komm, stoß mit mir an, Gabor!", rief sie ihm zu.

Heftig klirrend schlugen ihre Gläser gegeneinander. „Und jetzt gib mir einen Kuss", forderte sie und beugte sich über den Tisch seinem verblüfften Gesicht entgegen.

„Brüderschaft", erklärte sie. „Wir trinken auf Brüderschaft. Das macht man doch so, oder?"

„Nein", antwortete er und wich zurück.

„Wie, nein?" Betroffen weiteten sich ihre Augen.

„Das macht man so", lächelte er, nahm sein Glas und erhob sich. „Man verschränkt die Arme ineinander, dann küsst man sich und sagt seinen Namen."

Schüchtern berührten sich ihre Lippen.

„Mein Name ist Leokadia Anna Zwetov“, sagte sie.

„Mein Name ist Juan Maria Gabor“, sagte er und nahm wieder Platz.

„Juan? Juan Maria? Ehrlich?“ Sie lachte. „So richtig original spanisch? Und ich dachte, du heißt Jo?“

„Klang besser, als ich zur Schule ging. Und inzwischen nennt mich sowieso jeder nur noch Gabor.“

„Das kann ich verstehen. Ich mag diesen Namen.“

„Und ich mag Leokadia“, sagte er.

„Den Namen oder die Person, zu der er gehört?“, kokettierte sie.

„Beides“, zwinkerte er ihr zu.

Der Kellner kehrte zurück und nachdem sie keine weitere Bestellung aufgaben, brachte er die Rechnung. Erneut brachen sie auf, schlenderten die Straße hinunter in Richtung Hafen. Schwerelos waren die Sätze, die zwischen ihnen hin und her flogen. Unbefangen tauschten sie die Art von Blicken, die über kurz oder lang in Berührungen mündeten. Es war Mitternacht und die Stadt war noch immer wach. Aus den Häusern flossen Musik und Licht und immer mehr Menschen zu einer fröhlichen Fiesta zusammen. Wie zufällig berührten sich im Gedränge ihre Schultern, nur dass es längst kein Zufall mehr war. Aufatmend, denn das Meer war nun schon ganz nah, passierten sie das große Columbus-Denkmal und liefen weiter zum Port Vell, dem alten Hafen. In der Dunkelheit lag das Mittelmeer wie eine schimmernde Ahnung vor ihnen. Ein riesiges schwarzes Wesen, dessen salziger Atem sie kühl berührte. Zwischen den am Pier festgetäuten Booten und Yachten plätscherten kleine Wellen. Es roch nach Salz und Motoröl, nach Aufbruch und Freiheit.

Plötzlich blieb Leokadia stehen.

„Ich danke dir, Gabor“, sagte sie und wandte sich zu ihm um. „Das heute war der beste Tag seit langem. Vielleicht der beste Tag seit je. Und weißt du, warum? Weil du mich hast vergessen lassen, dass ich eigentlich davonlaufe. Also bin ich auch nicht mehr davongelaufen. Sondern angekommen.“

Ganz dicht stand sie vor ihm und blickte zu ihm hoch. Mit beiden Händen umfasste er ihr Gesicht und küsste sie, so sanft als könnte er sie verletzen.

„Du weißt, wovor ich davonlaufe", flüsterte sie, das Gesicht an seiner Schulter geborgen. „Und wir beide wissen, dass es im Grunde sinnlos ist, weil man vor dem Tod, vor seinem Tod, nicht davonlaufen kann. Wenn er kommt, dann ist er da. Wenn die Stunde schlägt, kann man es nicht verhindern. Als ich vor zwei Tagen losrannte, da glaubte ich noch, nein, da hoffte ich, dass ich das Unvermeidliche in irgendeiner Form abwenden könnte."

Sie trat einen Schritt zurück und nahm ihn an der Hand.

„Seit Tagen laufe ich davon", sagte sie mit fester werdender Stimme. „Immer weiter, ohne ein einziges Mal wirklich innezuhalten. Aus lauter Angst davor, stehen zu bleiben und damit zuzulassen, dass mich der Tod einholt. Aber was ich bis heute übersehen habe, war, dass ich damit auch vor dem Leben davonlaufe. Vor mir selbst. Was nutzt es mir zu überleben, wenn ich dabei überhaupt nicht mehr lebe? Wenn ich alles daran setze, bis morgen durchzuhalten und dabei das Heute verpasse?"

Hand in Hand gingen sie ein paar Schritte. Die Stadt hinter ihnen schwieg. Nur die Wellen zwischen den angetäuten Booten flüsterten leise.

„Bevor ich krank wurde, bin ich gelaufen. Also, ich bin lange Strecken gelaufen, gerannt. Ich habe sogar an Marathonläufen teilgenommen. Das lag mir einfach im Blut. Das Glück, das man spürt, wenn man genau zwischen zwei Atemzügen ist, Gabor, das ist unbeschreiblich. Das ist wie die Ewigkeit in einem mikroskopisch kleinen Moment. In solchen Augenblicken konnte ich alles vergessen. In solchen Momenten habe ich mich lebendig gefühlt wie sonst nie. Ich glaube, darum bin ich auch losgerannt, als mir klar wurde, dass ich keine Chance habe. Weil ich genau dieses Glück zurückhaben wollte. Und mit dir habe ich es wieder gespürt. Das ist es, worauf es ankommt. Ich habe es jetzt begriffen. Der beste Weg zu sterben, ist vorher richtig zu leben. Lebenswert zu leben. Das Glück zwischen den Atemzügen zu spüren.“

Forschend blickte sie ihn an.

„Du findest bestimmt, dass ich recht konfus daherrede, nicht wahr? Ich fühle mich im Augenblick auch recht konfus. Wie beschwipst. Aber glücklich. Jetzt in diesem Augenblick bin ich glücklich. Meine Flucht ist hier und jetzt zu Ende.“

„Also willst du umkehren und zurückfahren?“ Besorgnis keimte in seiner Stimme auf und sanft wie einem Kind fuhr er ihr über das kurze dunkle Haar.

„Im Gegenteil. Es gibt kein Zurück. Es gibt nur noch das Jetzt“, widersprach sie, stellte sich auf die Zehenspitzen und gab ihm einen Kuss auf die Wange.

„Dann fahren wir morgen weiter?“

„Nicht morgen. Heute noch.“ Lachend ergriff sie sein Handgelenk und tippte auf seine Armbanduhr. „Lass uns dafür sorgen, dass dieser Tag niemals endet. Lass uns, sobald es hell wird, weiterfahren, die Küste entlang und einen wundervollen Moment an den nächsten hängen. Von mir aus endlos. So, als gäbe es kein Morgen. Bis zum Horizont der Zeit.“

„Ahoi, Kapitän!“, nickte er ernst. „Nur sollten wir dann langsam beginnen zu suchen.“

„Nach einem Hotel?“

„Wichtiger. Nach meinem Wagen. Ich habe nicht den leisesten Schimmer einer Ahnung, wo wir ihn gelassen haben.“

„Kein Problem, Steuermann“, hakte sie sich bei ihm unter und zog ihn mit. „Jetzt gehen wir dort in diese Bar und nach dem Wagen suchen wir nachher. Wir werden ihn finden. Und wenn nicht, dann stehlen wir eben einen anderen“, versprach sie und begann zu lachen, als sie sein erschrockenes Gesicht bemerkte.

„Kein Sorge, darin habe ich bereits ein wenig Übung.“

Das hatte nichts mit Übung zu tun. Oder mit Können. Noch nicht einmal seinen berüchtigten Instinkt konnte er dafür verantwortlich machen. Das war pures Glück. Aber nicht die Sorte von Glück, die einen trifft wie ein zufälliger Mückenschiss. Nein, das war verdientes Glück. Das Ergebnis beharrlicher Arbeit. Das Produkt seiner Unnachgiebigkeit. Das war das Glück des Jägers, dem sich sein Wild irgendwann zeigen muss, wenn er es nur ausdauernd genug belauert.

Nun kam der nächste Schritt. Und der war nicht weniger schwierig. Denn er durfte seine Beute nicht verschrecken. Er musste sie zähmen, sie an sich gewöhnen. Jean-Loup fletschte seine Zähne zu einem Grinsen.

Der verständnislose Blick seines Fahrgastes sagte ihm, dass er an der Qualität seines Lächelns noch würde arbeiten müssen. Aber die Fahrt war lang. Bis Málaga blieben ihm Stunden, um das Vertrauen des jungen Mannes zu gewinnen. Zuerst einmal sollte er versuchen, mehr über den anderen herauszufinden. Natürlich nur ganz behutsam.

„Ist es Ihnen nicht zu gefährlich, per Anhalter zu fahren?“, fragte er betont harmlos und ärgerte sich sofort darüber, den Begriff Gefahr ins Spiel gebracht zu haben. Der andere sollte sich doch in Sicherheit wiegen.

„Na ja, Zugfahren ist ja auch nicht immer sicher“, versuchte er schnell, die Situation zu retten und tappte damit prompt ins nächste Fettnäpfchen. Zu offensichtlich lauerte das große TGV-Unglück hinter seiner Bemerkung.

„Ach, Scheiße“, poltere Jean-Loup, „was soll’s. Das Leben ist so oder so gefährlich, nicht wahr, mein Freund?“

Endlich nickte sein Beifahrer. Aha, mit männlich direkter Rede kam man bei ihm also am besten voran. Gut, dann weiter so.

„Unter den Freunden in Málaga ist bestimmt eine Frau, nicht wahr?“, zwinkerte er leicht anzüglich. „Cherchez la femme, mon ami, eh?“

Wieder nickte der andere. Allerdings viel zu neutral.

Jean-Loup verwarf seine amouröse Theorie sofort wieder. Knurrig schweigend fuhr er weiter. Der Typ war verstockt wie ein Stück Brot. Er würde es noch einmal von vorne versuchen müssen.

„Jean-Loup, Jean-Loup Schwartz", grunzte er und hielt dem jungen Mann seine haarige Rechte entgegen. „Aus Dengwiller. Kennt keine Sau. Das ist ein Kaff in der Nähe von Straßburg. Mutter: Deutsche, Vater: Franzose, ich: Elsässer, hahaha", schickte er seiner letzten Bemerkung ein bellendes Lachen hinterher. Aha, immerhin schenkte ihm sein Fahrgast jetzt einen ersten interessierten Blick. „Und du?"

„Oliver. Aus Frankfurt. Auf der seltsamsten Reise meines Lebens."

„Oh là là", pfiff Jean-Loup ehrlich überrascht. Das war schon mehr, als er erwartet hatte. „Hört sich nach einer interessanten Geschichte an. Leg los, Olivier. Wir haben Zeit."

„Nee, lieber nicht", ruderte der Andere zurück. Aber Jean-Loup hatte Blut gerochen und dachte nun gar nicht mehr daran, locker zu lassen. Jetzt musste er nur noch herausfinden, wie er ihn aus der Reserve lockte.

„Ist ziemlich kompliziert", fügte der junge Deutsche hinzu.

Ja, jetzt hatte er ihn am Haken, triumphierte er innerlich. Der Deutsche wollte reden. Jean-Loup spürte das. Die Geschichte brannte ihm auf der Seele. So war das immer. Die schwache Stelle eines jeden menschlichen Herzens. Die größten Ganoven brauchten irgendwann jemanden, dem sie sich anvertrauen konnten. Einen Beichtvater. Eine verwandte Seele. Jemanden, der von ihnen die Last der Einsamkeit nahm. Und sei es auch nur für die kurze Dauer des Bekenntnisses. Und desto größere Ganoven sie waren, desto verabscheuungswürdiger ihre Taten, desto stärker war in der Regel auch ihre Einsamkeit. *Macht macht immer einsam*, seufzte er und fühlte sich für den Bruchteil einer Sekunde mit seiner Beute verbunden. Jean-Loup setzte eine verständnisvolle Miene auf und nickte geduldig.

„Es ist immer kompliziert", stimmte er dem anderen zu und begann demonstrativ zu schweigen.

Jetzt bloß nicht die Nerven verlieren. Noch konnte der Verdächtige ihm entwischen. Er sollte ihn schön an der langen Leine lassen, damit er von selbst alles preisgibt.

„Eigentlich ist es gar nicht so kompliziert. Im Grunde ist es sogar erschreckend einfach. Ich bin nur gerade erst dabei zu begreifen, wie einfach das alles ist", murmelte der junge Mann. Jean-Loup schwieg.

„Glauben Sie daran, dass es dunkle Mächte gibt, die einen verfolgen können?"

„Häh?" Jean-Loup stutzte. Was für 'ne Masche war das denn? Misstrauisch musterte er seinen Sitznachbarn. Der völlig unbefangene offene Blick irritierte ihn. Entweder hatte der Typ neben ihm einen echten Schaden und glaubte, was er da laberte. Oder er war extrem gerissen. In beiden Fällen war er bedeutend gefährlicher, als Jean-Loup bisher vermutet hatte.

„Also, Olivier, mein Lieber, du kannst ‚du' zu mir sagen, okay?" Jean-Loup versuchte es auf die väterliche Tour. Verständnis zeigen, Vertrauen aufbauen, Verzeihung anbieten. Der Andere nickte.

„Du willst wissen, ob ich an übersinnliche Mächte oder sowas glaube?" Die Augen seines Mitfahrers ruhten gespannt auf ihm.

„Nein", sagte Jean-Loup so gelassen er konnte. „Nein, daran glaube ich nicht. Ich glaube nur, was ich sehe. Aber ich verstehe, dass die Fakten manchmal verwirrend sein können und einen in die Irre leiten."

Nachdenklich verloren sich die Blicke des jungen Mannes durch die Frontscheibe.

„Hattest du denn das Gefühl, etwas übersinnlich Dunkles sei dir begegnet?", beeilte sich Jean-Loup zu fragen, bevor ihm der Andere mit seinen Gedanken entwischte.

„Das kann man wohl sagen", murmelte der Deutsche und starrte ihn dabei an. „Ich habe den Tod gesehen."

Unwillkürlich zuckte Jean-Loup zusammen. *Der ist ja irre*, dachte er und bemühte sich darum, sich möglichst ungerührt zu zeigen.

„Wenn du darüber reden magst, ich habe immer ein offenes Ohr“, versuchte er beiläufig zu klingen.

„Tja, angefangen hat es eigentlich damit, dass ich meinen Job echt zum Kotzen fand“, begann sein Fahrgast und grinste. „Also wirklich zum Kotzen.“

„Kenn’ ich“, murmelte Jean-Loup. *Also Mord aus Langeweile*, dachte er.

„Ich habe diese Frau getroffen und wir sind zusammen losgefahren.“

Endlich spricht er von seiner Komplizin, dachte Jean-Loup und schwieg.

„Anfangs hatte ich noch überhaupt keinen Plan, was eigentlich los war“, fuhr Olli fort.

Also hatte ich recht, schlussfolgerte Jean-Loup. *Kein Wunder, dass ich kein klares Muster erkennen konnte.*

„Ich frage dich, Jean-Loup, wie viele Unfälle sind normal? Also pro Person, pro Tag, so rein statistisch?“, platzte der Andere heraus. Und ohne eine Antwort abzuwarten, fuhr er fort. „Erst war es nur der Typ, der gegen den Tankwagen gerauscht ist. Am ersten Tag. Aber am nächsten Tag eine Frau im Bus und eine Frau am Bahnhof. Und dann noch ein Zugunglück. Was denkst du? Fällt den Leuten nicht auf, dass es dabei nicht mit rechten Dingen zugeht?“

„Mmh, vermutlich nicht …“, brummte Jean-Loup, der den Redefluss des jungen Deutschen um keinen Preis unterbrechen wollte, auch wenn in seiner Aufzählung der eine oder andere Tote fehlte.

„Genau, aber wie viele von diesen Dingen müssen passieren, bis jemand dahinterkommt?“

„Vielleicht gar nicht so viele“, gab Jean-Loup zu bedenken.

„Da irrst du dich", widersprach ihm der andere heftig. „Die Leute nehmen es einfach so hin. Der Tod kann machen, was er will. Niemand schöpft Verdacht."

Wenn du dich da nur nicht täuschst. Jean-Loup nickte.

„Ja, der Tod ist der perfekte Serienmörder", lachte sein Fahrgast laut auf. „Verstehst du, was ich meine?"

Verrückt, dachte Jean-Loup. *Der Junge ist total verrückt. Voll der Psychopath. Glaubt jedes einzelne Wort, das er mir sagt.*

„Und du hast ihn gesehen?", wagte er sich vorsichtig vor.

„Gesehen? Pah!", verächtlich verzog der junge Mann das Gesicht zu einer Grimasse. „Wir waren sozusagen direkt mit ihm in Kontakt."

„Okay, das ist stark." Jean-Loup nickte beeindruckt. „Aber auch gefährlich, oder?"

„Oh ja, absolut gefährlich. Darum wollte ich ja auch umkehren."

„Aber inzwischen hast du deine Meinung geändert? Ich nehme an, die Freunde, die du in Málaga besuchen willst, haben auch mit der Sache zu tun?"

Der junge Mann lächelte versonnen. „Ja, denn ich weiß jetzt, wie ich dem Tod ein Schnippchen schlagen kann. Wenigstens für dieses Mal gibt es einen Weg aus dem ganzen Schlamassel."

Wie sollte er dieses ganze Schlamassel nur beenden? Wieso nur geriet er immer wieder hinein? Es gab eigentlich keinen Tag, an dem er nicht irgendwie alles verdarb. Egal, wie sehr er sich bemühte. Desto mehr er sich bemühte, desto schlimmer wurde es meistens sogar.

Dabei hatte heute Morgen alles noch so vielversprechend begonnen. Ohne Probleme war er aus dem Bett gekommen. Pünktlich bei der Arbeit erschienen. Und weder sein Chef noch die Kollegen hatten irgendeine blöde Bemerkung darüber gemacht, dass er in den letzten Tagen unentschuldigt gefehlt hatte. Und doch waren ihm die Dinge dann ab einem gewissen Punkt wieder einmal entglitten.

Er grübelte. Aber ab wann? Und wieso? Er hatte sich doch verdammt noch mal vorgenommen, dass genau das heute nicht passieren würde. Hatte höllenmäßig aufgepasst. Bis, ja, bis zu welchem Punkt bloß? Scheiße, er konnte sich partout nicht daran erinnern.

Verärgert nahm Louis einen großen Schluck aus der Flasche. Es war ihm egal, dass er damit seinen Führerschein aufs Spiel setzte. Der Tag war sowieso verdorben. Die ganze Woche war es. Alles war irgendwie verkorkst. Sein ganzes Leben. Was machte es da noch für einen Unterschied, ob er seinen Führerschein hatte oder nicht.

Am liebsten hätte er auf die Wiederholungstaste gedrückt. Wenn es sowas gäbe. Ja, am liebsten hätte er alles gelöscht und von vorne begonnen. Sein ganzes Leben. Einfach gelöscht. Er nahm einen weiteren tiefen Schluck und rülpste.

Immerhin mit dem Löschen seines Durstes und der Erinnerungen kam er im Augenblick ganz gut voran. Auch wenn der Effekt nur für kurze Zeit anhielt. War der Rausch weg, waren auch die Probleme wieder da. Da konnte er trinken so viel er wollte. Damit kannte er sich leider nur zu gut aus.

Dabei hatte der Tag doch so gut begonnen. Ein Sommermorgen, wie er schöner gar nicht hätte sein können. Mit Vogelgezwitscher und so. Und die Luft so klar, dass auch in seinem Kopf auf einmal alles ganz übersichtlich gewesen war. Die Datumsgrenze eine scharfe Linie, die das verdorbene Gestern vom neuen Heute trennte. Das Gestern mit all seinen Problemen und das Heute, der neue Tag, seine neue Chance, ganz für ihn gemacht.

Er durfte einfach nur keinen Fehler machen. Nichts trinken. Und schon würde alles gut werden. Er hatte sich vorgenommen, Fabienne anzurufen, sobald er es geschafft hätte, den Tag zu überstehen, ohne ihn zu verderben. Und dann hätte alles gut werden können.

Aber auf einmal war es einfach passiert. Er war ausgerutscht. Wenn er beschwipst gewesen wäre, dann hätte er das noch verstehen können. Aber er war doch so trocken gewesen wie die Wüste Gobi. Ausgerutscht auf einem schäbigen Farbklecks. Und dann kopfüber runter vom Gerüst, im Sturzflug volle zwei Stockwerke hinunter. Zum Glück lagen da gerade ein paar Kisten rum und jede Menge Plastikfolien.

Einen Mordsschrecken hatte er abbekommen, aber mehr auch nicht. Alles war so blitzschnell passiert, dass er noch nicht mal genug Zeit gehabt hatte, sein Leben an sich vorüberziehen zu lassen, wie das so üblich war, wenn einem die letzte Stunde schlug.

Alleine daran hätte er merken können, dass es glimpflich ausgehen würde. Aber so schnell, wie das alles passiert war, war ihm natürlich auch für solche Überlegungen keine Zeit geblieben. Die waren ihm erst hinterher gekommen. Mit tausend anderen Gedanken. Auf einen Schlag war er so nüchtern gewesen, wie noch nie in seinem Leben. So nüchtern, dass ihm schwindlig davon wurde.

Aber die größte Überraschung war gewesen, dass ihm gar nichts wehtat. Er war gerade zwei Stockwerke runtergestürzt und hatte sich nichts getan. Hatte 'ne Show abgezogen wie so ein verdammter Stuntman.

Sowas löste schon was in einem aus. Da fühlte man sich gleich ein wenig wie vom Schicksal begünstigt. Sowas nannte man wohl das berühmte Glück im Unglück. Jedenfalls hatte er das alles gedacht und noch mehr und davon war ihm gleich noch schwindliger geworden.

Und überall waren auf einmal Leute gewesen. Auch solche, die er gar nicht kannte. Und alle hatten sich gefreut, dass ihm nichts passiert war.

Dass alle so besorgt um ihn waren, das hatte er schon lange nicht mehr erlebt. Noch so ein Hinweis darauf, wie sehr ihn sein Glück auszeichnete. Er erinnerte sich, dass er vor lauter Glück sogar anfing zu zittern. Und geweint hatte er auch ein wenig. Also war es bis hierhin doch ein richtig guter Tag gewesen. Sogar ein sehr guter Tag, wenn man das Glück berücksichtigte, das er eben erst gehabt hatte.

Dann hatte ihn Gaspard in die nächste Kneipe gezogen. Einen ausgegeben, auf den Schreck. Er musste schon zugeben, dass der Schreck wirklich groß gewesen war, und der Anlass, der sich daraus ergab, eben kein geringer sein konnte. Und wenn man nur einen Kleinen nimmt, bei einem großen Anlass, dann ist das im Grunde ja auch gar nicht viel. Also hatte er auch wirklich nur einen ganz Kleinen genommen. Und dann noch einen, aber nur um Thierry nicht zu beleidigen, der plötzlich zu ihnen gestoßen war.

Ab diesem Punkt musste es dann wohl passiert sein, dass die Dinge aus den Fugen geraten waren. Also zunächst einmal waren es nur die Fenster, die ihnen sozusagen um die Ohren sausten. Denn gegenüber flog auf einmal das Café au Point Central in die Luft. Und obwohl das ein furchtbares Unglück war, lag darin für ihn ein verdammt großes Glück. Denn eigentlich hatte Gaspard ihn zuerst ins Café au Point Central führen wollen, aber Glück im Unglück, hatten sie sich im letzten Moment dagegen entschieden und waren zu Chez Pierre gegangen.

Schon wieder war er vom Glück begünstigt worden, auch wenn ihm das zugegebenermaßen immer noch etwas seltsam vorkam, weil dazu erst eine Kneipe in die Luft fliegen musste. Ohne Explosion hätte er es wohl auch dieses Mal gar nicht gemerkt. Also hatten sie sich gemeinsam noch einen weiteren Kleinen genehmigt. Gaspard und Thierry und alle anderen Überlebenden auf den Schreck. Und er auf das Glück, welches ihn so unverhofft und in einem Übermaß heimsuchte, dass er darüber schließlich ganz nachdenklich wurde.

Wenn er darüber nachdachte, dann war bis hierhin der Tag wohl noch immer völlig okay gewesen. Sogar deutlich mehr als nur okay. Denn zweimal ein solches Glück im Unglück zu haben, sozusagen zweimal dem Tod von der Schippe zu springen, also besser konnte es doch eigentlich gar nicht mehr kommen, oder? Darum war er auch sofort in sein Auto gesprungen und zur Tankstelle gerast. Hatte Rosen für Fabienne gekauft und ein paar Flaschen Schampus. Denn jetzt oder nie, hatte er gedacht, so viel Glück auf einen Haufen bekommst du kein zweites Mal und jede Sekunde, die er wartete, wäre ihm wie eine unverzeihliche Fahrlässigkeit erschienen.

Fabienne lebte und arbeitete seit ihrer Trennung in Spanien. Den Job in der Apotheke in Reus hatte ihr eine spanische Tante verschafft. Rund achthundert Kilometer, um sie aus seinem Dunstkreis zu entfernen.

Achthundert Kilometer Sehnsucht, die auf einmal sein Herz durchzuckten, wie ein gigantischer Blitz. Fabienne, die Liebe seines Lebens. Der einzige Mensch, der ihn je verstanden hatte. Der einzige Mensch, mit dem er sein Glück auch in Zukunft teilen wollte.

Achthundert Kilometer, das waren schlappe acht Stunden. Wenn er Gas gab sogar weniger. Er entschied, bei Ladenschluss vor der Apotheke auf sie zu warten und alles würde gut werden. Schließlich hatte der Tag doch so gut begonnen und bis zu diesem Moment war er auch noch völlig okay.

Er hatte die achthundert Kilometer sogar in sechs Stunden geschafft. Hatte die beschissene Apotheke sofort gefunden.

Vielleicht war das der Moment gewesen, in dem sein Blatt sich gewendet hatte? Vielleicht hätte er es besser nicht ganz so eilig haben sollen, zu Fabienne zu kommen? Vielleicht hätte er sich vorher nochmal waschen und die verdreckten Arbeitsklamotten gegen saubere Kleider austauschen sollen? Vielleicht war der nach sechs Stunden Fahrt arg gebeutelte Blumenstrauß, mit dem er plötzlich mitten in den Laden geplatzt war, wie einer dieser indischen Rosenverkäufer, zu theatralisch gewesen? Vielleicht hätte er sich nicht so ausschließlich auf sein Glück verlassen dürfen?

„Du bist ja betrunken", hatte Fabienne ihn angezischt und das war eindeutig ein Moment gewesen, in dem überhaupt nichts mehr okay war. Denn er hatte gar nichts getrunken. Nur die paar Kleinen in Mâcon. Vor Stunden. Und davon konnte Fabienne doch gar nichts wissen.

„Erzähl mir nichts“, hatte sie ihm das Wort abgeschnitten, als er von seinem Tag berichten wollte. Davon, dass gerade heute sein Glückstag sei und dass er darin einen Wink des Schicksals sehe.

„Verpiss dich“, hatte sie ihn angebrüllt und war einfach davongelaufen. Hatte ihn stehen lassen, während die Leute glotzend und hämisch grinsend um ihn herumstanden.

Ja, ab diesem Punkt war der Tag auf einmal verdorben gewesen. Aber was war der Grund dafür? Was zur Hölle hatte er falsch gemacht?

Wütend trat er aufs Gas, obwohl er es jetzt auf einmal überhaupt nicht mehr eilig hatte, sein Ziel zu erreichen. Im Grunde gab es für ihn überhaupt kein klares Ziel mehr.

Die erste Flasche hatte er sofort geleert, noch vor der Apotheke, im Wagen sitzend und über die Trümmer seiner Liebe weinend. Den ganzen Abend lang hatte er gehofft, dass Fabienne doch noch zu ihm nach draußen kommen würde. Aber die Schlampe war nicht gekommen.

Dann war es zweiundzwanzig Uhr gewesen und er wusste, dass es vorbei war.

Bereits auf den ersten Kilometern seiner Rückfahrt hatte sich seine Trauer allmählich in Wut verwandelt. Und mit jedem weiteren Schluck, erst aus der zweiten und dann dritten Flasche, in Hass.

Wieso sollte er jetzt noch auf irgendetwas oder irgendjemanden Rücksicht nehmen? Alles war egal. War verdorben. Wenn er sein Leben doch nur löschen könnte. Die Flasche, die er ansetzte, war leer. Verärgert warf er sie nach hinten in Richtung Rückbank. Klirrend prallte sie gegen die Rückscheibe und zerbrach. Auch egal.

Louis beugte sich zur leeren Beifahrerseite, um in der Bodenwanne nach der letzten Schampusflasche zu fischen. Zog sie am Hals hervor und stemmte den grünen Flaschenkörper zwischen seine Schenkel.

Dabei hatte der Tag doch so gut begonnen. Nur konnte er sich mit jeder Sekunde weniger gut daran erinnern. Aber immerhin erinnerte er sich daran, dass er sich daran erinnerte. Oder erinnert hatte. Oder so. Scheiße, war er blau!

Mit der Rechten zog er am Korken. Doch das Scheißding bewegte sich keinen Millimeter. Also nahm er die Zähne zu Hilfe. Und mit einem passablen „Plopp" löste sich der Korken aus dem engen Flaschenhals just in dem Augenblick, als er mit seinem Wagen eigentlich die scharfe Rechtskurve hätte nehmen müssen. Und auch diesmal stellte Louis enttäuscht fest, dass ihm keine Zeit blieb, sein bisheriges Leben Revue passieren zu lassen, obwohl er im gleichen Moment ebenfalls begriff, dass die Dinge diesmal kein gutes Ende nehmen würden.

Ein gutes Ende. Nach den zahlreichen Katastrophen der letzten Tage hatte er es tatsächlich in der Hand, wenigstens eine Geschichte zu einem guten Ende zu führen. Er trug sie mit sich, die Botschaft, die Leokadias Schicksal würde wenden können. Das erste Mal seit er Frankfurt verlassen hatte, gab ihm etwas das Gefühl, seine Reise mache Sinn.

Seinen mürrischen Begleiter nahm er dafür gerne in Kauf. Denn obwohl ihm dieser Jean-Loup irgendwie unheimlich vorkam, erwies er sich als ein zuverlässiger und sicherer Fahrer. Allerdings dunkelte es bereits und Olli fragte sich, ob sein Begleiter plante, einen Nachtstopp einzulegen. Die Vorstellung, sich gemeinsam mit dem dunklen Elsässer außerhalb des Wagens aufzuhalten, in dem sie immerhin eine klar definierte Zweckgemeinschaft bildeten, rief in ihm ein starkes Unbehagen hervor.

Olli wagte einen scheuen Blick zur Seite. Seit Stunden saßen sie nun schweigend nebeneinander, er und dieser verschlossene Fremde. Seit Stunden blickte dieser Jean-Loup konzentriert auf die Straße und ließ keine besondere Regung erkennen. Kalt und sparsam, jeder Blick und jede Geste berechnend. Geradezu spurlos waren Ollis Worte in der Miene des anderen versickert. Dabei hätten seine Überlegungen über das grundsätzliche Wesen des Todes doch sicher jeden anderen berührt. Jean-Loup dagegen war sonderbar distanziert geblieben. Olli tadelte sich dafür, seiner neuen Bekanntschaft seine Gedanken so offen dargelegt zu haben. Sicher hielt ihn der Elsässer jetzt für überspannt und hysterisch.

Inzwischen hatten sie gut sechshundert Kilometer seit Lyon hinter sich gelassen und befanden sich bereits in Spanien. Nun war es schon nach zweiundzwanzig Uhr und die Dunkelheit setzte sich immer stärker durch. Gähnend erklärte Jean-Loup, er werde müde und so verließen sie die Autobahn, um in einer der nächsten Ortschaften eine Übernachtungsmöglichkeit zu suchen.

Auch um Olli legte sich bleiern eine gewisse Müdigkeit, die er begrüßte, da sie ihm etwas von seiner Befangenheit nahm, die er dem anderen gegenüber empfand. Schlaf würde ihm guttun. Hoffentlich gab es in der Gegend genug freie Zimmer. Immerhin bewegten sie sich in einer Ferienregion. Schaudernd wies er die Vorstellung von sich, ein Doppelzimmer mit dem Elsässer teilen zu müssen. Als könne dieser Gedanken lesen, verzog Jean-Loup sein gelbes Gebiss zu einem anzüglichen Grinsen und sah ihn an.

In diesem Moment passierte es.

„Achtung!", wollte Olli eigentlich schreien, aber da war es bereits zu spät. Die Scheinwerfer eines entgegenkommenden Wagens schossen direkt auf sie zu. Jean-Loup stand auf der Bremse. Olli wurde nach vorne geworfen und fast zeitgleich wieder nach hinten gerissen. Jean-Loup schrie etwas und zog das Steuer nach links. Der Motor jaulte auf wie ein gequältes Tier. Krachend holperte ihr Wagen von der Fahrbahn und durchpflügte mit wirbelnden Reifen ein dunkles Stück Land. Plötzlich war alles still. Erstarrt brauchte Olli einige Sekunden, um zur Besinnung zu kommen. Ächzend regte sich Jean-Loup auf seinem Sitz, stieß die Fahrertür auf und ließ sich mit einem Stöhnen nach draußen fallen. Erst jetzt begann Olli, die Situation zu erfassen.

Die grellen Scheinwerfer hatten zu einem Wagen gehört, der sie in der Kurve geschnitten hatte. Nur den Reflexen von Jean-Loup war es zu verdanken, dass sie ihm gerade noch ausweichen konnten. Nun lag ihr Wagen abgeschlagen auf einer buckligen Wiese, hinter sich eine breite Schneise aus aufgewühlter Erde. Der andere aber klebte auf der anderen Straßenseite völlig zerschellt an einem riesigen Baum.

„Merde!", brüllte Jean-Loup und rappelte sich auf. Humpelnd eilte er über die Straße zu dem, was von ihrem Unfallgegner übrig geblieben war.

Wie gelähmt sah Olli ihm nach. Die Scheinwerfer des Unglückswagens schnitten sinnlose Linien in die dunkle Landschaft. Wie ein Schattenriss bewegte sich Jean-Loup vor den Trümmern. Weitere Flüche flogen durch die Luft. Schließlich humpelte er zurück.

„Tot", keuchte er und baute sich vor Olli auf, seine Hände erschöpft auf seine Oberschenkel abstützend, die Augen zu Schlitzen verengt. „Da ist nichts mehr übrig, was man am Stück rausholen könnte."

Olli spürte, wie ihm schlecht wurde. Jean-Loup konnte gerade noch zur Seite springen, bevor Olli sich auf seine Schuhe erbrach.

„Wie war das, der Tod kann machen, was er will?" Gehässig lachte Jean-Loup auf und warf Olli einen mitleidigen Blick zu. „Wundert mich nicht, da es so viele Dumme gibt, die es ihm so leicht machen."

„Wir müssen Hilfe rufen", flüsterte Olli fassungslos.

Außer ihm und Jean-Loup war niemand hier. Der Tote im Wagen zählte nicht. Um sie herum nur die Dunkelheit und die Stille einer fremden, unbelebten Landstraße bei Nacht. Im fahlen Licht der Fahrerkabine hob sich Jean-Loups Profil scharf von der Dunkelheit ab. Olli erkannte, dass der andere zögerte.

„Merde", stieß Jean-Loup verächtlich hervor. „Klar können wir das. Und dann kommt die spanische Polizei, schiebt unser Auto auf die Straße zurück und wünscht uns weiterhin eine gute Fahrt."

Olli begriff, dass das Auftauchen der Polizei die Dinge unweigerlich verkomplizieren würde. Aber sie konnten doch nicht einfach so tun, als ob nichts geschehen wäre. Oder doch? Seit Tagen streiften ihn Unglücksfälle wie dieser und er ignorierte sie, so gut es ging.

Doch dass auch Jean-Loup bereit war, diese Vorgehensweise zu teilen, irritierte ihn. Hatte dieser dunkle Mann etwas zu verbergen?

„Also auf!", raunzte Jean-Loup ihn an. „Oder willst du hier übernachten?"

Überraschend mühelos gelang es ihnen, den Wagen zurück auf die Straße zu schieben. Wie in Trance nahm Olli erneut auf dem Beifahrersitz Platz. Mit grimmiger Gebärde startete Jean-Loup den Motor und fuhr los. Erst schnell, dann allerdings zunehmend langsamer.

„Wird Zeit für 'ne Mütze Schlaf", brach er das düstere Schweigen zwischen ihnen. „Bis Málaga haben wir noch einen weiten Weg vor uns."

Olli nickte mechanisch. Jean-Loups Befehl klang vernünftig. Dennoch missfiel ihm die unerwartete Komplizenschaft. Verhielt sich so jemand, der auf dem Weg zu der Hochzeit seiner Nichte war? Ollis Misstrauen wuchs. Von nun an würde er den anderen sorgfältig beobachten.

„Okay", gab Olli zurück, obwohl sein Nebenmann von ihm gar keine Antwort erwartete. Mit wachsender Ungeduld lenkte Jean-Loup seinen Wagen weiter durch die Nacht. Die Erschöpfung stand nun auch ihm deutlich ins Gesicht geschrieben. Das hell leuchtende Hotelschild am Straßenrand ließ beide erleichtert aufatmen. Wortlos parkte Jean-Loup vor dem Gebäude.

„Warte hier", grunzte er und stieg aus, um nach freien Zimmern zu fragen.

Nachdenklich blieb Olli zurück. Wenn er sich von Jean-Loup trennen wollte, dann war das der geeignete Augenblick dafür. Aber so unheilig ihm seine Allianz mit diesem groben Fremden auch vorkam, so alternativlos erschien sie ihm im gleichen Moment. Sich hier und jetzt von dieser bequemen Mitfahrgelegenheit zu verabschieden, um sich in die Ungewissheit einer nächtlichen Landstraße zu stürzen, kam ihm völlig unvernünftig vor.

Jean-Loup kam zurück und riss die Beifahrertür auf.

„Auf geht's", befahl er.

Schicksalsergeben holte Olli Leokadias Rucksack aus Jean-Loups Kofferraum und trottete diesem hinterher.

Ein übermüdeter Rezeptionist empfing sie. Wortkarg übergab er ihnen die Zugangskarten zu ihren Zimmern.

„Morgen um neun geht's weiter", knurrte Jean-Loup zum Abschied und verschwand im Fahrstuhl, während Olli neben der Rezeption den Gang entlang bis zu seinem Zimmer schlich. Völlig erschöpft sank er auf sein Bett und fiel sofort in tiefen Schlaf.

V

Sie trieben durch die Nacht, als würde diese nie zu Ende gehen. Sie lebten den Moment, ohne innezuhalten und ohne nachzudenken, denn nachdenken, das ahnten beide, wäre bereits ein Sich-entfernen-vom-Augenblick, ein Herausfallen aus der Unendlichkeit gewesen.

Sie teilten ihre Zeit und vervielfachten sie dadurch. Sie lachten und sahen sich an. Sie sprachen viel und das meiste davon war belanglos, aber das wenige, das es nicht war, war wichtiger als alles, was sie sich bisher gesagt hatten.

Erst als der Morgen graute, erinnerten sie sich daran, dass es vielleicht klug gewesen wäre, eine Unterkunft für die Nacht zu finden. Doch nun, da es dafür sowieso zu spät war, verwarfen sie den Gedanken an Schlaf. Sie waren wie im Rausch und spürten keine Müdigkeit.

Sie begannen, nach Gabors Wagen zu suchen und obwohl beide nicht ernsthaft glaubten, dass sie ihn finden würden, waren sie keine Spur erstaunt, als sie plötzlich direkt vor ihm standen. Wie ein Relikt aus einer anderen Zeit wartete der Audi noch immer dort, wo sie ihn vor Ewigkeiten zurückgelassen hatten, und sein Anblick gab ihnen das Gefühl, dass sich das Gestern so nahtlos an das Heute fügte, als handle es sich noch immer um dieselbe Zeit.

Sie stiegen ein und fuhren los. Verließen Barcelona noch vor dem Tumult des ersten Berufsverkehrs, bevor der Tag offiziell richtig anbrach, und genossen dabei das heimliche Gefühl, der Zeit erneut ein Schnippchen geschlagen zu haben.

Sie entschieden sich für schmale Nebenstraßen, um der hektischen Eile schnell befahrener Hauptstrecken auszuweichen, als glaubten sie, über der Zeit zu stehen, solange sie sich nicht auf sie einließen. Sie hatten keine Eile damit, diese Illusion aufzugeben.

Ihr Frühstück nahmen sie auf der Terrasse eines Hotels in einem kleinen Küstenstädtchen nahe Valencia ein.

„Kaffee mit Blick aufs Meer." Verträumt blinzelte Leokadia über den glitzernden Horizont.

„Steht dir gut, das Blau im Hintergrund", erwiderte Gabor.

„Wir könnten uns hier ein Zimmer nehmen und die letzte Nacht nachholen", sagte sie und gähnte herzhaft.

„Die werden kaum annehmen, dass wir das Zimmer nur zum Schlafen nehmen", grinste er.

„Müssen wir ja auch nicht", flüsterte sie und errötete sofort. „Eine Dusche wäre auch nicht schlecht."

Gabor warf einen Blick auf die Urlauber, die um sie herum die Terrasse bevölkerten. „Ich glaube kaum, dass die hier ein Zimmer für nur einen Tag oder ein paar Stunden zu vergeben haben. Aber wenn du einverstanden bist, dann suchen wir uns etwas im Hinterland. Um nach Málaga zu kommen, sollten wir jetzt sowieso besser die Küstenstraße verlassen."

Sie verließen die schattige Hotelterrasse und traten ins gleißende Licht. Unbarmherzig schlug ihnen die Hitze entgegen. Leokadia taumelte. Nur im letzten Moment konnte Gabor verhindern, dass sie einknickte und fiel. Behutsam hielt er sie im Arm. Erschrocken bemerkte er, dass sie leicht war wie ein Kind.

„Vielleicht sollten wir besser umkehren. Du brauchst Hilfe", stammelte er bestürzt.

„Aber du hilfst mir doch."

„Ich meine richtige Hilfe. Medizinische Hilfe." Gabor bemühte sich um einen ruhigen Ton, obwohl ihm die Situation sichtlich zu schaffen machte. „Ach verdammt, Leokadia", platzte es aus ihm heraus, „man muss doch auch mal vernünftig sein."

„Vernunft ist nur etwas für Leute, die ein Morgen haben. Für Leute mit Hoffnung." Verärgert sah sie ihn an. „Falls du es noch nicht kapiert hast, Gabor, ich bin ein hoffnungsloser Fall. Darum werde ich auch nicht umkehren. Und ich lasse mir von niemandem sagen, was ich tun soll." Mit zäher Kraft wand sie sich aus seinen Armen. „Auch von dir nicht!"

„Ich meine es doch nur gut. Nimm es als Vorschlag", versuchte er einzulenken.

Ihre Miene blieb versteinert. „Behalte deine Vorschläge für dich. In diesem Fall möchte ich sie nicht hören."

„Du kannst nicht verhindern, dass ich mir Sorgen mache. So ist das nun einmal, wenn einem der andere etwas bedeutet", versuchte er abermals zu ihr durchzudringen.

„Ich will deine Sorgen aber nicht. Ich will überhaupt keine Sorgen. Warum, zum Teufel, glaubst du, bin ich hier? Mich zu mögen gibt dir noch lange kein Recht, mich auf diese Weise zu vereinnahmen, Gabor."

„Aber Leo, es geht doch überhaupt nicht ums Vereinnahmen", verteidigte er sich und spürte zugleich, wie er dabei chancenlos gegen eine Wand aus Zorn anrannte. „Das ist Anteilnahme. Menschen empfinden nun einmal so. Du schwebst nicht im luftleeren Raum. Und ob du das hören magst oder nicht, aber dein Leben geht mehr Leute an als nur dich alleine."

„Hör auf, Gabor. Du machst die Dinge nur kompliziert", fuhr sie ihn an und stolperte mit zittrigen Schritten davon.

„Es ist kompliziert. Und einfach. Lass es zu", beschwor er sie und rannte hinterher.

„Zulassen?", fauchte sie. „Du hast verdammt nochmal keine Ahnung, *worauf* du dich da einlässt, mein Lieber."

„Stimmt, Leo." Atemlos hastete er neben ihr her. „Aber ich *will mich* darauf einlassen."

Abrupt blieb sie stehen, ihr blanker Blick wie eine Klinge auf ihn gerichtet.

„Nein, das willst du nicht", sagte sie. „Niemand will das." In ihren Augen stand eine unheimliche Mischung aus Hass und Spott. „Du magst mich?", fuhr sie fort und musterte ihn eiskalt. „Schön. Aber was, bitte sehr, magst du an mir? Mein Gesicht? Meine Augen? Meinen Körper? Meine ganze Erscheinung? Du findest mich hübsch …?"

„Du bist wunderschön", murmelte er, doch seine Worte verklangen ungehört.

Ungerührt fuhr sie fort: „Du magst meine spontane Art? Meinen Humor? Meinen formidablen Charakter? Scheiße, mein Freund, aber die Leo, die du vor dir siehst, ist nicht die Leo, auf die du dich da einlassen würdest. Was du siehst ist eine Leo, die ich selbst gerne wäre. Eine spontane, lustige Person, sexy und amüsant. Jemand, mit dem man ohne Bedenken eine gute Zeit verbringen kann. Sorglos, unkompliziert und vor allem jemand, mit dem man langfristig planen kann."

Kraftlos sank sie in sich zusammen. Ein hilfloses Häufchen Traurigkeit. Nur mit Mühe unterdrückte Gabor seinen Impuls, sie erneut in den Arm zu nehmen.

„Die Leo, die dich erwartet, wenn du mit mir zurückfährst, ist völlig anders." Erschöpft schlug sie die Augen nieder. Ihre Stimme zitterte leicht, als sie weitersprach. „Diese Leo ist krank. Sterbenskrank. Und sie ist launisch. Sie ist deprimiert und ängstlich und unendlich wütend. Eine Frau voller Widersprüche. Ja, noch nicht einmal eine Frau im eigentlichen Sinne des Wortes. Denn bereits nach kurzer Zeit wird es keine erotische Anziehungskraft mehr geben. Niemanden mehr, den du in deinem Bett würdest haben wollen. Noch nicht einmal jemanden, den du hübsch nennen kannst."

Alles in Gabor bäumte sich auf, ihr zu widersprechen. Doch jedes Wort erschien ihm auf einmal unangemessen. So streckte er nur seine rechte Hand nach ihr aus und sah sie an. Wie ein scheues Tier wich sie zurück, doch der Zorn in ihren Augen war bereits fast erloschen.

„Hast du schon mal Menschen gesehen, die vom Tod gezeichnet waren?", flüsterte sie, als könnten ihn die Bilder, die sie heraufbeschwor, vertreiben. „Sterbende? Menschen, die zu erschöpft, zu kraftlos sind, um sich aufzurichten? Menschen, deren Blicke wie stumme Schreie sind? Hoffnungslose Fälle, die immer noch kämpfen, obwohl sie längst wissen, dass es für sie keinen Ausweg mehr gibt? Menschen, die sich verzweifelt über die Schmerzen, die ihnen das Leben zufügt, bereits nach dem Tod sehnen? Die sich in ihr Schicksal gefügt haben und die im Tod keine Bedrohung, sondern nur noch die letzte Erlösung sehen? Und die der Tod dadurch verhöhnt, dass er sie einfach nicht gehen lässt? Indem er sie festhält und quält, um ihnen auch noch das Letzte zu rauben, was man einem Menschen nehmen kann, auch wenn er längst jede Hoffnung verloren hat? Seine Würde."

Ruhig bettete sie ihren Blick in den seinen.

„Als bei mir das erste Mal Leukämie diagnostiziert wurde, war ich lange genug im Krankenhaus, um mir ein Bild zu machen. Ich konnte sehen, was auf mich zukommt, wenn ich es nicht schaffe. Dann hieß es, alles sei okay und ich glaubte mich gerettet. Doch als der Krebs plötzlich doch zurückkam und man mir sagte, dass es nur noch eine Chance für mich gäbe, nämlich, dass man einen geeigneten Rückenmarkspender für mich finden müsste und dass es einen solchen aktuell nicht gebe, da war mir klar, dass ich diesmal verloren hatte.

Ich weiß, was mich erwartet. Und ich weiß, dass du das nicht sehen willst. Dass niemand das sehen will. Ich jedenfalls nicht. Und genau darum werde ich auch nicht warten, bis es so weit ist."

„Was meinst du damit?"

„Dass ich selbst darüber bestimmen werde, wie ich abtrete."

„Du würdest dich umbringen?"

„Gabor, mein Freund, ich werde bald sterben. Hast du das noch immer nicht begriffen?" Sie lächelte, als wollte sie ihn trösten. „Daran ist nichts zu ändern. Der Tod ist mir dicht auf den Fersen. Aber ich fliehe nicht mehr vor ihm. Er wird mich nicht in die Knie zwingen. Wenn es so weit ist, dann komme ich ihm zuvor."

Erneut streckte er seine Hand nach ihr aus und sie ließ es geschehen, dass er sie stumm an sich heranzog. Schützend legte er seine Arme um sie und gab ihr durch seinen Kuss das einzige Versprechen, das sie trösten konnte.

Irgendwann war die Nacht zu Ende. Benommen wehrte er sich gegen das Erwachen, welches sich komplizenhaft mit dem Tageslicht in sein Zimmer schlich. Keine Spur von Erholung. Beunruhigende Bilder hatten ihn heimgesucht. Ihr verstörendes Echo hielt ihn noch immer gefangen. Hatte er überhaupt geschlafen? Oder schlief er immer noch?

Plötzlich ergriff eine Erinnerung von seinem Bewusstsein Besitz. Das unheilvolle Grinsen seines neuen Bekannten ließ ihm keinen Zweifel. Dieser Albtraum war real.

Stöhnend setzte er sich auf. Auf einen Schlag war er hellwach. Alles war wieder da. Die Unfallbilder aus der letzten Nacht zogen an seinem inneren Auge vorüber.

Unbegreiflich, dass er überhaupt hatte einschlafen können. Wie erschöpft musste er gewesen sein, wenn er sich nach all dem Horror einfach ruhig hatte hinlegen können? Erschöpfung schien ihm auch als die einzige Erklärung dafür herzuhalten, dass er sich darauf eingelassen hatte, seine Reise mit diesem unheimlichen Typen fortzusetzen. Hatte der andere ihn nicht sogar zu einem Verbrechen angestiftet? Denn als solches begriff er ihre klammheimliche Flucht vom Unfallort auf einmal. Fahrerflucht war garantiert in Spanien ein ebenso straffälliges Vergehen wie in Deutschland. Oder wie sollte er die Ereignisse des Vortages anders bezeichnen?

Olli begriff, dass er Jean-Loup loswerden musste. Dieser Typ spielte in der abstrusen Geschichte, die ihn seit Frankfurt verfolgte, ganz sicher keine gute Rolle. Seit er aus Maurers Büro gerannt war, hatten sich die Dinge immer dramatischer zugespitzt. Die Begegnung mit dem Franzosen konnte daher eigentlich gar kein gutes Ende nehmen.

Verunsichert schwang er seine Beine aus dem Bett und tapste in Richtung Bad. Sein Blick fiel auf Leokadias Rucksack, den er auf dem einzigen Stuhl neben dem Fenster abgestellt hatte. Also würde ihre Zahnbürste für seine morgendliche Toilette herhalten müssen. Verärgert erkannte er sein Versäumnis, sich keine Kleidung zum Wechseln besorgt zu haben, als er durch Mâcon gelaufen war. Doch das gehörte aktuell zu seinen geringeren Problemen. Die entscheidende Frage war, wie er Jean-Loup loswerden konnte, ohne dessen Misstrauen zu wecken? Dummerweise hatte er ihm seinen Zielort genannt und Olli dämmerte, dass sich daraus ein entscheidender Nachteil für ihn ergeben konnte. Einfach weglaufen kam also nicht in Frage. Er musste seinem unheimlichen Gefährten zuerst eine plausible Erklärung für ihre Trennung liefern, um keinen Verdacht zu erregen, und ihn idealerweise auf eine andere Spur locken.

Nach dem Zähneputzen und einer ausgiebigen Dusche durchstöberte er Leokadias Ersatzgarderobe, die sie im *supermarché* erworben hatte. Kopfschüttelnd betrachtete er die winzigen Damenslips, in die er niemals passen würde. Also schlüpfte er ohne Unterhose in seine Zipphose und zog sich schmunzelnd ein hellrosafarbenes XL-T-Shirt über, das Leokadia ganz offensichtlich als Nachthemd gekauft hatte. Zufrieden musterte er sich im Badezimmerspiegel. Er fand sogar, dass ihm das pastellige Oberteil in Kombination mit seinem Dreitagebart eine gewisse Lässigkeit verlieh. Zuversichtlich betrat er den Frühstücksraum, in dem die meisten Tische bereits mit gut gelaunten Urlaubern besetzt waren. Nur an einem kleinen Ecktisch brütete ein dunkel dreinblickender Mann über seinem Kaffee.

„Bonjour", knurrte Jean-Loup missmutig und forderte Olli durch ein knappes Nicken auf, sich zu ihm zu setzen.

Olli gehorchte und brachte sogar ein halbwegs unverfängliches Lächeln zustande. „Buon giorno."

„Das ist italienisch, du Idiot", grunzte Jean-Loup, ohne von seinem Teller aufzusehen. „Wir sind in Spanien. Hier heißt das ‚Buenos dias'."

„Schlecht geschlafen?", versuchte Olli, die Übellaunigkeit seines Gegenübers zu überspielen.

„Hatte Schmerzen", grummelte der Franzose. „Hab sie noch immer." Und mit einem vorwurfsvollen Blick in Richtung Olli: „Mir machen einfach gewisse *mysteriöse* Vorkommnisse zu schaffen."

Gekonnt ignorierte Olli auch diese Spitze und schenkte sich aus einer dafür bereitgestellten Thermoskanne Kaffee ein.

„Ich geh schon mal hoch." Ohne auf seinen Tischgenossen zu warten erhob sich Jean-Loup. „Wir sehen uns in einer halben Stunde an der Rezeption."

Kopfschüttelnd sah Olli dem missmutig Davonhumpelnden nach.

Wieso nur, dachte er, *ist es mir seit Beginn dieser Reise nicht mehr vergönnt, wenigstens einmal in Ruhe zu frühstücken?*

Er hatte gerade ausgecheckt, als Jean-Loup aus dem Fahrstuhl stieg. Herrisch streckte ihm dieser die Autoschlüssel entgegen. „Da, geh schon mal packen, damit wir hier wegkommen", brummelte er.

„Gerne, Jean-Loup", gab Olli sich eilfertig und griff zuvorkommend auch nach der Tasche seines Reisegefährten. „Dein Gepäck nehme ich auch gleich mit."

Mit beiden Gepäckstücken trat er aus der Empfangshalle des Hotels ins Freie. Der spanische Himmel empfing ihn mit makelloser Eleganz. Alle seine Bedenken Jean-Loup betreffend schmolzen unter der strahlenden Sonne sofort dahin. Mit einem lässigen Druck auf den Wagenschlüssel entriegelte er alle Türen und öffnete den Kofferraum.

Vielleicht sollte er die Mitfahrgelegenheit, die sich ihm bot, nicht ganz so voreilig aufgeben, überlegte er. Mit Jean-Loup konnte er völlig mühelos bereits in wenigen Stunden in Málaga ankommen. Übertrieb er es nicht sogar ein wenig mit seinem Misstrauen dem anderen gegenüber? Sicher hatten die turbulenten Ereignisse der letzten Tage seine Nerven einfach nur so arg zerrüttet, dass er jetzt überall Gefahren sah, auch wenn es gar keine gab. Verlegen hob er Rucksack und Tasche ins Auto. Rückte beide mit der Hand ein wenig nach hinten und wollte gerade den Kofferraumdeckel zuschlagen, als ihn ein flüchtiges Detail aufmerken ließ.

Hatte seine Hand durch den dünnen Stoff von Jean-Loups Reisetasche nicht etwas ungewöhnlich Hartes gespürt? Einen

Gegenstand von metallischer Dichte? Misstrauisch zog er den Reißverschluss der fremden Reisetasche zurück und starrte im gleichen Moment völlig entsetzt auf eine Pistole. Der Kerl hatte eine Knarre!

Also hatte ihn sein Instinkt doch nicht getäuscht. Der Franzose war kein harmloser Reisender, die Geschichte von der Hochzeit in Málaga ganz sicher eine glatte Lüge und was immer dieser Jean-Loup im Schilde führte, konnte angesichts dieses tödlichen Instruments nicht auf lauteren Absichten beruhen. Verdammt, mit wem hatte er es hier bloß zu tun?

Schnell blickte er zurück in Richtung Hotel. Von Jean-Loup war noch nichts zu sehen. Also blieben ihm einige Sekunden. Ohne wirklich zu wissen, wonach er suchen sollte, durchwühlte er planlos die Sachen des Franzosen. Jean-Loups Jackett lag zuoberst und flink ließ Olli seine Finger in alle Taschen gleiten. Links ergriff er einen Tankbeleg von der Raststätte, an der Margot Tullier gestorben war, rechts den Beipackzettel eines Schmerzmittels. Olli griff auch in die Innentasche und zog eine Visitenkarte hervor. Fassungslos starrte er auf Gabors Namen.

In diesem Moment näherte sich von hinten das schwerfällige Schnaufen Jean-Loups. Panisch schlug Olli den Kofferraumdeckel zu und fuhr herum. Mit schmerzverzerrtem Gesicht kam der dunkle Mann auf ihn zugehumpelt. Betont langsam drehte ihm Olli den Rücken zu und schlenderte zur Beifahrertür, die verräterische Karte in seiner Hosentasche verbergend. Zitternd rang er um Selbstbeherrschung. Tausend Fragen bestürmten ihn und hielten seine Angst in Schach. Um jeden Preis musste er herausfinden, was dieser finstere Kerl im Schilde führte. Wieso besaß er Gabors Karte? War er etwa der unheimliche Verfolger, von dem Leokadia gesprochen hatte? Bis zu diesem Augenblick hatte er ihre Paranoia nur als ein Hirngespinst abgetan, dessen Ursprung er ihrer schlechten körperlichen Verfassung zugeschrieben hatte.

Doch was, wenn es den tödlichen Verfolger wirklich gab? Wenn der Tod durch Jean-Loup körperlich Gestalt angenommen hatte? Dann war vielleicht auch seine eigene Begegnung mit dem Franzosen kein Zufall gewesen.

„Na dann mal ab nach Málaga." Betont gelassen machte Olli Anstalten einzusteigen. Doch der Gedanke an die hinten im Wagen offengelassene Reisetasche trieb ihm nervöse Schweißperlen auf die Stirn. Ächzend nahm sein Widersacher hinter dem Steuer Platz. Jetzt oder nie, dachte Olli und sprang beherzt aus dem Wagen.

„Moment mal, ich hab' noch was vergessen", rief er, hechtete zurück zum Kofferraum, öffnete ihn, schloss mit einem Ruck Jean-Loups Tasche, zerrte an Leokadias Tasche den Reisverschluss auf, zog als Alibi den erstbesten Gegenstand heraus, den er zu fassen bekam und schlug den Kofferraum wieder zu. Mit einem Kamm in der Hand schlenderte er gut gelaunt zurück und nahm wieder auf dem Beifahrersitz Platz.

„Jetzt kann's losgehen", verkündete er fröhlich, den missbilligenden Blick des anderen mit heimlicher Genugtuung feiernd. Erleichtert lehnte er sich zurück. Bis Málaga blieben ihm gut und gerne sechs Stunden Zeit, um alles weitere in Ruhe zu überdenken. Ausreichend Zeit, um eine sichere Lösung zu finden. Ja, Sicherheit war das, was er am meisten begehrte.

Sie in Sicherheit zu wissen war sein sehnlichster Wunsch. Behutsam führte Gabor sie zu seinem Wagen. Sie verließen das hübsche Küstenstädtchen in der Nähe von Valencia, ohne ihm noch die geringste Beachtung zu schenken. Sein Entschluss war gefasst. So schnell es ging, wollte er nun Málaga erreichen, das ihm auf einmal wie ein schützender Hafen erschien. Sobald sich eine ruhige Minute bot, würde er seinen Bruder über ihre nahende Ankunft informieren. Weder Jorge noch seine Frau gehörten zu den Menschen, denen man viel erklären musste. Im Haus seiner Verwandten stand für ihn immer ein Gästezimmer bereit und ein herzliches Willkommen war ihm und der Frau an seiner Seite sicher.

Kaum hatten sie die Autobahn erreicht, trat er aufs Gas.

Leokadia lag matt neben ihm auf dem Beifahrersitz und auch er fühlte sich erschöpft.

Sie schwiegen, doch ihr Schweigen war mehr als nur die Erschöpfung der letzten Stunden. Sie schwiegen, weil es ihnen nur so gelang, noch ein wenig im Heute zu verweilen, während alle ihre Gedanken und Worte bereits in die Zukunft drängten, in ein Morgen, von dem sie nicht wussten, was es ihnen bringen würde, von dem sie beide aber das Schlimmste zu befürchten hatten.

Das erste Mal seit Beginn seiner Reise fühlte er sich völlig hilflos und sosehr er sich auch danach sehnte, Málaga zu erreichen, sosehr fürchtete er sich auch davor.

Solange sie unterwegs gewesen waren, hatten sie den Lauf ihrer Geschichte selbst bestimmen können. Sie hatten, indem sie sich Zeit ließen, ihr Dasein definiert als etwas, das ihnen ganz fest gehörte. Doch je näher sie dem Ende ihrer Reise kamen, desto klarer wurde ihm, wie sehr ihre gemeinsame Zeit nur etwas Gestohlenes war. Bestenfalls eine Leihgabe, die der Tod am Ende von ihnen zurückfordern würde.

Wartete der Tod in Málaga bereits auf sie? Hatten sie ihm durch ihren Leichtsinn sogar einen Vorsprung verschafft? Besorgt blickte er zur Seite. Wie schlimm stand es um sie? Wie viel Zeit blieb ihr noch?

Lächelnd legte sie ihre Hand auf seinen Arm und schenkte ihm ein aufmunterndes Nicken. Er gab sich einen Ruck. Sein eigener Kummer durfte sie nicht noch mehr entmutigen. Stark musste er sein. Stark für sie, die er liebte.

Er lächelte zurück und fühlte sich dabei erbärmlich wie ein Lügner. Beschämt wandte er seinen Blick ab und starrte auf die Straße.

„Es tut mir leid, dass ich dich da mit reingezogen habe“, sagte sie. „Ich dachte, wenn ich fortgehe, dann bleibt mir das erspart. Aber offensichtlich kann man vor dem Leben ebenso wenig davonlaufen wie vor dem Tod.“

„Es braucht dir nicht leidzutun", erwiderte er. „Ich möchte keine einzige Stunde missen, die wir zusammen verbracht haben. Ohne dich würde das alles hier doch gar keinen Sinn ergeben."

„Du bist unglaublich", schimpfte sie und wischte sich dabei lachend ein paar Tränen aus dem Gesicht. „Noch nie hat mich jemand gleichzeitig so traurig und so glücklich gemacht wie du."

„Was ist mit deiner Familie, Leo? Mit deinen Freunden? Meinst du nicht, auch sie fänden die Zeit mit dir wichtig?"

Ihr Lächeln versiegte abrupt.

„Ich vermisse sie nicht", erwiderte sie schroff.

„Ach, Leo", bat er mit sanftem Nachdruck.

„Mein Freunde hörten auf, meine Freunde zu sein, als sie sich in Krankenhausbesucher verwandelten. Als ihre Blicke anfingen, scheu auf die Uhr zu schielen, wenn sie an meinem Bett saßen, und nicht mehr wussten, worüber sie mit mir reden sollten. Als sie aufhörten, mich wie eine der ihren zu behandeln. Als ich für sie eine andere wurde. Die, die stirbt. Als ich in ihren Augen nicht mehr die war, mit der man lebt, sondern der man beim Sterben zusieht."

„Und deine Familie?"

„Es gibt da nur noch meine Mutter." Leokadias Gesicht verzerrte sich, als ekle sie sich vor der Bitterkeit ihrer eigenen Worte. „Aber meine Mutter erträgt es nicht, an meinen Zustand zu denken. Sie hält es nicht aus, sagt sie, mich so zu sehen. Es ist zu schmerzhaft. Sie sagt, dass es wider die Natur sei, wenn ein Kind vor der Mutter stirbt. Dass es geradezu ein Affront gegen sie sei, weil sie mir doch das Leben geschenkt habe. Und dass mein Tod dadurch ein Beweis für die Sinnlosigkeit des Lebens sei. Verstehst du, Gabor", brauste sie auf, „ich beweise meiner Mutter, dass das Leben keinen Sinn macht und daher erträgt sie mich nicht."

„Deine Mutter ist eine blöde Kuh", antwortete Gabor trocken. „Genauso wie mein Vater ein Idiot war. Aber sie sind dennoch ein Teil unseres Lebens, und wütend zu sein ist nicht unbedingt der beste Weg, mit ihnen umzugehen. Im Grunde sind sie nämlich bemitleidenswert und wenn man das erkennt, beginnt man, ihnen zu verzeihen."

„Hast du deinem Vater verziehen?"

„Ich glaube, ich fange gerade damit an. Denn wieso sollte ich ihm böse sein? Er hat sich selbst beraubt. Er hat sich um das gebracht, was im Leben am wichtigsten ist. Und deine Mutter ist auf ihre Art dabei, die gleiche Dummheit zu begehen. Sie ist eine arme Frau. Und eine blöde Kuh", fügte er verschmitzt hinzu.

„Wir machen es besser, nicht wahr?"

„In jeder einzelnen Sekunde."

„Ich hätte dich gerne schon früher kennengelernt", gestand sie.

„Oh Señorita Leokadia, jetzt machen Sie mich aber verlegen", scherzte er, um seine Rührung zu überspielen. „Sie flirten ja mit mir."

„Mitnichten, mein Freund, darüber sind wir beide doch schon lange hinaus, oder?"

Glücklich schwiegen sie eine Weile und als Gabor sich erneut zu ihr umdrehte, war Leokadia eingeschlafen. Mit Vollgas jagte er seinen Wagen über die Autobahn.

Schweigend rasten sie über die Autobahn. Wortkarg verharrte Jean-Loup hinter dem Steuer. Auch Olli verlangte es nicht nach Smalltalk. Vorsichtig mied er jedes Wort, um nicht unbedacht mehr von sich preiszugeben als nötig. Verärgert erinnerte er sich daran, dass er in seiner anfänglichen Unbedarftheit den einzigen Ort, den er selbst als Anhaltspunkt hatte, preisgegeben hatte. Nun musste er Jean-Loup mit einer List vom ‚El Jardin' abbringen und ihn auf eine falsche Fährte locken.

Ab und an brach der Franzose die Stille, indem er brummend die Fahrkünste der anderen Autofahrer kritisierte, die er mürrisch mal rechts, mal links überholte. Er wirkte extrem angespannt. Rasselnd ließ er kleine graue Pillen, die Olli als

Schmerzmittel erkannte, hinter seinen gelben Zähnen verschwinden und spülte sie nur kurz mit Wasser herunter. Doch anscheinend wirkten sie kaum, denn jeder Handbewegung folgte ein leises Stöhnen. Den Fahrerwechsel, den Olli ihm anbot, wies er schroff zurück. Eisern hielt er das Steuer zwischen seinen dicht behaarten Pranken und mit jedem Kilometer wuchs Ollis Abscheu vor diesem Fremden.

Er würde alles daran setzen, ihn in Málaga loszuwerden, bevor er sich auf die Suche nach Gabor und Leokadia begab. Hinter Guadix stoppten sie auf einer Raststätte, um zu tanken. Ohne zu zögern, ergriff Olli diese Chance. Mit Leokadias inzwischen völlig leerem Handy postierte er sich lässig neben dem Wagen und simulierte ein lebhaftes Gespräch.

Als Jean-Loup von seinem Toilettengang zurückgehumpelt kam und Olli ihn in Hörweite wusste, drehte er ihm den Rücken zu und wiederholte überdeutlich seinen letzten Satz.: „Oh, ja, da freue ich mich. Gut dann sehen wir uns also am Busbahnhof. Genau dort, wo der Bus nach Marbella abfährt. Nein, ich weiß nicht, wo das ist. Aber dahin kann ich mich leicht durchfragen. Wunderbar. Dann bis heute Abend ihr zwei.“

Scheinbar erstaunt darüber, Jean-Loup plötzlich hinter sich zu spüren, fuhr er herum.

„Was Neues von deinen Freunden?“, mutmaßte dieser.

„Ja, tatsächlich“, mimte Olli den Arglosen. „Wir haben nur schnell einen Treffpunkt ausgemacht.“

„Das ist gut.“ Jean-Loup bleckte seine Zähne. „Málaga ist keine kleine Stadt. Ihr könntet euch sonst leicht verpassen.“

Zufrieden ließ Olli Leokadias Handy in seiner Hosentasche verschwinden.

„Na dann mal weiter. Allons-y, mon ami, in einer guten Stunde sind wir da.“

Eine gute Stunde vor Málaga, neben sich die schlafende Leokadia, rief Gabor seinen Bruder an. Jorge schlug vor, sich im

‚El Jardín' zu treffen, das nur einen Steinwurf von seiner Wohnung entfernt lag. Antonia sei mit den Kindern noch unterwegs und er selbst auf einem Kundentermin. Die Nachricht, dass sein Bruder nicht alleine anreiste, nahm er mit Begeisterung auf. Gabors Herz weitete sich vor Freude mit jedem Kilometer, den sie sich Málaga näherten.

„Du strahlst ja so", begrüßte ihn Leokadia, als sie erwachte. Lebhaft erzählte er von seinem Gespräch mit Jorge, der sie voller Freude erwartete, und vom ‚El Jardín', dem wunderschönen Café in der Altstadt Málagas, mit dem sich sein Bruder einen langgehegten Traum erfüllt hatte. Seine Begeisterung erfüllte auch sie mit neuer Energie. Neugierig sog sie alles auf. Gabor kam kaum hinterher ihre vielen Fragen zu beantworten.

Die letzten Kilometer vergingen wie im Flug. Gegen siebzehn Uhr verließen sie die Autobahn und trieben mit dem lebhaften Nachmittagsverkehr auf einem breiten Boulevard in die Innenstadt Málagas. Geschickt lavierte Gabor sein Gefährt durch das riesige Netz immer schmaler werdender Straßen, bis er schließlich an einer von Touristen überbevölkerten Grünanlage direkt hinter der Kathedrale stoppte.

„Wir sind da", verkündete er zufrieden und wies auf ein prächtiges dreigeschossiges Jugendstilgebäude zu ihrer Linken.

Ein rosafarbenes Schmuckstück mit weißen Rahmen, dachte Leokadia angetan.

„Wenn du vorgehen magst, dann steige hier ruhig aus. Ich suche noch einen Parkplatz und komme gleich nach", schlug er vor.

Dankbar hauchte sie ihm einen Kuss auf die Wange und sprang aus dem Wagen. „Bis gleich, Gabor", winkte sie ihm nach.

Ollis Winken ging sofort in der Menge unter. Eine ganze Busladung Reisender umflutete ihn, kaum dass Jean-Loup ihn abgesetzt hatte. In Bruchteilen von Sekunden hatte er ihn im schmalen Streifen seines Rückspiegels aus den Augen verloren. Doch das störte ihn nicht. Keine Sekunde hatte er dem Ammenmärchen vom Treffpunkt am Busbahnhof Glauben geschenkt. Heiser lachte er in sich hinein. Dieser Dummkopf hatte ihm dadurch unbeabsichtigt sogar einen Vorteil zugespielt. Denn nun konnte er vor Olli im Café ‚El Jardin‘ an der Kathedrale sein.

Mit ungewohnt heftigen Stößen pumpte sein Herz das Blut durch seinen Körper. Besonders der pochende Schmerz in seinem Bein trieb ihm den Schweiß auf die Stirn und ließ ihn laut aufstöhnen. Dass er keinen genauen Plan besaß, verunsicherte ihn nicht. Auf seinen sicheren Instinkt konnte er sich verlassen. Aber seine anwachsenden Schmerzen beunruhigten ihn. Seine körperliche Verfassung war wirklich nicht die beste.

Kurzatmig lenkte er seinen Wagen in die Tiefgarage, nur wenige Fußminuten von der Kathedrale entfernt. Mit immer schwerer werdenden Armen nahm er die engen Kurven zwischen den grauen Betonpfeilern. Lange würde er diese Jagd nicht mehr durchhalten, spürte er. Seine Kräfte schwanden zusehends und dann würde ihm auch sein überlegener Instinkt nichts mehr nutzen. Jean-Loup wusste, dass er das Ganze sehr bald zu Ende bringen musste. Sehr bald. Und egal, wie.

In diesem Augenblick fiel ihm der graue Audi mit dem Frankfurter Kennzeichen ins Auge. Das Wiedererkennen durchfuhr ihn wie ein elektrischer Schock. Die gleiche Nummer, die er vor zwei Tagen in einem Waldstück in der Nähe von Dengwiller notiert hatte. Sie waren hier. Ganz in der Nähe. Oh ja, er war der geborene Jäger, grinste er selbstsicher. Darauf konnte er sogar sein Leben verwetten.

Mit ruhigen Bewegungen parkte er am anderen Ende der Reihe und stieg zitternd vor Erregung aus seinem Wagen. Aus seiner Reisetasche im Kofferraum zog er die Pistole und ließ sie flink in der Innentasche seines Jacketts verschwinden. Die Stufen zum Ausgang erklomm er mit weichen Knien. Als er aus dem kühlen Gewölbe trat, schlug ihm erbarmungslos die Nachmittagshitze entgegen. Wie ein feuchtes heißes Tuch legte sie sich auf Nase und Mund und raubte ihm einige Sekunden lang den Atem. In seinem Hals wurde es eng. Doch er widerstand dem Impuls, zurück in den kühlen Schatten der Tiefgarage abzutauchen. Seiner Sache todsicher trat er den Weg zum ‚El Jardin‘ an.

Der Charme des ‚El Jardin‘ umfing sie sofort. Gabor hatte ihr nicht zu viel versprochen. Dieser Ort war wie ein Roman, angefüllt mit Geschichten, die nur darauf warteten, erzählt zu werden. Behutsam durchschritt sie den hohen, von schlanken Säulen gestützten Raum, der ihr anmutete wie eine Filmkulisse aus den Zwanzigerjahren des vergangenen Jahrhunderts. An der stuckverzierten Decke kreiselte ein Ventilator und die runden Tische waren mit Spitzendeckchen verziert, auf denen zum Schutz vor Kaffeeflecken blank polierte Glasplatten lagen. Zahlreiche Fotos und Bilder an den Wänden gaben Zeugnis von der bewegten Geschichte des Hauses und seiner Gäste. Ein bronzener Reiter auf dem schwarzglänzenden Deckel eines Klaviers schien nur für den Augenblick erstarrt, als wartete er darauf, in Kürze erneut zum Leben erweckt zu werden.

Noch war es ruhig an diesem späten Nachmittag. Nur ein einziges einsames Touristenpaar hatte sich bisher hierher verirrt und hielt fast schüchtern, um die feierliche Stille des großen Raumes nicht zu stören, einen der zahlreichen Tische in Fensternähe besetzt. Noch gab es außer ihr und diesen beiden keine anderen Gäste. Doch die riesige Theke, hinter der sich bereits drei schwarzgekleidete Kellner langweilten, ließ erkennen, dass man schon sehr bald mit weiteren Gästen rechnete. Die große Stunde des ‚El Jardin‘ würde kommen, sobald sich mit dem hereinbrechenden Abend von der Straße her immer mehr Menschen in den Raum ergossen. Wenn sich Musik und Tanz mit Gesang und Lachen und eilig hinter den Kellnern hergerufenen Bestellungen mischten und der Ventilator an der Decke, der jetzt noch verloren vor sich hin kreiselte, kaum noch nachkam, die immer hitziger werdende Luft aufzufrischen.

In einer Ecke nahm Leokadia Platz. Von hier aus wollte sie die Stimmung dieses fremden Ortes auffangen, der so sehr ein Teil von Gabor war, dass sie ihn alleine deshalb bereits zu lieben begann.

Hier, im Herzen von Gabors Heimat, fühlte sie sich wohl und auf eine fast verloren geglaubte Weise geborgen.

Wie wundervoll das Leben doch sein konnte. Wie unendlich reich und tief und voller Überraschungen. Obwohl sie es besser wusste, wollte sich ihr nicht erschließen, wie das alles von einem Augenblick auf den anderen vorbei sein konnte. Vorbei sein würde. Unausweichlich. Für jeden. Für das fremde Paar am Fenster ebenso wie für die Kellner hinter der Theke oder die Passanten, die gleichgültig an der Fensterfront des ‚El Jardin‘ vorbeizogen.

Nur ein einziger Wimpernschlag trennte das Alles vom Nichts, das Sein vom Nichtsein, das Leben vom Tod. Diese Wahrheit war unumstößlich.

Einzig der Moment, der das Leben vom Tod trennte, war den meisten Menschen unbekannt. Und doch reichte dieser winzige Funke Unwissenheit aus, um sich unsterblich zu fühlen.

Wie sehr sie die anderen um diese Unwissenheit beneidete. Wie sehr sie sich danach sehnte, ihren eigenen Tod als eine abstrakte, ferne Wahrheit zu betrachten, die ihr in ihrer jetzigen Situation nichts anhaben konnte. Und doch musste sie sich eingestehen, dass ihr dieses Wissen in den letzten Tagen ein unfassbares Geschenk bereitet hatte. Nie zuvor hatte sie ihr eigenes Leben mit einer solchen Intensität gespürt. Nie zuvor hatte sie gewagt, sich derart kompromisslos darauf einzulassen. Und noch nie zuvor war sie weniger bereit gewesen, von all dem Abschied zu nehmen.

War es ein Fehler, so sehr am Leben zu hängen, wenn man am Ende ja doch sterben musste? War das Leben sinnlos, weil es endlich war? Nein, das Leben war sich selbst genug und egal, wie lang oder kurz es dauerte, alleine darin lag sein Sinn. Der einzige Sinn des Lebens war das Leben selbst und das, was man daraus machte.

Einer der Kellner kam, um ihre Bestellung aufzunehmen, und sie bat um ein Mineralwasser. Müde lehnte sie sich zurück und schloss die Augen.

Gleich würde Gabor wieder bei ihr sein. Auf ihn zu warten und zu wissen, dass er in der Nähe war, fühlte sich gut an. Zufrieden genoss sie die kühle Stille des Raumes.

Plötzlich legte sich ein Schatten auf ihr Gesicht. Als sie aufsah stand ein Fremder vor ihr. Sie hatte ihn noch nie gesehen und wusste dennoch sofort, wer er war.

„Sie gestatten, dass ich mich zu Ihnen setze?", fragte er und zog sich, ohne ihre Antwort abzuwarten, einen Stuhl heran.

Eine bodenlose Verzweiflung überkam sie. Eine Sehnsucht danach, Gabor zu sehen, von dem sie wusste, dass er jetzt gerade auf dem Weg zu ihr war. Ein Bedauern, dass sie ihm noch lange nicht alles gesagt hatte, was es zwischen ihnen zu sagen gab und dass es nun keine Gelegenheit mehr geben würde, dieses Versäumnis nachzuholen. *Ich liebe dich, Gabor*, dachte sie und spürte, dass ihr plötzlich Tränen in den Augen standen. *Ich liebe dieses Leben. Oh bitte, jetzt noch nicht.*

Quietschend schob er seinen Stuhl noch näher an ihren Tisch heran und beugte sich schwerfällig über die spitzenverzierte Tischdecke zu ihr hinüber. Widerstand regte sich in ihr.

„Ich habe Sie erwartet", flüsterte sie und in seinen schwarzen Augen flackerte kurz Verwunderung auf.

„Sie wissen, wer ich bin?"

„Sie sind gekommen, um es zu Ende zu bringen", erwiderte sie und wunderte sich einen Moment lang darüber, dass der Tod einen französischen Akzent hatte.

„So könnte man es sagen", nickte er und bleckte seine gelben Zähne zu einem teuflischen Lächeln. „Sie werden mich begleiten."

Unwillkürlich rückte sie von ihm weg, drückte sich ausweichend gegen ihre Rückenlehne. Noch nie zuvor hatte sie einem menschlichen Antlitz gegenüber so viel Hass empfunden. Alles sträubte sich in ihr.

„Nein." Trotzig verschränkte sie die Arme. „Ich gehe nicht mit."

„Doch, das werden Sie", erwiderte er völlig gelassen. Seine Arroganz befeuerte ihren Widerstand noch mehr.

„Nein", widersprach sie selbstsicher. „Freiwillig niemals. Sie werden mich zwingen müssen."

Sein Lachen dröhnte durch den hohen Raum wie ein Donnerschlag. Amüsiert wartete er ab, bis das Echo verklungen war.

„Glauben Sie, dass ich das nicht kann?", flüsterte er.

„Glauben Sie, dass ich es Ihnen leicht machen werde?", zischte sie feindselig zurück.

Der Kellner erschien und unterbrach ihr Wortduell. Der Tod bestellte einen doppelten Espresso. Schweigend starrten sie sich an, bis der Kellner das Gewünschte gebracht hatte. Die Gedanken in Leokadias Kopf rasten schneller, als sie sie verarbeiten konnte. Das Ganze erschien ihr völlig absurd. Aber war der Tod das nicht immer?

„Wie wollen Sie vorgehen?", forderte sie ihn heraus.

Erneut grinste er, doch in seinen Augen las sie den Anflug einer leichten Verunsicherung. Sicher hatte er es sich einfacher mit ihr vorgestellt, dachte sie zufrieden.

Provozierend langsam hob er seine Tasse zum Mund und schürzte anzüglich seine fleischigen Lippen, die ihr unter dem borstigen Schnurrbart noch gar nicht aufgefallen waren. Angeekelt hörte sie sein Schlürfen und Schlucken.

Mit gespreizten Fingern setzte er die Tasse wieder auf der Untertasse ab. „Sobald wir ausgetrunken haben, bezahle ich, und dann begleiten Sie mich zu meinem Wagen, der ganz in der Nähe parkt", erklärte er so beiläufig, als spräche er über das Wetter.

„Wieso sollte ich das tun?" Unbeweglich verharrte sie in ihrer Pose.

„Weil ich eine Waffe bei mir trage", erwiderte er und tippte diskret gegen das Revers seines Jacketts.

„Wieso die Heimlichtuerei?“, begehrte sie weiter auf. „Sie sind doch sonst auch nicht so zimperlich.“

„Was meinen Sie mit ‚sonst auch nicht‘?“ Verwundert lehnte er sich zurück. „Was glauben Sie denn, wer ich bin?“

Ihr Ekel machte sie taub für seine plötzliche Skepsis.

„Sie verfolgen mich. Sie wollen mich töten“, spuckte sie ihm ins Gesicht.

Verwundert räusperte er sich. „Wieso glauben Sie, dass ich Sie töten will?“

„Weil töten Ihr Geschäft ist“, fiel sie ihm ins Wort. „Oder haben Sie den Tanklaster nicht in die Luft gejagt? Oder die alte Dame im Bus beseitigt? Den Zug entgleisen lassen? Und wie viele Menschen mussten im Altenheim daran glauben?“

„Sie sind ja total irre.“ Fassungslos starrte er sie an. Diese Frau machte tatsächlich ihn für das alles verantwortlich.

„Im Gegenteil“, schrie sie, „ich wäre irre, wenn ich mich jetzt widerstandslos in ihre Hände begeben würde. Aber das können Sie sich abschminken.“

Die Blicke von Kellnern und Gästen wanderten zu ihnen herüber und blieben an ihnen haften. Nervös strich er über sein Jackett. „Beruhigen Sie sich“, beschwichtigte er.

„Ich denke ja gar nicht daran!“

Die Heftigkeit, mit der sie von ihrem Sitz aufsprang, ließ die gläserne Platte auf dem Tisch erzittern. Das Geschirr klirrte. Plötzlich wurde sein Gesicht fahl, er griff sich an die Brust und kippte nach vorne. Plump schlug sein Oberkörper auf der gläsernen Tischplatte auf. In diesem Augenblick betraten Olli und Gabor den Raum.

Entsetzt starrte Leokadia auf den schweren Oberkörper hinunter, der vor ihr auf der Tischplatte lag.

Der Boden unter ihren Füßen schien sich zu verflüssigen, als wolle sich die ganze unwirkliche Kulisse um sie herum auflösen. Nur sie stand unbeweglich und fest. Stühle rückend sprangen zwei der Kellner herbei, während der dritte hinter der Theke hektisch zum Telefon griff. Das Touristenpaar vom

Fenstertisch hatte sich ebenfalls erhoben und verfolgte mit unverhohlener Neugier, wie die Kellner den Bewusstlosen rücklings auf den Boden legten.

„Das ist doch der Polizist aus Frankreich. Wieso ist der hier?“, raunte Gabor und legte schützend seinen Arm um Leokadia.

„Ein Polizist? Davon hat er mir nichts gesagt. Er hat sich als Jean-Loup Schwartz vorgestellt“, fügte Olli hinzu. „Und er hat euch verfolgt. Mit ihm bin ich nach Málaga gefahren.“

„Er wird sterben, wenn ihm keiner hilft“, begann Leokadia plötzlich zu begreifen. Sie riss sich aus Gabors Umarmung und stürzte sich mit dem ganzen Gewicht ihres Körpers auf Jean-Loups Brust. Sofort begann sie, mit beiden Fäusten eine Herz-druckmassage.

„Los, du Pfadfinder!“, schrie sie Olli an. „Du musst ihn be-atmen. Wann kommt der Notarztwagen, Gabor?“

Die Welt um sie herum nahm wieder feste Konturen an. Sie wusste, was zu tun war und der Kampf, dem sie sich stellte, hatte ein offenes Ende.

„Diesmal gehst du leer aus“, keuchte sie im Rhythmus ihrer Bewegungen. „Jetzt. Gewinne. Ich.“

Wieder und wieder drückte sie den Brustkorb des leblosen Mannes gegen den Boden, während Gabor und Olli neben ihr knieten und assistierten. Feindselig starrte der Griff der Pistole aus der offenliegenden Jackettinnentasche hinaus. Mit einer großen Serviette bewaffnet bückte sich einer der Kellner da-nach und zog sie missbilligend wie ein hässliches Insekt vom Körper des Franzosen weg.

Nach fünf verzweifelt langen Minuten bahnten sich zwei Sani-täter ihren Weg durch den dicht angewachsenen Kreis der Schau-lustigen. Völlig verausgabt rückte Leokadia zur Seite und ließ die beiden gewähren. Mit routinierten Griffen wurde Jean-Loup auf eine Bahre gelegt und zum Rettungswagen getragen. Gabor folgte ihnen nach draußen und kehrte kurz darauf ins Café zurück.

„Er lebt“, berichtete er. „Der Arzt sagt, dass er es schaffen wird.“

„Du hast ihn gerettet", stammelte Olli noch immer betäubt von den Ereignissen. „Du, Leokadia, hast ihn gerettet."

„Ich habe dem Tod eine Niederlage verpasst." Mühsam rappelte sie sich vom Boden auf und ließ sich auf einen der Stühle fallen. „Für heute habe ich ihm seine Bilanz versaut", grinste sie erschöpft.

„Was wollte der Kerl bloß von uns?", schnaufte Olli noch immer atemlos.

„Ich weiß nur, dass er ein französischer Polizist ist. Das erste Mal habe ich ihn an der Unfallstelle gesehen, wo der Tanklaster explodiert ist", antwortete Gabor. „Und dann wieder in Straßburg am Bahnhof."

„Und dieser Kerl war hinter dir her?" Fragend blickte Olli zu Leokadia.

„Nein, das dachte ich zwar kurz, aber was immer der hier von mir wollte, er war ganz offensichtlich auch nur jemand, der verfolgt wurde. Und fast hätte es ihn erwischt."

„Fast erwischt?" Olli schüttelte den Kopf. „Ich denke, dass es ihn voll erwischt hat. Und die spanische Polizei wird ihm jetzt sicher auch ein paar Fragen stellen." Nachdenklich kratzte er sich am Kinn. „Allerdings glaube ich nicht, dass ich dann noch hier sein möchte. Einige seiner Auskünfte dürfen auch auf mich ein, na ja, sagen wir mal, verdächtiges Licht werfen."

„Wieso bist du überhaupt hier, Olli?" Erst jetzt begann sie zu begreifen, dass er wirklich neben ihr stand.

„Weil Oliver eine gute Nachricht für dich hat", kam Gabor seinem Freund zuvor.

Blass, aber erleichtert, hielt ihr Olli ein Handy entgegen. Ihr Handy. „Der Akku ist leer. Aber er war es noch nicht, als mich in Mâcon ein Anruf von deinem Arzt erreichte. Die haben einen Knochenmarkspender für dich und der Doktor meinte, er könne sofort mit einer Behandlung beginnen. Du sollst ihn schnell zurückrufen."

„Es ist noch nicht vorbei", flüsterte ihr Gabor behutsam ins Ohr. „Leo, du kannst noch immer kämpfen."

230

Ungläubig sah sie sich um. Diesmal blieb die Welt um sie herum fest. Der Boden unter ihren Füßen war sogar so hart, dass ihre Beine zu zittern begannen. Ein Zittern, das sich seinen Weg durch ihren Körper bis zu ihrem Kopf bahnte. Halt suchend stützte sie ihre Hände auf ihren Oberschenkeln ab. Nur ihr Kopf schwankte noch immer leicht.

„Was sagst du, mein Liebling?“ Erwartungsvoll ging Gabor vor ihr auf die Knie. Sie spürte seinen warmen Atem ebenso deutlich auf ihrem Gesicht, wie die tiefe Freude in seiner Stimme.

„Also habe ich wieder einen Vorsprung gewonnen.“ Sie schloss ihre Augen. „Aber ich habe immer noch Angst.“

„Die habe ich auch“, flüsterte er. „Aber wenn du willst, dann werden wir sie uns teilen. Hier und jetzt.“

Lächelnd sah sie ihn an.

„Und morgen“, sagte sie und es klang, als nehme sie Anlauf.

Die Autorin

1967 in Trier geboren und in Mainz aufgewachsen, studierte Britta Röder bis zum Magisterabschluss an der Johannes Gutenberg-Universität in Mainz Romanistik und Slawistik sowie Mittlere und Neuere Geschichte. Sie arbeitet in Frankfurt/Main bei einem großen Fachzeitschriftenverlag und lebt in Südhessen, zusammen mit ihrem Mann und ihrer Tochter. „Die Buchwanderer", erschienen 2011 im ACABUS Verlag, war ihr erster Roman.